刑事教官の執念

警察学校物語

中園修二
Shuji Nakazono

プロローグ

1　八坂組のガサ入れ

京都駅が新しく建て替えられて地元の人がやっと見慣れだした頃。京都の街はいつもと変わらず観光客で賑わっていた。昔と違うところと言えば、観光客の手には最近普及し始めたスマホが握られ、至るところでシャッター音が鳴り響いている点だろうか。それは新時代の到来を感じさせるものだった。

一方、京都随一の歓楽街である祇園では、その賑やかな活気の裏側で、相変わらず地元京極会が暗躍していた。たとえ時代が変わっていっても、街の裏の顔はそうそう変わらないものである。

そんな十一月の早朝、京都八坂神社前の舗道に、園田警部補以下一〇名が集結した。覚醒剤取締法違反容疑で捜索差押許可状の発布を得た祇園署刑事の面々である。全員吐く息は白いが、顔は心なしか紅潮していた。日の出を待って八坂組事務所に赴き、園田自ら「警察や」と玄関のドアをドンドンと叩いたが、まったく応答がない。

その時、裏手に回っていた石井巡査部長がトイレの水洗を流す音を聞いた。

「係長、奴らトイレでシャブ流してるようです」

園田はすぐに「よし、ドアをぶち破れ」と指示した。刑事たちはバールやハンマーなどでガンガン、バリバリとドアを破り、事務所の中に勢いよく踏み込んだ。部屋の中にいた三人の当番組員は驚きのあまり、とっさに動けずにいたが、奥にいた幹部の岩本が「お前らなんや」と叫び、園田に掴みかかろうとした。

園田は岩本の勢いを削ぐように手を挙げて制し、「動くな、覚醒剤取締法違反でガサする」と一喝してガサ状を示した。岩本は「園田、てめえは！」と叫びながらガサ状をひったくり、ビリビリッと破って口の中に放り込んだかと思うと、すごい勢いで殴り掛かってくる。園田が払い腰で床に投げつけ、首根っこを膝で押さえつけて制圧するまで、五秒とかからなかった。

「公務執行妨害で逮捕する」と言うと、石井がすかさず後ろ手錠をかけた。口の中から食いちぎられたガサ状の紙片を引っ張り出そうとしたが、なかなか口を開かない。

園田はその様子を見て、「石さん、こいつらはポン中（覚醒剤中毒）やから指食いちぎられんように気いつけや」と注意した。石井は「はい」と頷き、八木と共に特殊警棒を口の中に突っ込んで、てこの原理でこねて、口から何とかガサ状の一部を吐き出させたのだった。

2 黒木副署長

早朝のガサ入れを終えて、園田たちが刑事課で一息入れていると、副署長の黒木が怒鳴り込んで来た。

「お前ら、刑事は無茶したらアカンやないか。事務所のドアをぶち破ったり、組員を投げ飛ばしたり、八坂組の顧問弁護士がカンカンになって、公務員暴行陵虐罪（特別公務員がその職務に当たり、被疑者・被告人に暴行を加える罪）で告訴する言うて抗議に来てるぞ」

「ドアをぶち破ったのは、なかなか開けなかったからですし、何か流すような音がしましたので、証拠隠滅してるんではないかと思い、仕方なく破って入りました」と園田が静かに説明した。石井も「実際、二人の組員のポケットとポーチからシャブを発見して押収してますので」と援護射撃をする。

「岩本は逮捕される時に、園田に首根っこを膝で押さえつけられて、むち打ちになって痛い痛い言うて、留置場で騒いでるやないか」

「言い訳かもしれませんが、ガサ状をひったくって破って、口の中に入れて、いきなり殴り掛かってきましたので、公妨で逮捕する際投げ飛ばして制圧したまでのことです」と園田は冷静に説明した。

「そんな無茶したら俺の首、なんぼあっても足らんやないか。それに管内には他にも組事務所たくさんあるやろう。八坂組だけを狙い撃ちにするな、まったく……」と言い捨てて、黒木は刑事課を出て行った。

みな唖然として黒木を見送っていたが、八木刑事が我に返り、「何ですか、今の副署長の言い方。八坂組を狙い打ちにするなって、まるで庇ってるようやないですか」と文句を言った。

「庇ってるんや。組長の八坂源治の妾がやってるクラブ『綾乃』のホステスに副署長が入れ込んどるのを俺たちが知らんとでも思ってるんかね」と石井。

「こんな高級クラブには、我々公務員の給料ではそうそう行けないですよね」

「第一、極道が妾にやらせている管内のクラブなんかに署の幹部が入り浸りというのも、とんでもないことやないか」と石井は憤懣やるかたない。

八木が「そうですね。副署長のことですから、ママやホステスに、何かあったら俺が押さえてやるとか、揉み消したるとか大きなこと言って飲み代払ってないんじゃないですかね」と言うと、石井は「係長、副署長にいっぺんカマシ（脅し）入れたったらどうですか」と園田に持ち掛けた。それまで黙って二人の話を聞いていた園田だったが、「ほっとけ。俺たち刑事は与えられた仕事を信念をもって全うするだけだ」と一言。その園田の覚悟に二人の刑事は「はい、すいませんでした」と素直に頷いた。

その後しばらくして、園田の娘の久美子が小学校からの帰り道にバイクに轢き逃げされて亡くなるという悲惨な事件が起きた。怒りと悲しみに打ちひしがれた園田だったが、壊滅寸前まで追い込んだ八坂組の仕業と睨み、娘の仇を討とうと更に集中的に八坂組を叩くことに執念を燃やしたのである。

しかしその動きが目立ったため、黒木からデスクワークを命ぜられ、捜査の第一線から外されることになった。一方家庭では、妻の良子は見ているのも可哀想なほどに落ち込み、自然と夫婦の会話も少なくなっていった。園田自身も腐って、元気も迫力もなくなるような毎日を過ごしていた。

3　辞令交付

府警本部の人事課長宛に、黒木から一本の電話がかかってきた。

「ご苦労様です。祇園署副署長の黒木です。実はうちの刑事課の園田警部補を今度の異動にのせてもらいたいんです。彼は実績にこだわってやり方が荒っぽくて、この間も弁護士から抗議があったりしています。何度適正捜査に努めるように注意しても、上司の言うことなんかまったく聞かないんで困ってるんですよ。特に娘を轢き逃げで亡くしてからというもの、八坂組の仕業と自分勝手に思い込んで八坂組ばかり叩くような偏った捜査をして、現場には置いておけない状態です。留置管理課とか装備課とかに放り込んでもらえないでしょうか」


その電話から数ヶ月後。署長室にて黒木立ち会いの下、園田に人事異動の辞令が交付されることになった。

黒木が「園田警部補前へ」と声をかけた。園田は「はい」と言って署長の前へ進む。

「京都府警部補園田龍也、京都府警察学校刑事担当教官を命ずる」と署長が辞令書を読み上げて園田に手渡す。園田は無表情で一礼し、辞令書を受け取った。

こうして園田は現場から外され、警察学校という新しい職場に配置換えとなったのである。

第一章　警察学校着任

1　着任初日

警察学校正門前。スーツにネクタイ姿でビジネスカバンを持った園田が仁王立ちしていた。園田はひとつ深呼吸した後、意を決したように姿勢を正して国旗の掲揚されている方向に向かって一礼し、正門をくぐった。園田刑事教官の始まりである。

スーツから制服に着替えた園田は、学校長の道野のもとへ着任の挨拶に向かった。

「申告いたします。京都府警部補園田龍也、本日付で京都府警察学校刑事担当教官を命ぜられました。ここに謹んで申告いたします」と、園田が決意のこもった声で宣誓した。

「園田教官、お待ちしておりました。もうしばらくするとベテランの警察官の大量退職時代がやって来ます。それを補うべく、多くの新任警察官を採用し、指導・教育して、第一線に送り込まねばなりません。我々の責任は重大であります。特に園田刑事担当教官は頼りにしておりますので、厳しく指導をしてやってください」

「初心にかえり、頑張りますのでよろしくお願いいたします」と園田は頭を下げた。これは建前ではなく、園田の本心であった。現場を外されて腐る気持ちもあったが、新たなポストを与えられたからには、それを全力でやり抜こうとするのが園田の流儀である。

挨拶の後、教官室に向かった。園田は刑事一筋であったので、ほとんどの教官は初めて会う人ばかりであった。自分の席で荷物を整理していると、三〇代と思われる女性警察官が制服姿でやって来た。髪は短めのセシールカットで、切れ長の目が印象的な女性である。

「隣の席の交通担当の赤藤です。よろしくお願いいたします」と挨拶し、笑顔を向けた。

「ああ、刑事担当の園田です。よろしくお願いします」とぎこちなく返したが、我ながら不愛想な感じになってしまった、と反省した。園田は人見知りする方だが、女性となるとなおさら苦手であった。これから知らない教官方と同じような挨拶を何度もしないといけないのか、と思うと、少々気が重くなるのであった。

2　元上司からの電話

その日の午後のことである。園田と赤藤の間にある卓上の電話のベルが鳴った。慣れないので園田が取るのを躊躇していると、赤藤がぱっと受話器を取った。

「はい、もしもし。警察学校、学生係の赤藤です。園田教官ですね。隣におられますので代わります」

受話器を手で塞いで、「園田先生、捜査一課の管理官の平山さんという方からお電話です」と取り次いだ。園田はこの時初めて、他の人には「教官」と言い、教官同士では「先生」と呼んで使い分けているんだな、と気づいた。

「はい、代わりました、園田です」

電話口から捜査一課管理官の平山の元気な声が飛び込んできた。平山は、園田が久美浜北署にいたころの上司であり、よく知った間柄であった。

「おう、龍ちゃんお久しぶりやね。ご栄転おめでとう」

「管理官、からかわないでくださいよ」

「なに言うてるんや。俺も久美浜北署刑事課長の前は、そこで教官してたんやで」

「そうでしたね」

「ああ。最初は嫌で嫌で毎日が針の筵やった。特にほれ、俺は鹿児島弁がきついやろ。辞令もらった時には、正直言って辞めて田舎帰ったろうか思ったぐらいや」

「私も同じです」と共感する園田。

「しかしなあ、警察学校の教官したおかげで、どこの署に行っても教え子たちがいて挨拶してくれるし、ありがたいもんやで。それに学校には他部門からも教官が来てるやろ。色々な部署の人と知り合える貴重な機会や。さらに柔剣道とかの術科の先生方とも仲良くしてもらって、今から思えば大きな財産や」

「そういうものですか」

「アンタが刑事好きやいうのは分かるけど、時には現場を離れて違う角度から刑事を見てみるのも良いもんやで」

「確かにそうかも知れませんね」

「それとな、刑事は土日返上で、帰りは遅いわ、呼び出しは多いわで昇任試験の勉強なんてする暇ないやんか。しかしそこでは、なんぼ初任科生といっても勉強せんと教えられんからな。そこは勉強が仕事や思って割り切ってやったらええわ」

「私で務まりますでしょうか」とつい弱音が出てしまう。

「アンタやったら経験も豊富やし、十分やって行けるわ。そこで勉強して警部に昇任して出たらいいやんか」

「はい、何とか頑張ってみます」

「色々とプレッシャー掛けたが、どうや、暇を見て京都駅前辺りで一杯やろか」

「それはいいですね。ぜひお願いします」

現場を離れた後輩を気遣ってわざわざ電話してくれた平山に対し、園田は感謝の気持ちでいっぱいになった。


警察学校の教官は、通常は各部門から警部補の階級で、かつ経験豊富な者が推薦される。全国から東京の警察大学校の教官専科に入校して約一ヶ月間、警視以上の階級の教官から教えを受ける。そして生徒一人ひとりが教官役となって、与えられた授業を実際に行い、それを生徒役の者が採点をして良かった点、悪かった点を記入する。さらに自ら指導要綱の作成も行う。こうして、連日教官としての訓練を経て各都道府県に帰り、その後の異動で警察学校教官として配属になるのである。

教官と言っても教員免許を持っているわけではない。過去の経験や成功・失敗事例などを織り交ぜながら、生徒が第一線に出た際に役に立つような話を中心に授業を進めるのである。

そしてもう一つの使命が、生徒の適性を見極めることである。警察官として適性のない者をふるいにかけて、時には辞めてもらうという辛い選択も必要となるのだ。

3　不慣れな授業

新しい環境であっという間に日々が過ぎていく中、入校式が行われた。道野学校長の他、府警本部長や知事などが来賓として出席し、百名以上の新入生の名前が次々と呼ばれていたように思うが、一年目は担任を持たないことからなかなか生徒の顔と名前が一致せず、入校式自体あまり記憶に残っていない。

しかしすぐに担当の刑事の授業が始まるので、ぼんやりしてばかりもいられない。話す内容はほぼ固まっているのだが、生徒たちに配る資料の作成がうまくいかず、午後も遅い時間になってしまった。

「困ったな」と独り言を言いながら、何回もパソコンを強く叩いていると、隣席の赤藤が「園田先生、どうされました」と心配そうに声を掛けてくれた。

園田は苦笑しながら「いやぁ、なかなかパソコンが言うことを聞いてくれないんですよ」とついぼやいてしまった。

「今の機械は強く叩くと壊れちゃいますよ。特にパソコンは指を滑らすようにタッチしないと」と赤藤は優しく忠告しながら、「でも、いったいどうされたんですか」と尋ねた。

園田は「明日の授業の配布資料を何とか作成したんですけどね。この項目とこっちを入れ替えたいんです。でもまた打ち直さなければならないと思うと……」と、うんざりした表情で言った。

「先生、ちょっと貸してもらえますか」と言うなり、赤藤は園田のマウスを奪い取って「こんな場合は打ち直さなくても、まず左クリックして、この部分をすーっと黒くするでしょう」と教え始める。園田は「先生、ちょっと待ってください。ノートに控えときますから」と急いでノートを開こうとした。赤藤は園田を制して「これぐらい、いつでも聞いて下さったら」と言い、「黒くしたところを右クリックして切り取りの項目を選択し、次に持って行きたい所にカーソルを合わせて右クリックして貼り付けを選択すればそちらに移ってきますよ」と、てきぱきと操作をしながら教えてくれた。パソコンに弱い園田は「なるほど！先生、凄いですね」と感心しきりである。

赤藤は「いやぁ、そんなことないですよ」と謙遜しつつ、「先生、各項目、少し太字にした方が見易く、アクセントがあっていいんじゃないですか」とアドバイスまでしてくれた。

園田は「そうですね。でも設定をやり直さなくてもできますか」と心配そうだが、赤藤は「これも、太くしたい部分を選択して『B（ボールド）』をポン」とやって見せる。

園田がまたまた感心して「ひゃ～っ、凄いですね」と言うと、赤藤は「私が凄いんじゃなくて、パソコンが凄いんです」と照れながらマウスを園田に返した。

そのやり取りがなんだかおかしくて、二人で顔を見合わせて、思わず笑ってしまった。女性が苦手の園田も、さっぱりした気性の赤藤とは気が合いそうだった。

翌日午後からの授業は、男子警察官のクラスだった。赤藤に教えてもらってなんとか配布資料を作ったが、まだまだ要領をつかめず作業は深夜までかかってしまった。苦心の資料を皆に配って、授業が始まる。警察学校の授業に特に決まった教科書はなく、教官が個々の経験を踏まえた内容が中心となる。少し熊本訛りが出るのが我ながら気になるが、それでも元気よく話し始めた。

「今日は教官が暴力団からけん銃を押収した時のことについて話してみよう」

午前中の憲法・行政法などの法学の硬い話に食傷気味だった生徒たちは「おお！」と目を輝かせた。園田の授業は初めてだが、形式ばっていない雰囲気が生徒に受け入れられたようだ。

「この件は教官が凄いんじゃないいんだ。実は、けん銃情報の端緒は、交番の若い巡査からなんだ」

「え〜っ、交番の巡査からなんですか」

園田は話が具体的な方がいいと考え、警察官の名前を教える。

「警察官の名前は宮坂と言った。彼が巡回連絡中に聞き込んだ、ちょっとした情報がきっかけとなったんだ」

生徒たちは、次がどんな展開になるのか、と興味津々である。

「この宮坂という巡査は刑事希望で、よく刑事課にも顔を出していてね。そこの先輩たちからよく指導を受けていたんだ。君たちも第一線に出たら、自分が希望する交通課とか生安課とかに顔を出すんだな。すると先輩たちは気持ちよくいろんなことを教えてくれるよ」

生徒たちは一斉に「教官、その時のことをもっと詳しく聞きたいです」と催促する。

「それじゃ、昼からの授業はお腹もいっぱいだろうし、眠気覚ましに詳しく話してあげよう。教官が六條署で刑事の当直に就いていた時のことだ。夜中に宮坂巡査が、ひょっこり顔を出したんだ。交番から本署に事務連絡に来た、と言っていたな」

そう言って園田は、その時の出来事を思い出す。

宮坂が「園田主任、ご苦労様です」と挨拶をした。いつもきちんと挨拶をして礼儀正しい若者なので、園田も可愛がっていた。

「おう、宮坂君、ご苦労さん。管内、変わったことないか」

「はい。今のところ平穏です」

「そうか。ちょっとしたことでもいいから、情報があったら頼むよ」

「はい、分かりました。あぁ、そうだ。うちの管内ではないんですけど、祇園署管内の東山病院に勤めている看護師さんが、暴力団から荷物を預かって気持ち悪い、と言ってたそうです」

園田は顔色を変え、身を乗り出して「それはいつの話なんだ」と尋ねた。

宮坂は園田の剣幕に驚いて「いや、今日の昼の話です。ただ直接聞いたわけではないんです」と緊張して答えた。

「それでもいいから、順を追って話してくれ」

「はい。今日、受け持ちの家庭に巡回連絡に行ったんです。そこにちょうど、夜勤明けの東山病院の看護師さんがいたので、色々話を聞かせてもらいました。僕は病院の近くに八坂組の組事務所があるのを知ってたんで、八坂組の連中も治療に来るんでしょう、と話を持ちかけたんです。そしたら、入れ墨した人がよく来るとのことでした。ちょうど一週間前にも、小指を落としたらパンパンに腫れたので先生何とかしてくれ、という人が来たそうです。確かに小指の先がピンポン玉をくっつけたように腫れあがっていたらしいです。先生は、こんなの普通は赤チンキ塗っといたら治るんだが、ばい菌でも入ったんか、と言って、麻酔もせずに切開したそうです。さすがに痛い痛いと大声を出していたとのことでした。ただ先生は組員の扱いに慣れているので、大声を出しても暴れはしないことも分かっていたようです。

それで僕が、看護師さんも大変ですねぇ、他に何か困ったことがあったら遠慮なく言ってください、と言ったところ、同僚の看護師が組員から荷物を預かって更衣ロッカーに入れてるけど気持ち悪いって言っている、という話が出て来ました。その組員は、看護師の幼馴染みなので軽い気持ちで引き受けたらしいんです。ただそれだけのことなんですけど」

園田は「それだけでいいんだ。明日から早速内偵してみるから、その情報、書類にしてくれるか」と依頼した。そしてその書類をもとに内偵してガサしたところ、病院の地下の更衣ロッカーから、けん銃三丁と実砲二〇発を発見押収し、その荷物を預けていた組員を銃砲刀剣類所持等取締法違反と火薬類取締法違反で逮捕したのである。

園田の迫真の話を聞き終えて、生徒たちは「教官、スゴイですねぇ」と感心する。

「先程も言ったように、ここですごいのは宮坂巡査なんだ。どこがすごいかというと、巡回連絡という変哲もない仕事に彼なりの工夫をしているところだ。ほとんどの巡回連絡が、何かあった時のために家族構成とか非常時の連絡先ぐらいしか聞かないんだが、宮坂巡査は東山病院の近くに八坂組の事務所があることを知っていて、そこをうまく看護師さんに質問したので、貴重な情報を聞き出すことができたんだ。君たちも第一線に出た時は、何事も一歩踏み込んで仕事をすることを心掛けるようにな」

話を聞いていた生徒たちは、まるで自分たちが実際にけん銃の発見に立ち会ったような気持ちになり、園田の言葉が胸に沁み込んだ。

このように、園田の授業は自らの貴重な体験をもとにしているので、生徒たちの気持ちをガッチリつかんだものとなっていた。また生徒たちに興味を持ってもらえるよう、工夫を凝らした授業を心がけているので、いくら時間があっても足りないぐらいであった。

4　女性警察官への授業

園田が苦手な女性警察官への授業も、一週間に何度か容赦なく回ってくる。（※現在は男女混合のクラスになっているが、当時はクラスが男女で分かれていた）

化粧は控えめにしているが、やはり二〇歳前後の若い女性たちである。教場に入ると甘い香りが襲ってくるような気がする。しかし、こんなことに怯んではいかん、と気を取り直して授業を始める。

「今日は変死体の取り扱いについて話をする。警察の仕事で一番大変で、しかし一番大事なのが変死体の取り扱いだ。第一線に出たら、君たちもすぐに現場に急行して取り扱わねばならない。特に今日のように暑い日は、遺体の痛みもひどく臭いも強烈だ」

生徒たちは顔を顰めて「教官、昼食前にやだ〜っ」と文句を言った。

「そんなこと言ってたら第一線では務まらないぞ。解剖の立ち会いなんかもあって、それこそ大変なんだから」と厳しめに言う。

「え〜っ、解剖の立ち会いなんかもするんですか？」

「ああ、執刀医の先生の指示で、遺体を動かしたりしなければならない」

「やだ〜っ！私、卒倒しそう……」と、悲鳴にも似た声が生徒たちから上がった。

「心配するな。今まで女性警察官が倒れた、ということは聞いたことがない」と安心させる。

「本当ですか？」「そうだ。教官も解剖の立ち会いには何度も行ったが、後ろの方でガターンと大きな音がして振り向くと、たいてい若い男子警察官が倒れているんだ。いつも立ち会いしている鑑識係長によると、女性警察官が気分悪くなったり倒れたりしたのは見たことがないと言っていた。教官も、いざとなったら女性の方が開き直って度胸があるんじゃないかと思う」「教官、そんなあ」生徒たちは園田の失礼な感想に文句があると言わんばかりだ。

そこで園田は、自分の経験談を話し出した。

「教官が久美浜北署にいた時、新任の菊岡という女性刑事がいたんだが、変死があるたびに刑事課長から『菊岡、警察医の先生を迎えに行ってくれ』と言われて、よく先生の送迎をやっていたんだ。ある時、腐乱死体の取り扱い中のことだ。あまりの臭いのひどさに思わず自分の鼻をつまんで、『わぁ～っ、強烈!』と言ったところ、日頃は大人しい鑑識係長が『こら～っ、臭い汚いは誤認検視の入り口だろう。遺体は全て我が身内と思ってやれ』と大きな声で叱った。菊岡は動きも勘もいい刑事だが、思ったことをそのまま言ってしまうところがあり、この時はさすがにしょんぼりとしていた。

そこへ警察医の先生が『お菊ちゃん、蛆虫もだいぶ成長してるようだし、長さを測ってちょうだい』と声をかけたんだ。菊岡は、名誉挽回の機会と張り切って、『分かりました』と言ってね。そして蛆虫を一匹捕まえて物差しで計測しようとするんだが、動いてなかなかうまくいかず四苦八苦していた。それを見ていた鑑識係長が『お前、アホか。お湯持ってこい。お湯かけて殺してから動かんようになったところを計測するんや。それも一〇匹測って平均値を出せ。そうしたらウジの成長によって、ホトケさんがいつ亡くなったか、推定できるんや』と指導していたよ」

生徒たちはお昼前なのも忘れて「へ～、そうなんだ」と熱心にメモをしていた。

園田は付け加えて「変死体の取り扱いは本当に大変で、正直言って嫌な仕事でもある。しかし、嫌々行うと、他殺死体を自殺や病死と見誤ったりして、結果として犯罪を闇から闇に葬り去ってしまうことにもなる。見落としがないか、常に注意してしっかりやることだ。それと心構えとして重要なことは、亡くなった死者への礼儀、残された遺族の心情を尊重して、死体を物的に取り扱ったり遺族への対応を事務的に行うことのないように充分に配慮することだ」

生徒たちは神妙に「はい」と頷いた。

「我々警察は、日々取り扱いをしていて慣れているが、遺族の方はほとんど初めてで気も動転されている。遺体を引き渡す時には、場合によってはお茶などを出して気持ちを落ち着かせてあげることも大事だ。そんな時、お茶の一杯というのは大変にありがたいもんだよ」これまでに何度もそんなシーンがあり、そのことを思い出しながら、園田はしみじみと話した。

生徒たちは「分かりました」と熱心にメモを取っていた。実例に出された菊岡刑事も、まさか自分のエピソードが後輩たちに話されるとは思っていなかっただろう。菊岡の許しも得ずに披露しただけに少し後ろめたかったが、いつも明るかった菊岡の顔を思い出すと、後輩のお役に立ってよかったと笑って許してくれるのではないか、と思えるのだった。

5　担任の打診

園田が警察学校に赴任してはや一年弱が過ぎた。園田がジョギングを終えて一人で入浴しているところに谷村教官が「先生、副校長が捜してましたよ」と呼びに来た。園田は「わかりました。上がったら行きます」と答えた。そして数分して今度は田中教官が「先生、校長先生が捜してましたよ」と言いに来た。

「え〜、校長先生もですか？　すぐに行きます」と答えて浴槽から上がったものの、副校長と校長が緊急の用事があるというのはただ事ではなさそうだ。さすがの園田もいささか心配になる。前任署での暴力団との関係に問題があったのだろうか、などと色々と思いめぐらすが、暴力団捜査で手心を加えたことは一切なく、これには自信があった。

いずれにせよ急がねばならないと超特急で着替えを済ませ、大股で校長室に向かう。副校長も一緒に校長室に在室しているということだった。

園田はノックして「遅くなりました」と敬礼して、校長室に入った。校長室では、安井副校長と道野校長が並んで腰かけていた。道野が「どうぞ」と前のソファを勧める。

園田がソファに座ると、安井がおもむろに話を始めた。

「園田教官、今年、女性警察官の担任をお願いできませんか？」

思わず「え？」と聞き直した。

「女性警察官の担任をやってもらいたいんですよ」と道野が重ねて言う。

「あぁ、それで、私にいつも『奥さん元気か?』って聞かれていたんですね?」

「そういうことだ。奥さんが元気で家庭円満じゃないと、女性警察官の担任は任せられないんだ」

と安井が頷いた。

「私はてっきり、亡くなった娘のことが原因で、妻が気落ちしてるんじゃないかと心配して下さっているのかと思ってましたが、そういうことでしたか」と腑に落ちた。

そんな様子を見つつ、道野は「なんとか頼みますよ」と頭を下げる。

しかし園田はすぐに「私は女性警察官の担任なんて自信がありませんので、お断りいたします」

とはっきり答えた。

安井は驚いて「君、何言ってるんだね。女性警察官の担任希望者は多いんだよ。校長先生もああ言って下さっているんだし」と語気を強めたが、園田は動ぜず「男子の担任でお願いいたします」と繰り返す。

「昨年、女性警察官には君が一番人気があったじゃないか」

「先生しかいないんですよ。何とかお願いしますよ」と道野も重ねて頼んでくる。

園田はしばらく考えたあと、「実は私は女に惚れっぽいたちなんです」と言った。

道野と安井は思わず顔を見合わせて、「惚れっぽい……?」とキツネにつままれたような顔になった。園田は平然と「はい。惚れっぽいんです。万が一のことがあれば組織に迷惑が掛かりますので、なんとか男子の担任でお願いします」と即答した。

「惚れっぽいとは、これまた……」

嘘か本当かわからない断り文句に、二人は頭を抱えてしまったのだった。

6　二年目開始

警察学校は毎年四月にスタートする。

大卒の男子と、女子全員は六ヶ月の短期コースで九月末に卒業する。一方、高卒の男子（大学中退者、短大卒を含む）は一〇ヶ月の長期コースとなり、一月末に卒業となる。園田は刑事担当教官として慣れないながらも必死で一年を過ごした。見るもの全てが新鮮で、あっという間の一年間であった。

そして二年目は、長期コースの男子警察官たちの担任となった。

この年は、園田の長い人生においても忘れることができない重要な転機となった一年であった。見逃しそうなほどの小さな点と点が奇跡的に細い糸で繋がり、そしてついには園田の運命まで大きく変えてしまうことになった。ただそこに至るまでには多くの紆余曲折があったのである。


警察官になるための第一歩を踏み出す場所が警察学校である。同期生と寮で寝食をともにしながら、警察官として必要な礼節（姿勢・態度・服装）、基本実務、法学、術科（柔剣道・逮捕術・けん銃操法・救急法）などを学ぶ。警察学校で培った知識や技術、強靭な精神力や体力、そして寮生活をともにした仲間とのかけがえのない固い絆は、現場で市民を守る大きな力になる。

新入生は全員寮生活だ。

寮は入ってすぐのところに寮当番室があり、寮当番の生徒と寮母の杉山が詰めている。掲示板には部屋割り表と日課時限表が貼ってあり、新入生はそれぞれ自分の部屋を確認したりしている。

『日課時限』の張り紙には詳細な時間割が記されている。

6時30分　起床
6時45分　グラウンドで点呼、警察体操、校内清掃
7時30分　朝食、その後各自授業準備
8時30分　ホームルーム
9時00分～10時20分　一時限目
10時30分～11時50分　二時限目
12時00分～12時50分　昼食
13時00分～14時20分　三時限目
14時30分～15時50分　四時限目
16時00分～17時00分　クラブ活動

17時10分～17時40分　ホームルーム、自主トレなど
17時45分～21時55分　夕食・入浴・自習など自由時間
22時00分　環境整理
22時15分　寮内で点呼
22時30分　消灯、就寝

この日課時限表を見て、気楽な感想を述べる者もいる。

「案外、自由時間も多く、スケジュール的にゆっくりできそうですね」

そう言ったのは、第333期として新しく入学してきた寺井だった。まだ幼さが残るその顔からは、明日から厳しい訓練が始まるという悲壮感は窺えなかった。


部屋は六人用で、パーテーションで仕切られた三畳間程の空間に、簡単な机、ベッド、ロッカーなどが備え付けられている。すでに寮宛てに送ってあった布団などの荷物はそれぞれの部屋に運び込まれていた。各部屋の前には六人専用の自習室がある。丸テーブルが置かれていて、一人ひとりの学習机もある。

全員が利用できるミーティングルームでは、テレビを見たり新聞を読んだりして寛ぐことができる。今その部屋には、先ほど気楽な感想を言っていた寺井と、彼より少し年嵩に見える谷田の二人が残っていた。

「警察学校の訓練は厳しいと聞いていましたが、先輩方も優しく、思ったより楽な感じですね」

「そうやね、テレビも自由に見られるし、新聞も各紙置いてくれてるしなあ。しかし、訓練は連帯責任と称して、腕立て伏せなど百回させられるそうやで」と谷田が応じる。

「へぇ〜、百回もですか。そんなんできませんよ」

「適当に、ケツだけ動かして誤魔化してたらいいんや」

「それって、バレませんかね」

「皆、やってるそうやで。俺の兄貴も警察官なんやけど、警察学校の訓練なんてチョロイもんや言うてたで」

「僕は高卒で頭も悪いので、憲法とか警察法を覚えられるか心配です」

「俺は大卒で短期コースやから、また教えてやるよ」

思いがけない優しい言葉に寺井は「よろしくお願いいたします」と頭を下げた。

「警察学校の教官は偉そうにしてるけど、あんたらと同じ高校しか出てない者が多いそうやで」

「そうなんですか」

「ああ。それが証拠に、卒業試験問題なんてのはいつも大体同じ問題が多いそうや。兄貴から過去五年間の問題をもらってきたんで、見せてやるよ」

「それはすごい。ぜひよろしくお願いします」

「俺が喋ったことは、誰にも言わんようにな」

「はい、わかりました」

寺井は右も左もわからない状態だったが、ここで学校の内情を知っている仲間に巡り合えて、救われたような気持ちになったのだった。

7 園田学級

教場の入口には「園田学級」のプレートがかかっていた。前後に出入口があり、生徒は後ろの出入口から、教官は前の出入口から、各々が出入りすることになっている。新年度、園田の担任するクラスがいよいよスタートするのだ。

教場内は、正面に黒板と一段高い教壇があり、向かって右手前に園田教官と副担任の井本教官が並んでいる。生徒たちは、一列目に全体を統括する小隊長の福田一郎が立ち、その後ろに第一分隊長の森崎誠が控え、さらに各分隊が緊張した面持ちで居並んでいる。園田学級総勢三十七名の面々である。

園田は警部補の階級章で「園田教官」と書かれたネームプレートをつけている。ほっそりしているが筋肉質で、もの静かな雰囲気を漂わせている。一方井本は巡査部長の階級章をつけ、園田と同じく細身だがどこかくたびれた感じで、何だか取っ付きにくい。何よりも気になるのは、左腕がないことで、室内はその左腕のあたりを見て水を打ったように静かになっていた。

まず、担任の園田が挨拶した。「私が君たちの担任の園田です、よろしく。こちらは副担任の井本教官だ。まず井本教官の方から自己紹介してもらう」

井本は園田に軽く頭を下げ、正面に一礼して壇上に上がる。

「副担任の井本で給貸与品の担当だ。給貸与品とは支給品と貸与品のことを言う。まず支給品については、制服、制帽、雨衣、ベルト、手袋、靴下、長靴、短靴などがある。制服、制帽などは三年から四年と使用期間があるが、手袋、靴下などは支給された時点で自分の物と思ってもらって結構だ。次に貸与品についてだ。貸与品は階級章、警察手帳、手錠、けん銃、警笛、警棒などだ。警察官が退職などで身分を失う時は、使用期間の終わっていない支給品及び全ての貸与品は返納しなければならない。これらを紛失したり盗まれたりすると、とんでもない重大な犯罪に使用されたりするので管理、取り扱いには十分注意すること。また失くした場合は懲戒処分を受けることがあるので、制服をクリーニングに出す場合は指定された出入りのクリーニング店に出すことだ。さらには、定期的に上司、つまり教官が給貸与品の点検を行うことがあるので、常に点検、整備を怠らないように。

最後に俺の左腕が気になっていると思うが、左手は肩から下がない。自分の不注意で大怪我することもあるということだ。皆も油断は禁物だ。しかし警察という組織はこんな身体になっても面倒見てくれるありがたい組織でもある。以上」

そう言うと井本は、教壇から降り、園田に軽く頭を下げて教場から出ていった。入れ替わって、園田が登壇する。

「今、井本教官に挨拶してもらったが、教官は捜査一課の特殊班におられた時に子供を人質にした立てこもり事件で突入し、犯人に日本刀で切りつけられ左腕をなくされた。井本教官の活躍で子供は無傷で救出された。このように警察官は、身を挺して国民の生命を守らなければならない。そのことを肝に銘じておくように。

それでは隊の構成について説明する。こちらから、第一分隊、第二分隊、第三分隊となっている。第一分隊長は森崎、第二分隊長は坂下、第三分隊長は村田にやってもらう。そして全体を統括する小隊長は福田だ。それぞれの分隊長は自分の分隊をまとめて小隊長に報告、小隊長はそれを私に報告することになっている。いいな」

生徒たちは一斉に「はい！」と大きな声で答えた。

「警察学校では警察官になる全ての人が入学して、警察官に必要な知識や技能、体力を身に付けるための訓練が行われる。学校は全寮制だが、一ヶ月経てば土日祝日は許可を取れば外出も外泊もできる。外出する場合も警察官として相応しい身なりや行動が求められる。

今回入校した大卒の330期と331期それに332期の女性警察官は六ヶ月、333期の高卒の君たちは一〇ヶ月訓練を受けることになる。ものは考えようで大卒よりみっちり訓練をして第一線に出られるということだ。高卒の署長だってたくさんおられる。全て努力次第だ。

全寮制で規則は厳しいが、決められたことは守ってもらう。これから厳しい訓練が待っているが、一人前の警察官になるためには避けて通れない道だ。同じ釜の飯を食う仲間として、お互い励まし合いながらやってもらいたい。

ではこれから一人ずつ自己紹介をしてもらおう。まず、小隊長の福田から」

福田は「はい」と言って壇上に上がった。

「福田一郎です。出身は山口県です。地元のＪＡで営業の仕事をしていましたので、歳は二十三歳です。中学・高校と空手をやっており、一応二段です。小隊長を命ぜられましたが、一生懸命やりますので、どうぞよろしくお願いします」

空手をやっていたというだけあって、動きにキレがある。続いて各分隊長が自己紹介する。

「森崎誠です。出身は岩手県です。昨年まで盛岡市内の警備保障会社に勤めていました。歳は二十二歳です。実家がお寺ですので、寺社仏閣を見て回るのが好きです。剣道は小学生の時からやっており、三段です。将来は刑事になりたいと思います。よろしくお願いします」

精悍な顔つきで落ち着きがあるな、と園田は思った。

続いて第二分隊長の坂下が登壇した。

「坂下信幸です。僕は、生まれも育ちも京都です。駐在さんになりたくて、警察官になりました。よろしくお願いします」

朴訥な感じの二十一歳である。こういったタイプは真面目で粘り強く、警察官に向いている。

次が第三分隊長の村田である。

「村田強二です。僕も出身は京都の山科です。都大路を走る全国駅伝大会を先導する白バイ隊に憧れて警察官になりました、将来は交通課に進んで白バイ隊員になりたいと思っています」

分隊長といっても二〇歳ちょうど。白バイへの憧れを率直に語るのも初々しい。

以下、残りの生徒も簡単に自己紹介し、それが終わったところで園田教官の番となった。生徒たちも、自分たちの教官がどんな経歴の持ち主なのか知りたくて、全員の目が園田に集中した。

第二章　園田の経歴

1　上天草の海難事故

園田が静かに自己紹介を始めた。生徒たちは声も出さずに聞き入っている。園田は話しながら、これまで自分が歩んできた道を思い返していた。

園田は、熊本県上天草市の生まれである。上天草市は大小の島が集まった市で、天草五橋で繋がってはいるが島国育ちと言っていいだろう。海岸沿いにへばりつくように民家が点在する半農半漁の集落で生まれ育ち、小学校は歩いて約四十五分、中学校と高校は自転車で約一時間、海沿いや山道を走らなければならず、雨の日や風の強い時には大変苦労した。しかし今から思えばその時の自転車通学で知らず知らずのうちに足腰が鍛えられ、柔道ではバネの利いた背負い投げや最後まで戦い抜く持久力が備わったのではないかと思っている。

園田が京都府警の警察官になったのは、中学校の修学旅行で訪れた京都の落ち着いた街並みが気に入って、有名な寺社仏閣を自分の足で見て回りたいと思ったからだった。また誰も身寄りのない京都の地で自分の力を試してみたいという気持ちもあった。それと田舎暮らしから解放されて都会に出てみたいという思いがあったことも否めない。

幼い頃から自然豊かな海や山で遊び回っていたため、熊本弁と島特有の言い回ししかできず、人前で喋るのは苦手であった。刑事になったら尾行や張り込みなどで、あまり人と接することもないだろうと単純に考えていたが、後になって話はそう簡単でないと知り、愕然とした。

もう一つのきっかけは園田が小学六年生の時にあった。セメント運搬船が村の沖合で暗礁に乗り上げて転覆するという海難事故が発生したのである。村の大人たちは総出で救助に向かい、乗り組み員三人を浜辺に引き上げた。そのうち二人は村人たちが起こした焚火に当たって身体を温めていたが、もう一人はムシロの上に横たわったまま身動きせず、どうやら亡くなっている様子だった。村の子供たちも滅多にない出来事なので興味津々で見ていたが、そのうちに「子供はアッチ行っとけ」と追い出されてしまった。園田たちは仕方なく堤防の上に座り込んで、遠巻きに焚火のあたりを眺めていた。するとそこへ村の駐在さんがミニパトで到着した。現場保存のため、黄色いロープを張って立ち入り禁止とし、遺体を確認していた。本署とだろうか、無線でやり取りしている様子も窺えた。

しばらくすると赤色灯を付けて、サイレンを鳴らした一台の覆面パトが到着した。駐在さんは走って行って後部ドアを開け、「ご苦労さんです」と言って敬礼した。車からは濃紺の出動服を着て二本の白線入りの略帽を被った若い警部補（この階級は後に警察学校に入った時に分ったことだが）が、「ご苦労さん」と答礼しながら降りてきた。それから二、三分してもう一台のパトカーがサイレンを鳴らして滑り込んできた。駐在さんは再度小走りに駆け寄って後部ドアを開け「ご苦労さんです」と言って敬礼した。車からは白衣を着た高齢のドクターと思われる人が降りてきた。駐在さんはその人が持っていた黒い重たそうなカバンを受け取り、黄色いロープを持ち上げて遺体の方へ案内した。

若い警部補は救助された二人から事情を聴いた後、運転していた若い刑事と、助手席に乗っていた年配の刑事（後に巡査部長ということがわかる）、そして駐在さんの三人に色々指示しながら、検視を始めた。ドクターは時々警部補と一言二言話すだけで、黙って見ていて彼に任せっきりであった。少年であった園田は、警部補は若いのに相当信頼されているな、と感じた。

検視が終わった頃に死体運搬車と思われる一台のワンボックス車が到着した。遺体は担架に載せられて車で運ばれて行った。そして警察関係者と車両もみな引き上げて行き、浜辺にはいつもの静けさが少しずつ戻っていったのだった。【注】

園田は一瞬、刑事ドラマの撮影でも見ているような錯覚に陥ったが、沖合には転覆した船が荒波に洗われている現実があった。この時の若い警部補の威厳のある態度、テキパキとした指示、刑事たちの動きや段取りの良さが、園田の頭に鮮明に焼き付けられた。

村の駐在さんとして年配ではあるが巡査部長の幹部クラスが着任したと村で話題になっていたが、その駐在さんより若いのに偉くて、なおかつスマートな警部補の一挙手一投足に目が釘付けになった。園田はこの時、よし、俺も将来は警察官になってあんな警部補みたいな立派な刑事になろうと心に誓ったのである。

その後、小舟で魚釣りに行く時は決まって船が転覆した現場近くを通っていたのだが、積み荷のセメントが何層にも重なり合って固まり、それが青白く光って何だか薄気味悪い感じであった。園田はこれまで人の死と向き合ったことがなく、ここで一人亡くなったんだと思うと、いつも自然と手を合わせるのだった。


【注】刑事訴訟法第二二九条に、検視は本来検察官がやることになってはいるが、指定された警部補以上の階級にある警察官に代行させることができることと明記されている。これがいわゆる代行検視である。この際は医師の立ち会いが必要である。警察の無線の暗号や隠語では、変死の事や変死の取り扱いのことを刑訴法第二二九条に因んで「ニイニイキュウ」と呼んでいる。

2　左京警察署時代

園田は高校三年生の時、京都府警を受験して合格した。警察学校での一年間の訓練（当時は高卒は一年、大卒は六ヶ月）を受けた後、新任配置は左京警察署の平安神宮前交番であった。管内には平安神宮や南禅寺、それに京洛大学などがあった。園田は警邏中、平安神宮や南禅寺付近の駐車場に止まっている他府県ナンバーの車に狙いを付けてよくバン（職務質問のこと）を掛けたが、盗難車両だったり指名手配犯人だったりと自分でもびっくりする程検挙できた。時には一当番（二四時間勤務）で二件の自動車盗を検挙したこともある。このような検挙実績が認められて二年程して警邏用無線自動車、いわゆるパトカー勤務となった。

今では刑事になるには、刑事適任者試験に合格しなければならないが、この頃は日頃の仕事振りや検挙実績などで刑事になることができた。園田はパトカー勤務になってからは、これまで以上に機動力を活かして犯罪検挙に務めたので、警察官になって五年で本部の機動捜査隊へ転勤になり、晴れて刑事になったのだった。

3　機動捜査隊時代

機動捜査隊は三部制で、当番、非番、日勤、当番、非番、公休のシフトであった。当番の時は仮眠室はあるものの京都府下全域の事件対応で、面パト（覆面パトカー）の中で座席を倒して休むことが多かった。当番明けの朝は、先輩上司は書類整理をするが、新米刑事は早朝から洗車作業が待っており、綺麗に洗って次の当番に引き継がなければならなかった。

刑事はお茶汲み三年と言われるように、先輩より一時間早く出勤してお茶を沸かしたり掃除したりするのが習わしだった。新米刑事の園田は、湯呑茶碗やコーヒーカップと先輩の顔を覚えて一致させるのに必死だった。間違えて他人の茶碗でお茶を出そうものなら「ワシのと違うわい」と怒鳴られてお茶をかけられることもあった。手帳に、茶碗の絵柄や少し欠けてるといった特徴を書いて、家に帰ってからも覚えるようにした。先輩によっては茶碗の裏側に名前を書いてくれている人もいて、そんなちょっとした気遣いが心に沁みたものだった。

六〇個程の茶碗とコーヒーカップを洗うので、時に滑って割ったり欠けたりすることもあった。ある主任の茶碗を誤って割ってしまった時、大いに恐縮して謝ったら、その主任は「ええよええよ、あれは安物で少し欠けてたから、また明日家から持って来るわ」と許してくれた。一方で根性の悪い先輩もいて「俺のは清水焼で有名な陶芸家の先生が作ったもんや。誰が割ったんや」とすごい剣幕で怒鳴り、犯人捜しが始まることもあった。日頃はサボってばかりの先輩が、その時ばかりは刑事根性丸出しになるのが、怖くもあったが同時に可笑しくもあった。どうせ寿司屋から泣いてきた（上手いこと言ってもらってきたという意味）のだろうが、丼ぶり鉢みたいな重たい茶碗の持ち主は、態度もデカく仕事も大雑把であるような気がした。反面、小ぶりで上品な茶碗を使っている刑事は、控え目で粘り強く、しっかりと仕事をこなす信頼できる刑事が多かった。

炊事場で新米刑事四～五人がお茶を沸かしたり湯呑茶碗を洗ったりするのであるが、底冷えのする京都の水は強烈に冷たく、アカギレすることもあった。それで茶碗に人差し指と中指二本入れてクルクルっと二回ほどかき混ぜて済ませる要領のいい者もいた。そんな者に限って、先輩・上司には上手に振る舞い、同期から電動ゴマすり器とあだ名されても気にすることなく、世渡りも上手いのだった。たかが湯呑茶碗、されど湯呑茶碗である。園田は、茶碗一つで性格や仕事ぶりまで分かるものだと思った。

園田が刑事になって初めて指導を受けた御師匠さん（先輩・上司のこと）は林田主任であった。「龍ちゃん、刑事の仕事は段取り八分や。出勤してから、今日何しようかでは出遅れや。前の日にしっかりと段取りして効率良くやるんや。お茶やコーヒーも八分目までにな」などと親切に教えてくれた。そして「ええとこに目を付けたな」とか「ええ勘してるやないか」とか、よく褒めてくれたので、大いに励みになった。そんな林田の座右の銘は、連合艦隊司令長官・山本五十六の「やって見せ、言って聞かせて、させてみて、褒めてやらねば人は動かじ」だった。上司の中には「お前らなあ、刑事は仕事を教えてもらおうなどと思うな。先輩方の仕事を盗んで覚えるんや」などと言って何も指導してくれない人も多かったが、林田は若い園田に丁寧に教えてくれた。彼は盗犯捜査のプロで、事件の筋読みも的確であり、動物的勘も働いて決断も早い上司であった。

毎年一〇月は「指名手配被疑者捜査強化月間」で、機捜の各班の間では検挙件数を競う熾烈な戦いが繰り広げられた。ある年の一〇月、林田班は指名手配被疑者の立ち回り先として名古屋の愛人宅を突き止めて何日か張り込みを掛けたが、どうも立ち回ってはいないようだったので、いったん様子を見ることにして京都に戻った。一〇月三十一日午後八時頃、本隊で夕食を済ませて、あ〜、もう四時間で強化月間も終わりか、と思いながら一服していたところ、林田が「今からもう一回、名古屋まで行ってみよう」と言い出した。班員は驚いて「主任、あと四時間したら日が変わりますよ」と言ったが「悪いけど、皆、付き合ってくれ」と譲らない。日ごろ班長の動物的勘に驚かされることが多かった班員たちは「分かりました。行きましょう」と全員席を立ち、名神高速道路を名古屋へと急行した。そしてそろそろ愛人宅に到着しようとした時、園田の心に何か引っかかるものがあった。

「主任、ここで降ろしてください。ちょっと歩いてみます」と言って車を降り、愛人宅付近を検索した。しばらくして園田は、路地裏に隠すように止めてある一台のバイクを見つけた。捜していたのは犯人が乗ってきたはずの自動車だったので一度は通り過ぎようとしたが、そのナンバーを見てあっと思った。何と京都南区のナンバーではないか。園田は手帳にナンバーを控え、エンジンを触ってみたところ、まだ温かかった。すぐに車に戻り、「主任、あそこの路地裏に京都南区ナンバーの原チャリが止めてあります」「原チャリ?」「はい、エンジンはまだ温かいです」と息を切らしながら報告した。

林田は「ようし、今から踏み込むぞ」と言うなり自ら先頭になって愛人宅に踏み込み、愛人と酒を飲んでいた指名手配被疑者を逮捕した。時間は日が変わる十五分前であった。この時林田は「ワシはてっきり車で来てると思って、車ばかり探していたが、こんな遠くまで原チャリで来るとはな。それにしても龍ちゃん、あんな所に隠してあるバイクをよく見つけてくれた。まさに動物的勘やな」と言ってくれた。園田は「いや、たまたま見つけたまでです」と謙遜したが、誰もが認める動物的勘の持ち主の上司からそう褒められて、心の底から嬉しかった。いまでも心に深く刻まれている言葉である。

こんな尊敬する林田も、昨年、機動捜査隊長で定年退職した。ただこの時の林田の教えが、今の園田の粘り強い攻めの捜査や後輩に対する指導方法の土台になっていることは間違いない。ありがたい出会いに感謝する園田であった。

そんな中、園田は熊本の親戚の紹介で良子という女性と見合いをし、結婚することとなった。園田二十五歳、良子二十三歳であった。通常は結婚すると警察職員住宅（待機宿舎と呼ぶ）に入居できるのだが、空きがないとかでやむなく安アパートを探して新婚生活を始めた。そんな住まいであったが、良子は文句も言わず付いてきてくれた。地元の高校を卒業して洋裁専門学校で二年間腕を磨いていたことから、一日中、ラジオを聴きながら内職を黙々としていた。ある時園田が「月になんぼ稼いでるのや」と聞くと、笑いながら「晩酌の、酒の肴程度かな」とはぐらかすのだった。暇を見つけては園田のシャツなどもミシンで縫って作ってくれたが、腕は確かであった。口数が少なく黙って人の話を聞き、他人の悪口やボヤキなどは聞いたことがない。園田は、自分には過ぎた女房だと思った。

そんな良子が一人でアパートにいる時、ピンポーンとチャイムが鳴った。玄関に出ると、ヤクザまがいの男二人がドアの外に立っていて、そのうち丸坊主の男が「龍ちゃんいるかい」と尋ねてきた。後になって良子は、この時ほど怖い思いしたことはないと言っていた。それも無理はない。全く知り合いもいない初めての京都で日々緊張して過ごしていたところへ、百十キロほどもある巨漢と丸坊主頭の二人連れが突然訪れて来ては、誰だってビックリするだろう。良子はてっきり暴力団かと思ったそうである。

特に丸坊主の方は、少し色のついたレンズの眼鏡をかけて黒のシャツを着ていたので、まさにヤクザそのものと言えた。以前彼が居酒屋で飲んでいた時に、京極会のヤクザが「おやっさん、どこの若い衆でっか」と声を掛けてきたことがあるそうで、現役の組員が仲間内と間違うぐらいの迫力のある男であった。

何のことはない。実は二人とも園田が左京署でパトカー勤務をしていた時の仲間で、警察官だった。お年寄りなど誰にでも親切で気の優しい男たちで、園田が結婚したと聞いて結婚祝を届けてくれたのであった。良子は本当に熊本へ逃げて帰ろうと思ったそうで、あんな怖い思いをしたことはないと、時々思い出しては笑いころげるのであった。

こうして五年間、機動捜査隊で捜査の基本を叩き込まれた後、園田は、巡査部長昇任試験を受けて合格した。

4　久美浜北警察署時代

園田は巡査部長に昇任して、京都府北部の日本海に面した久美浜北署に異動となった。二十九歳の時である。住いは久美浜待機宿舎といういわゆる職員住宅だったが、鉄筋四階建の白い瀟洒な建物だった。周りが一般の民家ばかりの中でひと際目立ち、周りの住民からは久美警マンションと呼ばれていた。部屋は３ＤＫで、今までのアパートより新しくて広く快適であった。

同期の中には既に警部補（係長）になっている者もいたので決して早い方ではなかったが、それでも仕事が認められての昇任は嬉しかった。翌年に久美子が生まれたので、何かと物入りになる時期に昇給できたことも大きかった。久美浜で生まれたので久美子と命名したが、良子は身寄りのない所での育児に苦労しているようだった。

園田は組対係主任として指定暴力団京極会系岸辺組関係の事件を次々と解決し、府警内や暴力団関係者にも名前が知れ渡るようになった。

引っ越してすぐ、良子は近くの浜野鮮魚店に買い物に出掛けた。店先でおかみさんの浜野孝子が「いらっしゃいませ」と人懐っこい笑顔で挨拶をしてきた。店の奥では主人の勝次が、チラッと顔を上げただけで黙々と魚を捌いている。良子が品定めして迷っていると、孝子が「奥さん、どれにしましょう」と声をかけてきたので、小声で「これ全部で百円ですか」と山盛りの小アジを指さした。

「そうですよ。こんなの漁連の前の桟橋で子供でもなんぼでも釣れますよ」と孝子。

「そうなんですか。これは一匹で五百円ですか」と隣の魚を指さして遠慮がちに尋ねる。

「あ～、黒鯛ですね。店の前が久美浜湾でここはカキの養殖が盛んなんですよ。それで周りの豊富な餌を狙って黒鯛が集まって来てよく揚がるんですよ」

「こんな大きな鯛なのに安いわね。でも料理するのが大変そうだし……」

「三枚におろしますよ、ご主人の昇任祝いに一匹どうですか」

急に「昇任祝い」と言われて驚く良子に、「転勤で久美警マンションに引っ越して来られた方でしょ?」と孝子が尋ねた。

「久美警マンション?」

「はい。ここらでは待機宿舎を皆そう呼んでるんですよ」

「そうなんですか。申し遅れましたが、園田といいます。よろしくお願いいたします」と改めて挨拶する。

「園田さんというと刑事課の主任さんですよね」

「はいそうです。でもこんな立派な鯛、夫婦二人では大き過ぎるわね」

「これ、今朝水揚げされたばかりですから、パーシャルに入れといたら二～三日は刺身でもいけますよ。実はかえって明日の方が美味しいんです」と教えてくれる。

「それではこれください」

「ありがとうございます。これ、あらを煮つけにしても、味噌汁に入れても美味しいですよ」と言って、孝子は黒鯛を主人に渡した。勝次は「毎度おおきに」と言うと、手際よく捌いてトレーに乗せ、ラップで包んで孝子に手渡した。孝子から黒鯛を受け取った良子は「助かりました。ありがとうございます」とお礼を言って支払いを済ませて店を出た。

移ってきたばかりで慣れない土地だったが、人懐こい魚屋さんが近所にあったことで少しホッとする良子であった。


そんな魚屋から思いもかけぬ情報がもたらされたのは、久美浜の海岸に海の家が建ち始めた初夏のことだった。

「こんにちは」

「あら、奥さん暑くなりましたね。さ〜、どれにしましょう」

良子は丸々太った鰯みたいな魚を指差して「このお魚は」と尋ねた。

「これはアゴ。焼いても、刺身でも美味しいですよ」

「アゴという魚なんですか」

「ああ、地元では昔からトビウオのことをアゴと呼んでるんですよ。今朝、水揚げされたばかりで。昨夜、漁師さんが明かりを灯して待っていて、飛んだところをタモ網で掬って取ってきたものです。ほら、このヒレで飛ぶんですよ」と言って翼を広げて見せる。

「え〜っ、本当に飛ぶんだ」

「骨も少なく料理も簡単ですよ。これにしときましょうか」

「はい、お願いします」

孝子はアゴを新聞紙で包みながら、小さな声で「実は、夏の高校野球が始まると頭が痛いんですよ」と打ち明ける。

「どうしてですか」

「主人は今、配達に出掛けてるんで言うんですがね。高校野球で賭け事してるんですよ」

「え〜っ、それって、違法じゃないんですか」

「それは分かってるんですけどね。ここら辺は映画館もパチンコ屋もなくて何も娯楽がないじゃないですか。それで町内の人、たいがいやってるんですよ。それに、主人は婿に来てくれてますので私にも負い目があり、目をつむっていたんです。でも最近では負けが込んで、それで仕事にも身が入らず困ってるんですよ」

「そうなんですか」と同情する良子に「あらら、ゴメンナサイね。誰にも相談できずついボヤいたりして」と孝子は慌てて謝った。どんな家にも心配事があるんだなあと思った良子は、夫に相談してみようかと帰りの道すがら考えていた。


夕飯の食卓には先ほど買ってきたアゴが刺身にされてお皿に乗っていた。

「あなた、久美浜北署は機動捜査隊よりは少しゆっくりできるかと思ったけど、帰りはやっぱり遅いわね」

「ああ。ただ事件はあるようやけど、なかなか事件情報は上がってこないんだ」

「事件が上がってこないことに越したことはないんじゃないの」

「それが、地元の岸辺組が相当悪どいことをやってるという噂はあるんだけどね。何しろ田舎特有で、親戚縁者だったり小中学校の同級生だったりとかで繋がっているもんだから、聞き込みも難しいんだよ。ところでこの刺身美味しいな。何という魚なんだい」

「ああこの魚、トビウオよ。ここらではアゴって言うんだって」

「アゴか、珍しいな。高いんだろう」

「それがね、丸々太ったの、二匹で百円なの」

そんなことを話しつつ、魚の話になったついでに、良子は魚屋の奥さんの悩みを相談してみた。

「それでね、これを買った浜田鮮魚店の奥さん、ご主人が高校野球で賭け事やってて困ってるんだって」

「それは、本当か」と園田の眼が光る。

「ええ、高校野球が始まると頭が痛いって」

「その話、直接聞けないかな」

勢い込む園田の様子にたじろぎつつ、良子は「奥さんの話しぶりでは、相談に乗って欲しい感じだったけど」と答えた。

ある夜、浜野鮮魚店の勝次・孝子夫婦は、久美浜北署の相談室を訪れていた。勝次は、孝子の横で所在なさげにうつむいていた。

「いつも奥さんにお魚買って頂きありがとうございます」と孝子。

「こちらこそ、新鮮な美味しい魚を頂き、助かってます。何しろ私は熊本天草の島育ちでして、魚がなくては晩酌が味気なくって」そう言って、園田は右手でグイッとやる仕草をした。

「今日はこんなに遅くまで残業してもらって申し訳ございません。私が一緒だとこの人話しづらいようなので帰りますけど、どうかよろしくお願いいたします」と言って孝子は立ち上がり、深々と頭を下げた。

「アンタ、園田刑事さんに正直にちゃんと話すんだよ。そのうちに、うちも岩崎さんとこみたいに家まで持って行かれるんだから」

勝次にそう念を押して、再度申し訳なさそうに頭を下げて孝子は帰って行った。勝次は俯いて小声で「ああ」と言っただけだった。

二人きりになると勝次は「どうも、気の強い女房ですいません」と照れ臭そうに頭を下げた。

「勝負事はなかなか自分では止めよう思っても踏ん切りがつかず、気が付いた時にはもう遅くて泥沼にはまってるものなんですよ」と園田は穏やかに語りかけた。

「そうなんです。実は七～八年前から友達の岩崎釣具店の岩崎敏夫に誘われて、野球賭博や競輪競馬のノミ行為をやってるんです」

「胴元は誰ですか」

「この辺一帯を縄張りにしている京極会系の岸辺組です」

「岸辺五郎ですね」

「はい。事務所には岸辺企画という看板を掲げてます。その上の二階が岸辺金融で金貸しをやっていて、勝負で負けたら皆そこで金を借りたりしています」

「いくらぐらい借りてるんですか」

「最初は勝ったり負けたりで四〜五〇万位でしたが、なにしろ金利が高くてそれに負けも込んで、最終的には借金が三百万円になっていました」

「三百万もですか」額の大きさに園田は驚いた。

「岸辺は取り立てが厳しく、岩崎なんかは八百万借りて返済できず、家の権利書まで強引に持って行かれています。わたしは岩崎みたいにならないようにとにかく返済しなくてはと思い、親戚縁者からかき集めて何とか返しました」

　そう言いながら勝次は、岸辺がベンツで岩崎釣具店の店舗兼自宅に乗り込んで来た時の様子を語ってくれた。

　岸辺は車を降りると、岩崎の家をゆっくりと見渡してから店の中に入ってきたそうだ。岩崎敏夫と妻の由美子が、怯えながら「いらっしゃいませ」と挨拶すると、「おう、夫婦揃ってお出迎えか。

丁度ええわ、上がらしてもらうで」と言って、岸辺は勝手に奥の間に上がり込んだ。

「岩崎さん、八百万、いつになったら払ってくれるんや。もうすぐ払う、もうすぐ払いますと言ってから三ヶ月経つやないか」

「もう少し待ってください。何とかしますので」

敏夫は妻の由美子とともに、床にこすりつけんばかりに頭を下げた。

「バカモン。俺も慈善事業でやってるんじゃないぞ」

座っている敏夫を足で踏みつけて「それじゃ、待ってやるから、家の権利書出せ」と岸辺が凄んだ。由美子は震えあがって、タンスの中から権利書を取り出して岸辺に渡すしかなかった。

「おう、あるやないか。預かっとくからな。わしを舐めるんやないぞ」

捨て台詞を残して立ち去ろうとする岸辺に、敏夫は「それだけは、勘弁してください。それを取られたら商売していけません」と足にしがみついた。

「この野郎。殺したろか」岸辺は縋り付く敏夫の頭を拳で殴りつけ、手を放して転がったところで横っ腹を蹴り上げた。さらにもう一発蹴ろうとした時、由美子が割って入って「許してください」と泣いて頭を下げ、なんとか助けてもらった……ということであった。

「この話を聞いただけで震え上がりました」と勝次は心底怖そうに話した。

「そんなことがあったのですか。それはまたひどい輩ですね。ところでお客は何人ぐらいいるんですか」

「町内だけで、三～四〇人はいると思います」

「分かりました。ではこれから、内偵しますので調書取らせてもらっていいですか」

「私も、捕まるんでしょうか」勝次は不安げな表情で尋ねた。

「いいえ、参考人供述調書ですからそんなことはありません。ただ捜査次第では、客として送検されるかも知れませんが、その時はちゃんと説明してから供述拒否権を告げて被疑者供述調書を作成しますので、ご協力をお願いいたします」

「よく分かりました。町のためにも仕方ありませんね」

勝次は拳をギュッと握りしめた。自分の行いを悔いつつ、覚悟を決めたようであった。


その後内偵捜査をして、組事務所を兼ねた岸辺企画の事務所に、満を持して園田以下八名が踏み込んだ。事務所内には組員五名がおり、電話を受けているところであった。奥のひときわ大きな組長の机には、岸辺がふてぶてしい姿で座っていた。

園田が「岸辺、常習賭博でガサ状や」と言ってガサ状を示すと、「何～っ、常習賭博だと。この田吾作刑事が」と怒鳴りながら椅子から立ち上がった。

「田舎ヤクザが。後で泣きっ面みせるなよ」と園田も応酬しながら、手分けしてガサを始めた。

その間もジャンジャンと電話が鳴る。組員が小声で応対していたが、園田が受話器を取り上げて「北陸高校に三〇口ですね。どちらさんでした、野村さん……野村さんと言えば浜詰旅館のご主人ですね。実は私は久美浜北署刑事課の園田と言います。今、岸辺組をガサ中です。お宅も野球賭博で取調べをしますので、署まで来てください。……えっ、忙しいので行けないですって。出頭しなかったら逃走・証拠隠滅の恐れがあるということで、旅館の方へ逮捕状を持って迎えに行きますので」と言って一方的にガチャンと電話を切った。

電話を受けていた組員には「お前、賭博の現行犯や」と告げ、いきなり手錠をかけた。組長以下、組員とガサしていた捜査員も、その素早さに唖然とし、言葉を失った様子であった。

岸辺は「この野郎～っ」と園田に殴りかかろうとしたが、これ以上騒ぐとまずい、と思いとどまって悔しそうな表情で拳をおろした。

「菅ちゃん。こいつ、ガサの邪魔になるから、署に連行してくれ。ガサが終わったら俺が調べるから」と、園田は菅田刑事に指示を出す。菅田は「分かりました」と頷き、船木刑事とともに、嫌がる岸辺の腕を取って連行していった。残った組員はどうしていいかわからず、ビクビクしてガサの状況を見守るだけである。園田は残った捜査員とともにパソコンや電話の録音機、ノート、お客の申し込み帳など多数を押収して組事務所を後にした。

日もとっぷりと暮れた久美浜北署刑事課の取調室。

園田が「岸辺、お前を常習賭博で逮捕する。これが逮捕状や」と言って逮捕状を示した。

岸辺は頭にきた様子で「常習賭博だと、貴様」と怒鳴って立ち上がろうとしたが、補助官の菅田が肩を押さえて椅子に座らせた。

「賭博の調べが終わったら、次は高金利違反や恐喝で再逮捕や」

「何が高金利違反や。ちゃんと許可取ってやってるわい」

「お前は、野球賭博や競輪・競馬のノミ行為で負けた客に法外な金利で金を貸し付けて、返せん者を殴ったり蹴ったりして、家の権利書なんか強引に持って帰っているやないか。これが恐喝やなかったらどんなんが恐喝や」

「おい、弁護士や、弁護士呼べ」と岸辺は大声で叫び、あくまでも抵抗の意思を見せた。


小規模署の久美浜北署は久々の事件で、それも丹後地方一番の勢力を誇る岸辺組の組長を逮捕したとあり、マスコミも大勢押し掛けて署内はごった返していた。

上司の平山刑事課長が園田に「龍ちゃん、タマ数（被疑者の数）が多なって、うちだけでは手が回らんな。署長の方から本部の組対課長に応援要請をしてもらうように頼んでみるわ」そう言い置いて刑事課を出て署長室に行った。

少し経って、平山が戻ってきて「署長から組対課長に電話してもらったところ、組対から五人泊まり込みで応援に来てくれるそうや。それと近隣署の丹後署と橋立署と舞鶴西署からも捜査員を集めてくれるそうや」と嬉しい報告をしてくれた。

「助かります！」

「それと、本部の捜査員の泊まる所は、空いてる待機宿舎を使ったらいいそうや」

「それは、道場に寝泊まりしてもらうよりよほどいいですね」

「うちの署長と組対課長は同期でええ仲みたいや。そういうことなんで、アンタの好きなようにガンガン行ってや」

「課長、ありがとうございます」

　園田は部下のことを思いやる平山の心遣いに感謝しつつ、気持ちを新たにしたのだった。


　その後、岸辺は高金利違反で再逮捕、さらに恐喝で再再逮捕され、組員も共犯として次々と逮捕された。岸辺をはじめ多くの組員が服役したことから組は壊滅状態となり、岸辺が服役中の刑務所から久美浜北署長宛に組の解散届を出して解散した。かくして、丹後一帯に勢力を誇った京極会系岸辺組は、園田の集中取締りによってあっけなく消滅したのである。

　園田のそんな仕事ぶりが認められて、今度は京極会の本部がある六條署に転勤になった。久美浜北署では、暴力団取り締まりに奔走し、家庭では久美子が生まれたりして、あっという間の三年間であった。

5　六條警察署時代

六條警察署は、京極会の本家があるだけに事件も多種多様で、刑事課にも京極会系の親分など幹部組員の出入りが多く、事件処理や情報収集に目の回る忙しさだった。

そんな中、園田は丸山組の組員による恐喝事件を担当しており、被疑者・宮城孝雄（二十五歳）の取調べを行っていた。

「今から取調べをするが、自分の言いたくないことは無理に言わなくてもいいからな」と園田が言うと、宮城はにやりと笑って「黙秘権ってやつですね」と言った。

「黙っていていい権利じゃないんだ。自分の言いたくない時には供述を拒否する権利だ。ところで、被害者はお前から百万円脅し取られたと言っているがその点についてはどうだ」と問い詰めると、宮城は早速「供述を拒否します」とはぐらかした。

園田はこれ以上付き合うまいとして「分った。もう良い。留置場に入れ」と席を立った。

宮城は驚いて「え～っ、刑事さん。煙草一本ぐらい吸わせてくださいよ」と泣き声になったが、園田は「バカモン！警察をなめるんじゃない」と一喝した。

園田が取調室から戻ったところ、刑事課長の中嶋が

「何や、今留置場から出して取調べを始めたと思ったら、もう入れたんか」

「はい。供述を拒否すると言ってますし、このまま追及しても無駄だと思いましたので、一週間ほど干して（留置場から出さず取調べもしないこと）、その間ヤツの生い立ちから生活実態など

を洗ってみます」

「そうか。ネス（初犯という意味）は前持ち（前科者という意味）よりかえって手間かかるなあ」

「そうですね。留置場は冷暖房完備で、食べたいものがあれば出前も取って、補食としてうどんでもラーメンでも食べれますしね」

「そこや。つとめ（刑務所に服役すること）に行ってないヤツは、拘置所や刑務所の厳しさや辛さを知らんから、やりにくいなあ」と嘆く。

「はぁ、ただ粋がってるだけですけどねぇ」と園田が言うと、中嶋は「悪いな。他の刑事もそれぞれタマ抱えてるしな（事件を担当して被疑者を取調べていること）、みな手一杯や。かと言って、本店（府警本部）に泣きついて応援に来てもらう訳にもいかんし。そこが支店（警察署）の辛いところや」と出先の悲哀をこぼした。

園田は「課長、何とかやってみます」と応じたのだった。


比叡山を借景に大きなガラス窓から陽光が降り注いでいる。静かな佇まいの宝ヶ池の喫茶店にダークスーツ姿の園田がいた。

「呼び出して悪いな」

相手は、過去に園田に取調べを受けて、その温情にほだされた清本という若い組員だった。

「いやいや。園田さんには色々とお世話になってますので何なりと言ってください。ワシが知ってる限りお話しします」

「ありがとう。早速やけど、丸山組の宮城って男知ってるかい」

「ああ、六条署に恐喝でパクられてる奴ですね」

園田はちょっと驚いて「そうや。あれっ、まだマスコミ発表してないはずやけど。もう耳に入ってるのか」と言うと、「はい、宮城とは本家当番がいつも一緒でして。昨日、宮城が当番に来ず代わりの者が来てたもんで、宮城はどうしたんやと聞きましたら、園田さんとこに恐喝でパクられた、と言ってました」と答えた。

「そうか、お前は宮城とは仲良いんか」

「はい。組は違いますけど、歳も近いですし、気も合うんでいつも情報交換してます」

「お前の言う通りワシが取調べを担当してるんやけど、否認して何も喋らんのや。それで、日頃どんな生活をしてるのかとか、スケはいるのかとか、お前の知ってる範囲でいいから教えてくれんか。もし言いにくいことがあれば言わんでいいから」

清本が「何や、そんなことですか、言いにくいことなんて何もありませんよ」と応じたので、「そうか。ヤツは確かデショ（出身のこと）は青森だったな」と尋ねた。

「そうです。青森の大間です」

「マグロの一本釣りで有名なあの大間やな」と確かめると、「そうです。ワシは隣県の秋田ですのでよく話も合いますのや」と答えた。

「そうか。それじゃ、何で京都に出てきて丸山の若い衆になったんや」

「ワシもそうですけど、東北の冬は雪も多くてシバレますし、それに田舎暮らしが嫌になって京都に出てきたんだとか言ってました。そして南区の自動車修理工場で修理工見習いとして働いてる時に、たまたま丸山組の若頭の前田がベンツを修理に持ってきて、上手いこと誘われたそうなんです」


その時の話を、清本は次のように語った。


南区の自動車修理工場で、宮城は油まみれのツナギを着て働いていた。ちょうど顔に油をつけて車の下から出て来たところに、京極会系丸山組の若頭の前田が声を掛けたそうだ。

「兄ちゃん、油まみれやないけ。月給なんぼもらってるのや」

「まだ見習いですので一〇万程です」

前田は驚いたように「一〇万!泥んこになって働いて一〇万とは酷いな。そうや、うちの親分の運転手が辞めたので今募集中や。うちゃったら三〇万出すわ。兄ちゃんどうや」と誘いをかけた。

「え〜っ、三〇万もですか」

「あぁ、それは約束するわ。兄ちゃん考えといてな」

そんな具合に誘われて、宮城は前田の若い衆になった、ということだった。

「そうか、丸山の運転手してたんのか」

「ところが、前田の羽振りの良さに憧れてヤクザの世界に入ったもののそんなに甘くなく、修理工の時はアパートも借りてもらっていたのでなんとかやっていたそうですが、今では自分でアパート代払って、その上、ヒラの組員だって毎月の上納金五万は取られますし、義理かけ（暴力団の様々な行事）も派手ですから、若い衆は皆ピーピー言ってます。宮城もこんなんじゃ凌げないので、今回の恐喝事件を打ったんじゃないかと思います」

なるほど、と園田は頷いた。末端の組員の生活は派手なように見えて、実はそう甘くないのである。

「宮城にはスケはいないのか」

「おります。東山幼稚園の先生をしてるそうです」

「幼稚園の先生とどこでどうやって知り合ったんや」

「宮城の話では、彼女が大学生の時に丸山組事務所の近くの居酒屋でバイトをしていまして、その時に引っ掛けたそうです」

園田は苦笑して「えらいもんに引っ掛かったもんやな」

「本人は、気はいいですし、そんなに悪い人間じゃないんですけどね」

「そりゃ、そうだろう。田舎の出だからなあ。人間、ええもん着てええ格好するより、油まみれで泥んこになって汗かいて働く姿が一番美しいと思うぞ」

清本が頭を掻いて「俺のこと言われてるようで、申し訳ありません」と言うと、園田は慌てて
「あぁ、ゴメン、ゴメン。お前のことじゃないんだ」と謝った。
「あ、そうそう。宮城の話では女が妊娠してるとかで、来年二月頃には子供が生まれるので籍を入れようかどうしようか、迷ってるそうです」
園田が「女の方の親が許してくれるかな」と言うと、清本も「そうですね……」と眉をひそめるのだった。

一週間が経った。園田が宮城を留置場から出して、取調べを始めた。

「これから取調べをして、調書を作成するので、自分の言いたくないことは無理に話すことはない。いいな」

「はい、その意味は良く分かっています。ところで刑事さん何かわかりましたか」

「宮城、何かわかりましたかじゃないだろう。これは相手のいる事件だ。自分から正直に話したらどうだ。来年には東山幼稚園の先生との間に子供も生まれるんじゃないのか」

宮城は「えーっ、そこまで調べたんですか」と驚いた。表情からは先程までの余裕が嘘のように消えていた。

すかさず園田は「言いたくなければ喋らんでいいぞ。そしたらお前の情（情状酌量のこと）が悪くなるだけだ」と畳み掛けた。

急に真顔になった宮城は一瞬の間を置いた後、「わかりました。どうもすいませんでした。被害者が供述している通りで間違いありません」と頭を下げた。その声には諦めと覚悟の色があった。

「脅し取った百万円はどうした」

「パチンコしたりして使ってしまいました」

園田が「全部か」と追及すると、宮城は「はい」と答えたが、もちろん額面通りには受け取らない。

「そんなんでは素直に自供してるとは言えんぞ。宮城、組対を甘くみちゃいかん。言いにくいことは分かってる。組になんぼ入れたんや。上納したのはなんぼやて聞いてるんや」

「そ、そんなこと喋ったら殺されます」

「ほかの組は五〇パーらしいけど、お前の組は七〇パーの上納で酷いと聞いてる。お前の言うように一円も組には入れてないということでいいんやな」

宮城は「はい」と頷いたが、その返答には力がなかった。

「そしたら、頭の前田に確認してみるぞ」と揺さぶりをかけると、「刑事さん、勘弁してください。それこそ焼き入れられて半殺しにされます」と泣き顔になった。

「そやから、お前が組に入れたのはなんぼや聞いてるんや。素直に言わんかい」日頃は穏やかな園田の顔が別人のように厳しくなる。

これ以上隠し通すのは無理だと観念して、「刑事さんが言われるように七〇万です」と宮城が自供した。

園田はさらに「誰に渡した」と踏み込んでいく。

「頭です」「前田か」「はい。でもこんな事ベシャった（喋ったという意味）いうことがバレたら懲役に行ってた方がましですわ」

園田が「お前、ムショ（刑務所のこと）の厳しさ、辛さが分からんからそんなことが言えるんや。スケとのことや、生まれてくる子供のこと考えてみたことあるんか」と言うと、すっかりおとなしくなった宮城は「そしたら俺、どうしたら良いんですか」と真剣に尋ねてくる。

「お前は、格好だけ見てヤクザに憧れて前田の若い衆になってるんやないか。人間はな、泥んこになって汗流して仕事してる姿が一番美しいんや」

「そうですか……。確かに修理工場で油まみれで働いてる時が楽しくてやり甲斐もありました」

「そうやろう、お前はまだ墨（刺青のこと）も入れてないんやろう。そしたら、お前、ワシがオヤジ（組長）にでも頭にでも言うてやるから堅気になれ」

宮城は驚いて「とんでもありません。そんなことができるはずがありません」と言った。

「お前、足洗いたいと思ったことないんか」

「いつも思ってます。青森に帰って親父と一緒に漁師をやりたいんで」

「親父さん漁師をしてるのか」

「はい、大間のマグロの一本釣りのような、あんな格好いいもんじゃないですけど。中古の船買って小魚取って、生活してます」

「お前が帰ったら親父さんも喜ぶんじゃないか」そう園田が諭すと、宮城の顔は一瞬輝いて、

「そりゃぁ、親父もお袋も喜ぶと思います。それと、彼女も青森ですので、いつも田舎に帰りたい、帰りたい言うてますから、実現できたら彼女が一番喜ぶと思います」と言うのだった。


丸山組若頭の前田が接見室で宮城に面会後、刑事課の園田の所に顔を出した。太い眉毛と鋭い眼差しが印象的な大柄の男である。

「園田さん、お久し振りです」と声がしたので、書類を書いていた園田は顔を上げて刑事課入口の方を見た。

「おぉ、頭、久し振りやな」と言って手を上げると、前田はお辞儀をして「宮城がお世話になっております」と丁寧な挨拶を返した。園田は「ちょっとこっちに入ろうか」と言い、奥の参考人調べ室を指さした。


園田が宮城を取調べたような「取調べ室」は三畳位で逃走防止のため鉄格子が施してあるが、今入った「参考人調べ室」は六畳位の広さで四～五人が座れるようになっている。少し開放的で鉄格子などもない。

席に座って、雑談もそこそこに園田が切り出した。

「丁度よかった。その宮城のことだが、足を洗いたい言うてるのや」

前田は驚いて「冗談やない。そんなに簡単に堅気になられたんでは、他の若い衆に示しがつきませんよ」と言下に拒否した。

「そんなことは分かった上で、話してるんやないか」

「それはできません」

そこで園田はさらに一歩踏み込んだ。「宮城は、カツアゲ（恐喝のこと）した百万のうち七〇万はお前に渡した言うてるけど、そうなったらお前さん、共犯として喰えない（立件するということ）こともないんだぞ。ワシにそこまで言わせるんか。何やったらオヤジに話を持って行ってもええんやぞ」

「そ、園田さん、待ってください。……分かりました。オヤジにだけは勘弁してください。そしたら、どうしたらいいんですか」

「宮城は親父さんが青森で漁師をしてるので、帰って一緒に漁師をしたい、言うてる」

「漁師やるったって、ツトメには行かんでいいんですか」

「ハッキリしたことは分からんが、ヤツは初犯やから被害弁償したら、多分、弁当（執行猶予のこと）が付くやろう」

「わかりました。ワシが弁護士を通じて何とか被害弁償します」と前田は諦めた様子で答えた。

「そうか、無理言って悪いな」

前田は逆に感動して「園田さん、ワシらを叩くだけじゃなく、そこまで考えてやってくれてるんですか」

「ああ、人それぞれやり方は違うだろうけど、ワシは事件は事件として立件した上で、一人でも多く足を洗わせて、堅気になるように願ってるんや。それも警察の仕事と思ってな」

「恐れ入りました。園田さんは反社会的勢力に対してガンガン行く割りには人気があるんで、どうしてやろうと今まで不思議に思ってましたが、これでよくわかりました。今まですいませんでした」と言って頭を下げた。


それから十数日後、ひと段落ついたタイミングで、園田は刑事課長の中嶋に報告を行った。

「課長。宮城、何とか自供して取調べも終わり、恐喝で起訴されましたので、明日京都拘置所に移監したいと思います」

「おう、龍ちゃん。よう完落ちさせたなあ。被害弁償もしてるし、多分弁当つくやろな」

「そうですね」

「これで一件落着やね。ご苦労やったな。ところで、シャリ（ご飯。ここでは昼ご飯のこと）まだやろう。久し振りに駅前にでも出てみるか」

「いいですね」

少し肩の荷が下り、晴れやかな表情で答える園田であった。

お正月気分もひと段落し、山から吹き下ろす風に寒さが一段と身に染みる一月末のことだった。六條署刑事課に、お腹の大きな女性を連れた若者がやって来た。二月に産み月の彼女を連れた宮城だった。入り口で「ちょっとすいません。宮城と言いますけど、園田さん、おられますか」と声をかけてきた。奥のデスクで聞いていた園田が「おお、宮城やないか。こっちや」と言って立ち上がり、手招きして奥の参考人調べ室へ案内する。

宮城が「先日公判が終わりまして、懲役一年半の執行猶予三年でした。そして、これが今まで話していました彼女の三原玲子です」と紹介する。

「三原玲子です。宮城さんがお世話になりました」玲子はそう言って深々とお辞儀をした。目鼻立ちの整った、東北らしい色白の女性である。

「園田です。まぁまぁ、掛けて掛けて」と言って二人に椅子を勧めた。

「弁当付けてもらったか。そりゃ良かった。ところで、堅気の件はどうなった」と園田は気になっていた件を尋ねた。

「はい、前田の頭がオヤジにいきさつを説明してくれまして、なんとか堅気になれました。それも指も飛ばさずに済みました。ホラ、この通りです」と言って、宮城は両手を広げて見せた。

「そりゃ、良かったやないか。ところで、これからどうすんのや」

「はい、園田さんと約束しましたように、青森に帰って親父と二人で漁師をして頑張りたいと思います」

園田は笑顔で「そうかそうか。どんな魚釣るんや」と聞く。

「大間、言うたらマグロの一本釣りが有名ですけど、あんな格好いいもんじゃなくて、カンパチとかヒラメとかの小魚狙いです」

「小魚って言うけど、カンパチなんか結構大きな魚で引きも強いんじゃないのか。それにヒラメの刺身なんて最高に美味いで。マグロの一本釣りは、年末にテレビで派手にやってて格好はいいかも知れんが、当たり外れが多くて博打みたいなもんや言うてるで」

「はい。成功してる人は一握りの漁師だけで、高い船を買って借金返済で泣いてる人も多く、本当に博打みたいなもんです」

「あまり無理せんと堅実に行った方がいいな」

宮城は「はい。そうしようと思ってます」と頷いた。そして急に声をひそめて、「博打いうたら、お世話になったお礼に土産（情報）置いときます」と言い出した。

「そんな、無理せんでもええで。ネタ元（情報源）がバレたら、奴ら、青森まででもお前を追い込み掛けるやろうし。そんなんいいわ」と園田は慌てた。

「いやいや、京極会の者はほとんど知ってますし、ワシがベシャったいうことは分からないと思いますので」

園田は安心して「そうか、それならいいけどな。それで、どんな情報や」と聞く。

宮城はさらに声を潜めて「総長賭博です」と打ち明けた。

「総長賭博だと！本格的な賭博か」

「はい。組長クラスが集まって嵐山の谷口屋旅館で毎月二十五日にやってます。ワシも何回かオヤジを車で送って行ったことがありますが、錚々たる顔ぶれが集まっていました」

身を乗り出した園田が「胴元は誰や」と聞くと、宮城は「誠道会の坂東と聞いています」と淀みなく答えた。

「そうか、ありがとう」

思いがけず大きな情報が飛び込んできて、園田は宮城の勇気に感謝した。

「ところで、青森にはいつ帰るんや」

「はい。明日午後三時の関空から青森の直行便で帰ります。帰って大間市役所に婚姻届を出して、正式に結婚します。生まれてくる子供にも悪いので」

「そうかそうか。ところで、生まれてくる子供は男か女の子かどっちや」

「ワシは、男の子が良かったんですが、どうも女の子のようです」

「俺も、同じこと思っていたが、女の子も可愛いいで」

「そうですか。園田さんとこは娘さんですか」

「あぁ、今二歳の女の子や」

「二歳言うたら今が一番可愛い盛りですね。多分園田さんがイケメンやから娘さんも可愛いいんでしょうね」

園田は笑って「いやいや。宮城のところは彼女がベッピンさんやけど、うちは嫁さんがこんな顔してるわ」と言って、右手の人差し指を自分の鼻に当てて上げる仕草をする。ちょっと前までは恐喝事件で刑務所送りかと思われた男にこんな冗談が言えるとは。園田としても感慨深いものがあった。

「青森に帰ったら、お父さん、お母さん、喜ぶやろうな」

「はい、特に親父は昨年奮発して少し大きな中古の船を買い換えましたので、一人ではしんどいと言ってましたから」

「故障しても、お前、少しぐらいは修理できるんやろ」

「はい、エンジンもディーゼルで車のエンジンと似ていますので、ちょっとぐらい故障しても直せると思います」

「そりゃぁ、親父さんも心強いわ。ところで、彼女の方はどうするんや」

玲子がはきはきと答える。「はい。子供が乳離れしたら、孝雄さんのお母さんが面倒見てくれるそうですので、近くの幼稚園で働きたいと、思っています」

「そうか。孫が一番可愛いというからな。皆楽しみに待ってるんやないか」

「これも園田さんのおかげです。何から何まで、本当にありがとうございました」

「健康にだけは気を付けて、お互い助け合って仲良く暮らすんやぞ。そうや、刑事課長に挨拶しとこか」

宮城は「はい、お願いします」と言って、大きな腹を抱えた彼女と一緒に園田の後ろからついていった。

園田が「刑事課長、宮城です。公判も済んで懲役一年半の執行猶予三年だったそうです。晴れて堅気になって、明日、関空から青森に帰る、言うてます」と報告した。

中嶋は課長席から立ちあがって、「そうか、弁当付けてもらったか。これからは法に触れることだけはするなよ」と諭す。

「はい。泥んこになって、油まみれになって働きます」

園田が「こいつ、お父さんが大間で漁師をやってるんで、手伝うそうです」と口添えする。

「そうか。青森は特に冬は寒さが厳しくて凍れるので、風邪引かんように頑張るんだぞ」

「はい、ありがとうございます。ワシが弁当付けてもらったのも、堅気になれたのも、みんな園田さんのおかげです。二人共感謝してます」と言って、二人深々と頭を下げる。中嶋は、うんうんと言ってその様子をニコニコ見ていた。

「それでは、これで失礼します。ありがとうございました」と宮城は中嶋に告げた後、回れ右して刑事課員全員にも「本当にお世話になりました！」と声を張り上げて挨拶をした。そして二人揃って長い間頭を下げた。それは心からの感謝の気持ちの現われであった。

刑事課員全員、「おーう、宮城、頑張れよ」と言って立ち上がり、万雷の拍手で北に帰るカップルを送り出した。送るもの、送られるもの、各々が皆笑顔であった。

二人が帰ってしばらくして、園田が課長席に行って中嶋に話しかけた。

「課長、宮城のヤツ置き土産や言うて、博打の情報置いて行きました」

「どんな博打や」

「総長賭博で、胴は、誠道会の頭の坂東のようです」

中嶋は思わず「大きいのか」と聞く。

「はい、各組の組長クラスが毎月二十五日に集まってやってるそうです」

「場所なんかは分かってるのか」

「はい、嵐山の谷口屋旅館だそうです」

中嶋は手応えを感じて「誠道会と言えば博徒じゃないか。それも頭の坂東が胴元だったら情報の信憑性も高いなあ」

「そうですね。ただ、せっかく宮城が堅気になったのに、ネタ元がバレたら元も子もありませんからね」

「そうやな。うちからってすぐ分かるわな。どうしたらええもんかな」そう言って腕を組み、二人で考え込んだ。

しばらく思案を巡らせていた中嶋が妙案を思いついた。

「そうや、本店の警部に話を持って行って、管内が嵐山署やから、そっちの方に帳場（事件ごとの捜査本部や特別捜査班のこと）を設けてもらおうか。うちはあまり表に出ずに応援という形にしたらどうやろ」

園田も「そうですね。そうしてもらった方が動きやすいし、助かりますね」と賛成した。

その後、組対は各署の応援を得て、嵐山署に特捜班を設置。内偵捜査をして、三月二十五日の深夜、谷口屋旅館を急襲した。その場で、京極会系の組長二〇名と幹部一〇名を常習賭博の現行犯で逮捕、という大捕物であった。このような本格的な賭博の検挙は、京都府警では三〇年ぶりであった。言うまでもなくこの逮捕劇のきっかけは園田であったが、そのことを知ってる者は中嶋と組対課長以外、数名だけであった。そんな苦労の甲斐あって、ネタ元の詮索が東北の宮城に及ぶこともなく、園田は胸をなでおろしたのである。

二年後園田は警部補昇任試験に合格して、祇園警察署刑事課組対係長に転勤になった。いよいよ凶悪な指定暴力団京極会系八坂組との熾烈な闘いが始まるのである。

6　祇園警察署時代

園田が祇園警察署に転勤になってからというもの、縄張り争いから始まった神戸菱田組と京都京極会の対立抗争は、日に日に激しさを増していた。そんな中、京極会系の八坂組に銃弾が撃ち込まれるという事件が起こった。

一刻の猶予もないと感じた園田は、部下一〇名とともに背広に出動帽子を被って、八坂組事務所の前に陣取った。時刻は夕方五時過ぎ。近くの円山公園にも夕闇が迫っていた。

園田は「警察や、開けろ」と言いながら、自ら事務所のドアをガンガンと叩いた。事務所の中から「まぁまぁ待て待て。ぶち破らんでも開ける開ける」と声がして、組員が渋々ドアを開けた。

事務所には組員五～六人がおり、奥の部屋の大きな机には組長の八坂源治が煙草をふかして座っていた。

「おう、源治、お前もいたか」と園田が言うと、源治は少しも騒がず「お前もいたかって。ここは俺の城でっせ。今日はポチ（刑事）を大勢引き連れてなんですのや」

「火取法違反で、ガサと検証や」と言って、捜索差押許可状と検証許可状を示す。

「ガサって、こんな夕方にか。ガサは朝早くにするんじゃないんか。それにお前、火取法違反てなんやねん」

「ガサはいつでもできるんや。今日は事務所のドアと窓にけん銃ぶち込まれた件で、火薬類取締法違反でガサや」

「ちょっと待て。うちは菱田組の方から一方的にやられた被害者やぞ」

「ヤクザに被害者もクソもない」

「被害者の方をガサするて、聞いたことがないわ」と源治が反論した。

「俺も、初めてや」園田はそうおどけて答えた。

「お前、無茶するなや」と怒鳴りながら、園田に掴みかからんばかりの勢いであった。

園田はそれを無視し、「こいつら、ガサの邪魔になる。頭を残してあとは外に放り出せ。立ち会いは頭や」とてきぱきと指示を出した。部下の石井他数名が「はい」と言って、源治たちを力づくで外に放り出しドアを閉めた。

一人残った若頭の川端に対して園田が「川端、お前、ガサの立ち会いや」と宣言すると、川端は急な展開に付いていけず、毒気を抜かれたまま「はい、分かりました」と言うばかりであった。


このように園田は、銃刀法違反、覚醒剤取締法違反、暴力行為、傷害、恐喝など各種法令を駆使して逮捕したりガサしたりするのだが、なぜか八坂組関係先をガサすると、いつも情報が筒抜けで証拠隠滅されてしまうのである。

そうこうするうちに、園田の娘の久美子が小学校から下校中、バイクに轢き逃げされて亡くなる、という痛ましい事件が起きた。本部の交通捜査課は左京署に特捜班を設置して必死に捜査したが、犯人がフルフェイスのヘルメットをかぶっていたことから目撃情報も少なく、暗礁に乗り上げた形だった。下校時に久美子が背負っていた傷ついた赤いランドセルを見るたびに、園田は娘の無念を晴らそうと心に誓うのだが、その思いとは裏腹に捜査は一向に進展しなかった。

自分のこれまでの検挙状況から見て、八坂組の仕業に違いないと睨んで、今までよりさらに厳しい取締りに力を入れた。しかし、八坂組を内偵したりガサしたりすると、いつも相手に情報が抜けてしまっていた。園田には、泥んこになって尾行・張り込みをする仲間たちを疑う気持ちは少しもなかった。それよりも、ガサ状などの令状を裁判所に請求する際に、刑事課長、副署長、署長と決済に回すので、そこらあたりから漏れているのではないかと疑っていた。

その思いは園田の部下も同じであった。

「いつも、ガサの情報が源治の所に抜けるなあ」と石井がぽつりと漏らした。

部下の八木も「そうですね。ひょっとしたら、源治の妾からやないですか」と応じた。

「そしたら、副署長が漏らした言うんか」

「はい、それしか考えられませんよ」

石井は改めて黒木副署長の日頃の行状に思いを馳せた。「そうやな。『綾乃』のホステスに入れ込んで、入り浸りやしな」

そんな二人の会話を、園田は捜査書類を書きながら聞くともなしに聞いていた。副署長を問い詰めるのは最後の手段とも思えたが、それが轢き逃げ犯の逮捕につながるのか、確信が持てなかった。

久美子が亡くなってからすでに一年が過ぎようとしており、焦りだけが募っていくのだった。

第三章　警察学校の日々

1　道場にて

春の陽光が道場の窓から未だ眠そうな生徒たちの顔に柔らかく差し込んでいた。

333期全員揃って横隊に1分隊、2分隊、3分隊と並んで、松坂教官が来るのを待っていた。中には、小さな声ではあるが雑談している者もいる。松坂は園田より年齢が少し上で、授業が厳しいとの噂があった。

松坂が入って来て、道場正面の国旗に正対して静かに一礼した。それを確認した小隊長の福田は、大きな声で号令をかけた。

「気を付け！」の声に合わせ、全員気を付けをする。松坂が横隊の正面に位置し、胸を張って正対したところで、福田が「敬礼！」と言って全員敬礼を行う。松坂も答礼をする。

「私が教練と警備実施を担当する松坂だ。警察官は常に礼儀正しく、忍耐強くなければならない。そして服装などは端正を旨とする。いいか」

生徒たちは「はーい」と間延びした声で返事をしたが、松坂は「『はーい』じゃない！『はい！』だ！」と一喝した。

生徒たちはびっくりして「はい！」と姿勢を正す。

「入校中の心得に書いてあったと思うが、まだまだ髪の毛が長い者がいる」と言って見て回り、五～六名を列から出して前に並ばせる。

「明日までにスポーツ刈りにしておけ」

言われた生徒たちは直立不動のまま、素直に「はい」と答えた。

そして授業が始まる。

「まず、基本の姿勢の気を付けからだ。気を付けっ！」と松坂が号令をかけた。

「両かかとを一線上に揃えてこれをつけ、両足先は約四十五度に開いて等しく外に向ける。いいか」生徒たちは短く「はい」と答えた。みな一生懸命に真似をする。

「次は敬礼だ。敬礼にも原則がある。上官に対しては敬礼を行い、上官はそれに答礼する。同級者は互いに敬礼を交換しなければならないことになっている。

そして敬礼には室内と室外の場合がある。まず、室内の敬礼は姿勢を正して、注目した後、体の上部を約十五度前に傾むけて、頭を正しく上体の方向に保って行う。こうだ！」と、やってみせる。生徒たちは「はい」と答えて、各々身体を傾けた。

「帽子を持っているときは、右手にその前ひさしをつまみ、内部を右ももに向けて垂直に下げる。いいか」生徒たちは同様に「はい」と言って、これも教官の真似をする。

「それではもう一回やってみる。敬礼ーっ！」生徒たち全員、敬礼をする。

「動くな！そのままにしておけ。寺井、お前は下げ過ぎだ」容赦ない指導が続く。

松坂はみなの動作を見て回り「敬礼したら、心のなかで、1・2・3と数えて頭を上げる。いいか」そう言って、何十回となく繰り返させる。

「次に室外での敬礼、つまり着帽しての敬礼だ。この時は相手に向かって姿勢を正し、右手を挙げて指を伸ばす。人差し指と中指を帽子の前ひさしの右側に当て、掌を少し外側に向け、肘を肩の方向に向けてほぼその高さに上げ、相手に注目して行う。こうだ！」と松坂自ら実演した。さすがにビシッと決まっていて絵になる。皆もそれを真似しようとする。

「村田、指は広げるんじゃない。つけるんだ」

村田は「はい」と言って、慌てて指を閉じた。

「高本、お前は手のひらが外に向き過ぎだ」

高本も「はい」と言って、手のひらの向きを少し変えた。微妙な調整が難しい。

「掌は、少し外側に向けると言っただろう。目は正面を見ろ。キョロキョロするな」と、さらに指導が続く。

「西口、もう少しひじを肩の高さに上げろ」

たかが敬礼、されど敬礼。生徒たちは皆必死で松坂の指導についていくのだった。

2　先輩の指導

警察学校へは通常四月一日に入学し、入校式は一週間後に行われる。その間は日にちがなく、また教官だけの授業や訓練にも限界があるので、先輩の初総生による基本動作の特別訓練が恒例となっていた。先輩たちは、いったん卒業して第一線に配置になるが、六ケ月ほど経った後、実務能力を向上させるための再教育訓練を警察学校でニヶ月間ほど受ける。これを初総生という。初総生の北町は、先輩風をいっぱいに吹かせていた。

「初任総合科総代の北町だ。警察は一日でも早く拝命した者が先輩だ。先輩の言うことは絶対だ。よく覚えとけ、いいか」

新入生が「は～い」と答えると、「は～いじゃない。ハイだ。間の抜けたような返事をするな。分かったか」と北町が叱責する。

「はい」「声が小さい、分かったか」「はい！」

やっと北町が満足そうに頷いた。

「ようし。今から基本の姿勢の訓練を行う、まず気を付けだ。全員気を付け！」

気を付けをした新入生に対し、個別に指導していく。

「寺井、両足先は何度に開くんだ」

寺井は焦って「はい九〇度です」と答える。どうも他の生徒とはとはワンテンポずれるところがある。

「バカヤロウ！、四十五度だ。松坂教官から習ったのを忘れたのか」

「はい」と言いながら、動揺して少し体が揺れる。

「何がはいだ。フラフラするな」

慌てて寺井が姿勢を正した。

「次は敬礼だ。号令をかけるので、そのままの状態で止めろ。敬礼！」そう言いながらジロリと生徒を見渡し、目ざとくおかしな姿勢の生徒を見つけた。

「こらっ、西口。上体は十五度に傾けるんだ。お前は下げ過ぎだ。松坂教官が泣くぞ！」

そう言われた西口はとっさのことにおろおろしてしまった。

「フラフラするなと言っただろう！」と寺井と同じ叱責が飛ぶ。人の振り見て我が振り直せとばかりに、他の者も自然と背筋が伸びた。

と、このような基礎訓練が、入校式まで延々と繰り返されたのであった。

3　入校式五日前

入校式は330期、331期、332期、333期と全員揃って挙行されるが、練習は各クラスごとに教練担当教官によって行われることが多い。教練担当は敬礼を教えてくれた松坂で、いままさに333期の新人に入校式の練習を行っているところだった。

「五日後には入校式が行われる。式には　警察本部長、公安委員長、知事などの来賓がお越しになる。ピシッと決められるように今から入校式の練習を行う。名前を呼ばれた者は、元気良く返事して起立すること」

「気をつけ」「敬礼」を何十回となくやらせて直立不動の姿勢を取らせる。

このような基本動作を繰り返し練習させるのは、もちろん当日粛々と入校式を進めるためだが、他の理由もある。敬礼したままでの姿勢や、長時間にわたる直立不動の気を付けの姿勢は、生徒たちに今まで味わったことのない苦痛を強いる。それで体力的に劣る者や資質に欠ける者は、入校式までに自然と退校するようになる。早い段階で体力の限界までの訓練を繰り返し実施させて、これは耐えられないと思わせて自主退校させるのだ。

また授業が始まると、素行不良者や適格性に欠ける者についてもふるいにかけていく。術科訓練などで徹底的にシゴき、本人にここにいたら殺されるのではないかと思うくらいに追い詰めるのだ。その結果自主退校するよう仕向けるのだが、極端な場合は脱走する者も出てくる。

こうして入校式までに、一〇名程度が学校から去ることになった。

ミーティングルームで初任科第331期の谷田が一人、新聞を読んでいると、そこへ333期の寺井が顔を出した。二人は入寮初日に同じミーティングルームで声を交わした仲である。

「ご苦労様です、谷田さん。余裕がありますね」と言って挨拶する。

「おう、寺井君か。どうや、少しは慣れたか」

「いやぁ、皆に付いていくのがやっとです」

「適当に誤魔化してたらいいって言うたやろ」

「はい、しかし初総生による基本動作の訓練なんか厳しくて大変です」

「初総生か。あれらはあんたらと同じ長期コースで、俺よりは年下やで」

「そうなんですか」

「あんなの、気にせんでもいいで。ただ格好つけて粋がってるだけや」

そう言われて少し気が楽になったが、それでも「昨日も総代の北町さんからきつく叱られました」と弱音を吐く。

「ああ、北町か。あれは俺の兄貴の後輩で、俺には遠慮して何も言わんわ」

「ええ〜っ、凄いですね」

「廊下なんかで会うと北町の方から挨拶してくるわ」

「いやぁ、あんな厳しい総代が考えられませんね」

「アンタも、困ったことがあったら俺に言いや。何とかしたるわ」

寺井は力強い味方を得た思いで「その時はよろしくお願いいたします」と深く頭を下げた。

4　脱走

入校式前日。松坂教官が新入生の前に立って、静かに話しだした。

「明日はいよいよ入校式だ。今日は基本の練習の仕上げを実施する。ただその前に言うことがある。今朝寮内のトイレが詰まって流れなくなった。調べてみると、誰かが煙草十数本をトイレットペーパーに包んで流していたことが分かった。学校内は禁煙で、寮内に煙草は持ち込めないはずだ。誰がやったかは分からない。従って連帯責任として、腕立て伏せ百回や。皆で大きな声出してやれ」

生徒たちは意外な展開に顔を見合わせたが口答えはできない。すぐに「はい！」と言って腕立て伏せを始めた。「1・2・3・4・5・・・」と、大きな声出して続けていく。みな必死である。後ろの方では谷田がケツだけを動かして、さも一生懸命やってるように見せかけていた。声だけは大きな声で誤魔化している。松坂が、チラッとそちらを見た。

生徒たちは、なんとか「98・99・100！」と腕立て伏せをやりきった。皆息も絶え絶えである。松坂が「止めーっ」と号令し、全員立ち上がる。

皆が整列したところへ松坂が声をかけた。

「谷田、前へ」

呼ばれた谷田は「はい」と大きな声を出して皆の前に出た。

「お前、腕立て伏せをやってみろ」

谷田は震える声で「はい」と言い、腕を曲げ伸ばしして基本通りに腕立て伏せをやる。それを見た松坂は「バカモン！　今までやってたようにやれと言ってるんだ！」と一喝した。谷田は「はい」と言って、渋々ケツだけを動かして、先程までやっていたように腕立て伏せのふりをする。それを見た生徒たちは皆「くすくす」と含み笑いをした。

松坂は「よし、戻れ」と指示し、皆を見回して言う。

「皆、今の見たか。教官だって腕立て伏せ百回を最初からできるとは思ってない。しかし、できなくても必死に頑張ることが大事なんだ。このように誤魔化したり要領をかましたりする人間は警察官になる資格なんてない。谷田、お前グラウンド一〇周走ってこい」

谷田は「はい」と小声で言って道場を出て、グラウンドに向かう。走り出す前に顔を歪めたのが、遠目でも分かった。昨夜谷田に「適当に誤魔化しとけばいいんや」と教えられた寺井は、なんとも複雑な気分でその光景を見ていた。


明けて入校式当日の朝八時ごろ、『当直教官』の腕章を巻いた武山教官（逮捕術担当）が、331期担任の大島教官に挨拶した。

「大島先生、おはようございます」

「あ、おはようございます。当直ご苦労様でした」

「朝の点呼で分かったんですが、先生のクラスの谷田が昨夜、脱走したようです」

「そうですか。荷物はどうなってますか」予想していたのか、大島は落ち着いたものだった。

「はい、部屋を調べましたところ、制服、制帽などの給貸与品はロッカーの中に残されていて持ち出した物はありません」

「そうですか。一度谷田の山城町の実家に電話して、帰ってないか、確認してみます」

「よろしくお願いいたします」

二人は軽く一礼し、顔を見合わせた。お互いの顔には少し苦笑交じりの表情が浮かんでいたのだった。

昨晩の深夜、谷田はボストンバッグひとつ持って薄暗い寮内の廊下を忍び足で歩いていた。なんとか玄関から外へ抜け出したが、衛門受付では初総生が一人、当直勤務に就いている。谷田は植え込みに隠れてしばらく様子を窺っていたが、当直勤務員が交代で持ち場を離れて不在になった隙を見て、小走りに通用門から校外に出た。そのまま逃げるように小走りで深草駅に向かう。そこで始発の電車を待ち、一目散に実家へと戻った。退校覚悟の脱走劇であった。

武山の報告を聞いた後、大島は生徒の個人ファイルを取り出し、受話器を取った。なんとも気の重い電話を一本、これからかけなければならない。

「もしもし、おはようございます。私は警察学校の教官の大島と言いますが、秀夫君のお父さんでしょうか」

谷田の父親が緊張した声で「はい、そうですが」と応じると、大島が経緯を説明した。

「実は昨夜、息子さんが無断で寮を出られたようでして、そのまま学校に帰って来ていません。そちらに立ち寄っていないでしょうか」

谷田の父親はバツの悪そうな声で答えた。

「はい、今朝早く警察辞める言うて帰って来ました」

「そうですか。校則では無断外出は退校扱いとなります。お預かりしていた携帯電話と一緒に書類を送りますので、必要事項を記入して返送してください」

「はい、分かりました。よろしくお願いいたします……」

谷田の父親の、やっと聞き取れるぐらい小さな声が受話器から聞こえてきた。大島には、電話口で頭を下げている谷田の父親の姿が目に浮かぶようだった。

大島は入校してからの谷田の態度や性格などを見抜いており、慰留はせず、単刀直入に父親に退校の旨を伝えたのである。兄弟揃っての警察官を期待したが、なかなか思うようにはいかないのが現実であった。受話器を置いた大島は、ふーっと大きなため息をついた。

5 講堂での入校式当日

壇上には、道野学校長の他、公安委員長、知事などの来賓が居並んでいた。演台には府警本部長が立つ。

袖下で安井副校長が入校式の開始を告げ、任命書を読み上げた。

「ただ今から、入校式を挙行いたします。まず、辞令交付を行います」

全員の名前を呼んでいき、生徒たちは大きな声で返事をして起立する。訓練の成果か、一同、動きに淀みがない。生徒たちの横に並んで立っていた園田教官も、式が順調に進んでいくのを見て、安堵の表情を浮かべていた。

330期三十六名、331期三十五名、332期二十三名、そして一番多い333期三十七名の総計百三十一名が次々と名前を呼ばれていき、京都府巡査を命ぜられた。辞める人数を見込み、少し多めの人数になっている。このうち332期は女性警察官だが、園田は自分がその担任でないことで、改めてホッとしていた。やはり自分には、ヤンチャな男子警察官の方が性に合っている。男子警察官の333期担任でよかったと思うのだった。

このように全員の辞令が交付され、次に安井が本部長訓示と告げた。

「諸君、入校おめでとう。警察官は警察法第二条に明記されてあるように、個人の生命、身体及び財産の保護に任じ、犯罪の予防、鎮圧及び捜査、被疑者の逮捕、交通の取締りその他公共の安全と秩序の維持に当たることを任務とする。そのためには、気力と体力が充実していなければならない。これから六ケ月間、ないし一〇ヶ月間厳しい訓練が待ち受けているが、国家と国民に奉仕するためにも頑張って頂きたい。以上」

生徒たち皆の心にずしりと響く重い言葉であった。

安井が「気を付け!」と号令をかけると、一同は一斉に起立し、安井の合図で敬礼した。

その後、公安委員長、知事などの挨拶があり、その都度、生徒は起立と敬礼を繰り返す。後方には、父兄が多数参列していた。ほとんどの父兄は自堕落な生活をしていた子供が、一週間程度でこんなにもキビキビと起立・敬礼をするのかと驚き、互いの顔を見合わせていた。

父兄の中には、敬礼する寺井を見つめる母親の姿もあった。

入校前の寺井は、深夜までゲームをし、朝はなかなか起きない生活をしていた。そんな息子に、母親はいつも「正人、いつまで寝てるの。早く起きないと学校遅れるよ」と声をかけたものである。寺井は「は～い」と間の抜けた返事をして、寝乱れた長髪をそのままに、寝間着姿で顔も洗わず朝食を食べるのが常であった。そんな姿を見て、母親はあきれつつ、歳の離れた末っ子だったので甘やかし過ぎたか……と今さらながら後悔していたのだった。

その息子が今や髪も短く整え、入校式の間も姿勢を崩さずに敬礼している。じっと見つめる母の眼にはきらりと光るものがあった。警察官になりたい、と言ってきた息子に対し、果たして務まるだろうか、と心配ばかりの母親には、ほっと安堵の入校式であった。

6　警察学校の朝

早朝の六時三〇分。寮内に軽音楽が流れ、しばらくすると寮当番の「起床、起床、起床の時間です。ただちにグラウンドに集合してください」というアナウンスがスピーカーから流れる。その声を合図に、全員がガバッと起きてジャージに着替え、野球帽をかぶり運動靴に履き替えて、駆け足でグラウンドに集合する。グラウンドでは、制服に当直の腕章を巻いた二名の当直員が、国旗掲揚台の上で、準備万端、直立不動の姿勢で待機している。

六時四十五分には、小隊ごとに整列して休めの状態で、当直教官の到着を待つ。教官が校舎からグラウンドに出て列の横に到着すると、初総の総代が「気を付け、国旗に注目！」と号令をかける。その声と同時に君が代の音楽が流れ、これに合わせて国旗がゆっくり揚がっていく。

国旗の掲揚は、音楽が鳴るのと同時に紐を引っ張って揚げ、丁度音楽が鳴り終わったところでぴたりと上で止まるのが理想である。皆が注目している中、音楽が鳴り終わっても頂上に到達せず慌ててスルスルと上げたり、逆に音楽の途中で既に上に行ってしまったり、はたまた途中で紐がポールに絡まったりすると、なんとも間の抜けた感じになってしまうので、たいそう気を遣う任務である。そのため、皆が集合する前に何回も練習するのである。

その甲斐あって、この日は音楽が鳴り終わると同時に国旗も無事に掲揚された。

総代の「なおれ」の声で、全員気を付けのまま視線を前方に戻す。そして当直教官である園田が中央の台の上に上がった。「当直教官に注目」と総代が号令をかけ、総代自らは敬礼、他の者は注目する。園田も答礼をする。

その後「なおれ、人員報告」と号令をかけると、各小隊長が順次、当直教官に対して人員報告を行っていく。

人員報告は、当直勤務の者や、風邪などで熱を出して臥せっている者、実家で不幸があって帰省中の者などの人数を報告する。特に入校直後は、厳しい訓練に耐え切れず脱走したりする者もいるので、小隊長は自分のクラスの人員をしっかり把握した上で報告しなければならない。間違って報告しようものなら大騒ぎになりかねないのである。

報告が終わったところで、園田が明るく「おはよう」と挨拶し、生徒たちも一斉に大きな声で「おはようございます」と挨拶を返した。

園田は「警察体操の後、グラウンド三周駆け足」と言って台の下へ降りた。その後、警察体操の音楽が流れ、体操が始まる。一般のラジオ体操に似ているが、「1胸をそらせる運動」に始まり「16腕を上げ交差して呼吸する運動」まで項目が多く、基礎的ではあるが、忠実に実行すれば結構身体にきつい運動である。春先であるがすでにうっすら汗をかいている者もいた。

体操が終わって元の隊形に戻ったところで、初総から順に駆け足を始める。総代が「駆け足ー、進め！」と号令をかけると、隊列の前の者が「いち・いち・いちに」と先唱する。それに合わせて残りの生徒全員が「そうれ」と声を張り上げ、これを走り終わるまで順番に繰り返していくのである。

息を切らせてグラウンド三周の駆け足を終わったところで、寮前で流れ解散となる。いつも遅れるのが斎藤という生徒だった。園田は、身体も引き締まっていて筋肉質な斎藤が、駆け足の後、人一倍呼吸が荒いのが気になっていた。

7　掃除から授業終了まで

駆け足が終わった後、331期の遠藤と国村が教官専用トイレの便器を清掃していた。タワシでこすって水を流し、一つ一つの小便器を雑巾で丁寧に拭きあげている。巡回中の園田が入って来て声をかける。「遠藤と国村は、いつも皆が嫌がるトイレ掃除をかって出て、それも丁寧にやってくれているな」

二人はびっくりして、慌てて敬礼した。

「あっ、教官。ご苦労さまです」

「皆が嫌がることを率先してやることは警察官として大事なことだ。確か二人は、将来刑事希望だったな」

二人は直立不動で「はい」と答えた。

「刑事の仕事は、テレビドラマでは派手で格好良く見えるが、実際は地味な仕事だ。市民の安全を守る縁の下の力持ちと言ったところだ。トイレ掃除のように皆がやりたがらないことを淡々とこなす忍耐力が大事なんだ」

二人は園田をまっすぐ見つめて「はい」と深く頷く。

「一生懸命掃除してるのに邪魔したな」と言って園田は飄然と去って行った。

このように、自分のクラスだけでなく、他のクラスの者にも分け隔てなく声をかけて指導するのが、園田らしいところである。

園田は時々寮当番室を覗き、寮母の杉山に「ご苦労様です」と挨拶するようにしていた。杉山はふっくらとした体形で、生徒たちからも実の母親のように慕われていた。

「ああ、園田先生、ご苦労様です。今度、３３３期の担任をなさるんですね」

「はい、生徒たちをよろしくお願いします」

「私はてっきり３３２期の女子のクラスを担任なさるんだとばかり思ってました」杉山はにっこり笑ってそんなことを言った。

びっくりして「いやあ女性警察官はどうも苦手で。男子の担任の方が私の性に合ってますから」と応じると、意外な言葉が返ってきた。

「何おっしゃってるんですか。ご存知ないんですか？園田先生の人気、女性警察官の間で凄いんですよ」

言われ慣れない言葉に、変な汗が出て戸惑う園田であった。

そんな園田の動揺を気にも留めず、杉山はもう別の話題に移っていた。

「ところで茶道クラブの講師、裏千家から谷畑先生が見えられるんですね」

「ご存知なんですか」

「私も若い頃お茶をやってましたから。裏千家では有名な方なんですよ」

園田は茶道クラブの担当である。

「そうなんですか。何でしたら杉山さんもクラブ活動の時一緒にどうですか」

「とんでもありません。勤務時間中ですから」と杉山は固辞したが、

「構いませんよ。寮当番は生徒が就いていますし、寮内でやるんで職場を離れる訳でもないですから、問題ないですよ。経験者の方に参加して頂くと茶道クラブの担当としても心強いですから」と勧めた。

杉山はなお躊躇っていたが、最後には「それじゃ甘えさせてもらいます」と頭を下げた。

「いやぁよかった。何でしたら茶道クラブ顧問の肩書も杉山さんに渡しますよ」

「先生、冗談はよしてくださいよ」

そんなやり取りがおかしくて、二人は顔を見合わせて笑うのだった。


七時三〇分から八時三〇分までは朝食と授業準備の時間である。

朝食は全てセルフサービスで、小隊ごとに食事が終わると、各自食器を洗い場に出す。教官は教官席で食事をするが、食堂内は会釈だけの挨拶で声を出さないことになっている。

朝食を終えた生徒たちは、寮内で授業の準備に余念がない。

個室では各人がその日の授業に必要な京都府警の実務必携（六法全書みたいなもの）などを準備していた。

自習室では、ジャージから制服に着替えた寺井、西口などが、福田と森崎にネクタイを結ぶ特訓を受けている。高校を卒業してすぐに警察学校に入校した者にとって、ネクタイは全く縁がないものであった。上手く結べない彼らに対して、社会人だった福田と森崎が熱心に指導していた。

そのリーダーたちの努力に報いるため、少しでも早く形になるようにと必死に練習する寺井たちであった。

八時三〇分。各教場で授業の前にクラスごとのホームルームが行われる。

一時限目は九時からで、以後日課時限に沿って流れていく。

午後四時からは、術科クラブ（柔・剣道、サッカー、野球クラブなど）と文化クラブ（華道、茶道、音楽、美術など）があり、午後五時からは、ホームルームと自主トレーニングの時間である。

午後五時三〇分になると、君が代が流れ、授業の終了を知らせる。国旗が降納され、生徒も教官もどこにいても国旗のある方に注目する。グラウンドで自主トレしている者も、寮内を歩いている者も、音楽が流れると立ち止まって国旗に注目して敬礼し、終わると一礼する。座ってデスクワークしている教官も例外ではない。音楽が鳴り始めると仕事を止めて立ち上がり、国旗の方を向いて注目し、終わると一礼して着座して仕事を再開するのである。

衛門前では、『当直』の腕章を巻いた330期の生徒七名が、当直教官の到着を整列して待っていた。そこへ『当直教官』の腕章を巻いた園田が到着する。

小隊長の松尾が「気を付け！当直教官に注目」と号令をかけ敬礼し、他の者は注目する。園田が答礼すると、松尾は「なおれ。ただ今から松尾巡査以下七名当直勤務に就きます」と報告した。

園田は軽く頷いた後、この時期、特に注意すべきことを伝える。

「明日から京都国際会議場でサミットが開催される。警察施設はテロなどの対象となっている。指示は三つ。一つ目、出入者は確実にチェックすること。二つ目、不審物件の発見に努めること。三つ目、引継ぎは徹底すること。以上だ」

「テロ」という言葉に全員思わず顔が引き締まった。明日にでも犯罪に直面する可能性があるという緊張感が、当直者全員の間に走ったのだった。

8　自由時間から就寝まで

一方、寮内は午後五時三〇分を過ぎると自由時間となる。洗濯室では三〇台ぐらいある洗濯機の取り合いとなる。特に、日々使っている柔道衣や剣道衣は厚手なので、なかなか乾かずに時間がかかる。したがって、物干し場には道衣がずらりと並ぶことになり、それが警察学校の日常の光景であった。

入浴は午後六時からで、訓練で汗まみれの生徒たちが、我先にと浴槽に飛び込む。大浴場だが一斉に入るので、芋の子を洗うような光景だ。緊張感から少し解放されたのか、生徒たちの笑い声が浴室に響く。入浴の時間は大事なコミュニケーションの時間でもあるのだ。

午後七時三〇分から九時三〇分までは自由時間となっており、勉強する者もいればテレビを見たり新聞を読む者もいて、各自思い思いの時間を過ごす。

入校直後は外出もできず、携帯電話は教官が一括して保管することになっている。外部との連絡は手紙を書くか、公衆電話から電話する以外にない。そのためこの時間になると、寮内の公衆電話の前は長蛇の列になる。ただ生徒の中には携帯電話を二台持っていて、一台を教官に渡し、残り一台をこっそり隠し持っている不届き者もいる。

午後一〇時十五分。薄暗く長い廊下に小隊ごとに整列し、当直教官の園田の到着を待っていた。小隊長の福田が号令をかける。「気を付け！当直教官に注目。直れ。初任科第333期総員三十七名事故なし。番号！」それに続いて生徒たちが順番に番号を点呼する。「1」「2」「3」……「36」最後に福田が「列外1」と締め括る。園田から注意が伝えられる。

「雨が降りそうなので、物干場の洗濯物は取り込んでおくように。以上だ」

福田が「当直教官に注目！」と言って夜の点呼が終わった。

9　斎藤の疑惑

それからしばらくして園田は斎藤の部屋を訪ねた。斎藤は大学を中退したばかり。まだ二〇歳の生徒である。

「斎藤、教官室まで来てくれるか」と園田が声をかける。

斎藤は「あっ、はい」とビックリしつつ、園田の後に付いて行った。

教官室に入ると、斎藤は園田を前にして直立不動の姿勢となった。

「斎藤、君が寮内で喫煙しているのではないかという噂を耳にしたんだが」

「とんでもありません。誰がそんなことを言ったんですか」と斎藤は気色ばんだ。

「作業服から少し煙草の臭いがするようだけど」

「日曜日に外出した時に吸いましたので、その時についたものだと思います」

あくまで白を切る斎藤に、園田は「お前は外出する時、作業服でするのか。管理権に基づいて寮内の机とロッカーを調べてもいいんだぞ」と眼光鋭く睨みつけた。

逡巡の後、その気迫に押され、斎藤は観念した。

「すいません。寮の自室で何回か吸いました」

「寮内は禁煙で煙草やライターは持ち込み禁止のはずだ。なんで規則を破るんだ」

「訓練があまりにも厳しいので、つい吸ってしまいました」斎藤は顔を伏せ、そう答えた。

「煙草とライターはどこに置いている」「机の引き出しに入れています」

「それでは今から教官も一緒に行くから、煙草とライターを出せ」

「分かりました」

斎藤はがっくり肩を落とした。その姿には諦めと後悔と自責の念が滲み出ていた。

そして自室に戻り、無言で煙草とライターを園田に差し出した。

「ロッカーにはこの他、持ち込み禁止のものは何も入れてないか」

問い詰められた斎藤は言葉が出ない。園田はロッカーの中を探って何かを取り出し、斎藤に突きつけた。

「これと、これはなんだ」

斎藤は下を向いたまま、「携帯電話と……」と黙り込む。

「携帯電話は持ち込み禁止だろう。それとこれはなんの道具だ」

「これは、あのう……大麻を吸う道具です」

園田は畳みかけて「吸ったことがあるのか」と問いただした。

「学生時代に二～三回吸いました」「入校してからはどうだ」

「一度もありません」

そう言いながら、斎藤は今にも泣き出しそうな表情になった。

「自分から、辞職願を書いて持ってこい」

「分かりました……。逮捕はされないんでしょうか」

「今回は、大麻を所持してた訳でも吸ってた訳でもなく、ただ道具を持ってただけだから逮捕はない。ただこんなことを続けるようだと、ガサなんか簡単にされるぞ。場合によっては連れの供述から逮捕されることだってある」

逮捕されないということがわかって少しホッとした斎藤であったが、人生を棒に振ってしまったという後悔を拭い去ることはできなかった。

園田は斎藤を一人部屋に残してドアを閉めた。すでに時刻は深夜零時を回っており、昼の訓練に疲れた生徒たちは寝静まっている。ただ斎藤の部屋だけは晩くまで光が煌々と灯っていた。


翌朝、教官室前の廊下で斎藤が直立不動の姿勢で待っていた。寝不足のせいか、眼が少し赤い。

「教官、おはようございます」

「おはよう。教場で待ってなさい」

「わかりました」そう答えて、斎藤は教場に向かった。

園田が教場に着くと、「教官、辞職願を書いて参りました」と言って斎藤が辞職届を手渡した。

それを受け取って内容を確認し「今日付けで退校だが、法に触れることをすれば、今後、元警察官としてマスコミに大きく報道されるからな」と諭すように言う。

斎藤は「はい」と深く頷いた。それは、悩みに悩んで覚悟を決めた男の顔であった。

園田が気分を変えるように「それじゃ、自分に合った仕事を探して頑張るんだぞ」と明るく言うと、斎藤は「分かりました。教官には退校処分ではなく辞職扱いにして頂き感謝しています」と頭を下げた。

「お父さん、お母さんに心配かけるんじゃないぞ」

「わかりました。短い間でしたが、今までありがとうございました……」

そう答えた斎藤の目には、溢れんばかりの涙が溜まっていた。


その後、私服姿になった斎藤は、給貸与品担当の井本教官のところに向かった。制服などの給貸与品を返納するためである。井本はそれらを受け取ると、無言で制服を右手一本と顎を使って器用に畳み、階級章などの員数を数えた。

「員数は揃ってる。終了だ」

「お世話になりました」そう言って斎藤は深々と頭を下げた。

部屋を出る斎藤の背中に井本は短く「達者でな」と声を投げかけた。いつもは鋭いその眼差しもこの時ばかりは少し和らいでいた。


第一時間目の授業が始まる前、三階の園田学級の教場で五〜六人の生徒が窓の外を眺めていた。その時、校舎の前の道を片手に紙袋を持ち、もう一方の手でキャリーバッグをコロコロと引いて、寂しく去って行く斎藤の後ろ姿が見えた。寺井が「あれは斎藤やないか。アイツ辞めるんか」と周囲に聞いたが、誰も真相を知らないため、答えはない。

辞めたり辞めさせられたりあるいは脱走したりと、一人去り二人去って仲間が少しずつ減ってゆく。その寂しさ、やりきれなさが胸に沁みて軽口を叩く気にもなれず、生徒たちは一様に沈黙して複雑な表情を浮かべるのであった。

その朝、斎藤の他にもう一人、「事故」（欠席）の生徒がいた。線が細くて先輩にもよくしごかれていた西口である。皆どうしたのかと心配したが、自室で一人、高熱に唸っていたのだった。

毎日の訓練で心身ともに疲れた故の発熱のようだった。

心配した寮母の杉山が西口の部屋のドアをコンコンとノックした。

「西口さん、寮母の杉山です。具合はどうや？」

発熱で顔の赤い西口が、なんとか布団から顔を出して「ああ、寮母さん。だいぶ良くなりました」と言うが、その声はか細くて力がない。

「熱、何度になった？」と聞く杉山に「さっき測ったら、三十七・五度まで下がっていました」と報告する。

「まだ少しあるねぇ。これ、アイスノン。もう少し寝て、頭冷やしたほうがいいわ」と冷やしたアイスノンを差し出すと､西口は身体を起こして受け取り「いつもすみません」と頭を下げた。「何かあったら遠慮なく言ってな。常備薬もあるし」

その優しい言葉が故郷で待つ母親の声とダブって胸がいっぱいになり、「ありがとうございます」の返事がかすれる西口であった。

10　授業風景　その①

仲間が脱走や自主退学でだいぶいなくなったが、残った生徒たちの結束は逆に強まった感がある。その時期を見計らうかのように、入学から三ヶ月後に警察手帳と手錠が貸与される。この二つは早くに貸与すると悪用したり紛失したりするので、各種訓練をして資質に欠けた者をふるいにかけた後、担任教官から貸与されるのである。

園田は教壇に立って、担任の第333期の生徒たちを前にしていた。袖で立っている副担任の井本教官が「これから、警察手帳と手錠の貸与式を行う。まず、福田」と声をかける。

呼ばれた福田は、「はい」と前へ出て、園田から警察手帳と手錠を受け取った。両手にずしりと重い。それは単に重量の問題だけではないだろう。

以下、全員に手渡したところで、園田が訓示を行った。

「皆、警察手帳と手錠の重みを感じたと思うが、これからしっかり勉学に励み、各種訓練に耐えて第一線で活躍できるよう力をつけて欲しい」

生徒たちは、たった今渡された警察手帳と手錠を手に持って、神妙に園田の話を聞いている。ようやくここまで来れた、という安堵感とともに、これからこの警察手帳と手錠を携えて警察官として世の中に出ていくんだ、という緊張感がみなぎっていた。

各期ともいよいよ授業本番となるが、各担任教官の担当教科は次の通りとなる。

園田教官（四十三歳）初任科第３３３期担任・刑事担当
大島教官（三十八歳）初任科第３３１期担任・憲法行政法担当
鈴木教官（三十七歳）初任科第３３０期担任・地域担当
赤藤教官（三十五歳）初任科第３３２期担任・交通担当（女性警察官）

みな担任の生徒を抱え、それとは別に専門教科を担当している。この他に、担任を持たずに専任教科のみの担当教官が十数名いる。


まずは、大島教官が基本的人権の授業を始める。その担当にふさわしく、厳粛な雰囲気の教官である。老けて見えるが、園田よりは四〜五歳若いはずだ。

「憲法行政法、担当の大島だ。これから、基本的人権の尊重について授業を進めるが、我々が生活して行く上でも、警察官として仕事をするにしても、最も大切なことである。特に基本的人権の性格は、不可侵性、不可譲性、義務性がある。義務性とは、不断の努力によってこれを保持する義務、濫用しない義務、公共の福祉のために利用する義務だ」

そう言いながら大島は、ずっと下を向いている一人の生徒に目をつけた。

「まだ授業が始まって五分も経ってないのにもう居眠りしそうなのがいる、寺井！」

寺井は「はい！」と言って起立する。

「眠たいのか」

「いいえ」すっかり眠気の失せた寺井は大きく目を見開いた。

「嘘をつくな。お前今、船こいでたやないか。次から居眠りした奴はグラウンド一〇周走ってもらう。お前ら、勘違いしたらアカンぞ。普通の高校や大学、専門学校などは高い高い月謝を払って勉強を習ってるんや。この警察学校は月給もらって勉強を教えてもらってるんや。いわゆる、国民の税金で勉強してるんや。それを居眠りするなんてもってのほかや。寺井、分ったか」

寺井は大きな声で「はい！」と返事をし、背筋をぴんと伸ばした。

大島は「よし、寺井座れ。いいか、基本的人権の享有、日本国憲法第十一条、大事やからしっかり覚えとけよ」

寺井が叱られたおかげで眠気が吹っ飛んだ生徒たちは、異口同音に「はい」と答えたのだった。


校内の一角には授業用に模擬交番が建てられている。十五坪程の平屋建てで、玄関上には赤灯火が付いている。二枚引き戸を開けると受付になっており、その奥には四人掛けの机があって、トイレと炊事場もある。さらにその奥には六畳ほどの部屋があり、仮眠できるようになっている。「模擬」とはいえ本物そっくりに建てられていて、入校中何回もここを使って授業することにより、第一線に配置になった時もすぐに仕事がこなせるように訓練するのである。

地域担当の鈴木教官が声を張り上げる。きびきびした動作が目立ち、見るからにスポーツマンタイプである。

「地域警察が一番重要だ。卒業したらまずは全員交番勤務だ。地域警察は、常に警戒態勢を保持し、全ての警察事象に即応する活動を行い、国民の日常生活の安全と平穏を確保することを任務とする。いいか」

生徒たちは「はい」と言ったまま鈴木の方を凝視している。

「常に警戒態勢を保持するというのはだな、二十四時間、何もなくとも、いつでもどこでも保持するということだ。いいな」

「はい」と言って、全員真剣にノートにメモをする。

「ボーっとしてたらアカン言うことや。寺井、わかったか」とここでも寺井に声が飛んだ。寺井は「はい」と言いながら、眠くありませんと言わんばかりに目を大きく見開いた。

「職務質問は犯行の発生を予防し、または既に発生していた犯罪を捜査し、犯人を検挙するのが目的や。ええな。職務質問の対象は四つある。警察官は異常な挙動、その他周囲の事情から、合理的に判断して職務質問をする。一つ目は、何らかの犯罪を犯したと疑うに足りる相当な理由がある者。二つ目は、何らかの犯罪を犯そうと疑うに足りる相当な理由がある者。三つ目は、既に行われた犯罪を知っていると認められる者。四つ目は、犯罪が行われようとしていることについて知っていると認められる者。ええか、よく覚えておけよ」

生徒たちは「はい」と、これも必死にメモを取る。

「これらの者を停止させて、職務質問や凶器を持っているかどうかを調べることもできるんや。それじゃ今から職務質問の実習を行う。不審者役は梅田教官にお願いした。まず最初に西口、お前やってみろ」

病気も治った西口は元気に「はい」と言って前に進んだ。そして交番前で立番して左右を見て警戒する体制をとる。梅田教官は歳は四〇を超えているはずだが、身体の動きは若者に負けず俊敏である。その梅田が、ジャンパーを着込んで野球帽をかぶりいかにも不審者然として、交番前を自転車で急いで通り過ぎようとする。

西口は慌てて「ちょっとちょっと。すみません」と言って、両手を広げて飛び出す。

すかさず鈴木から叱声が飛ぶ。「バカモン！正面から飛び出して両手を広げたら危ないやないか。端っこで止めるんや。もう一回やり直せ！」

西口はその厳しい口調に震え上がった。「はい、すいません」と言って、今度は道路の端っこで止めて職質をかける。

「お急ぎのところすいません。どちらまで行かれますか」

そう言われた不審者役の梅田は、ドスを利かせて西口を睨みつける。

「どこへ行こうと、俺の勝手やないか」

そう言われると気の弱い西口は「いや、あの〜」と次の言葉が出てこない。

鈴木はそれを見て、「アホたれ。お前はもうええ」と西口を下がらせ、「次、安田。職質かけるところからやってみい」と声をかけた。

安田は「はい」と言って手帳とボールペンを取り出して、梅田に質問する。

「すいません。住所とお名前、教えて頂けますか」

梅田は西口に答えたのと同じように、「何で、俺が住所と名前を言わんといかんのや」と自転車に跨ったまま非協力的な態度をとった。しかし安田はひるまない。意外と気が強いところがある。

「実は、先程そこで事件がありましたのでご協力をお願いします」

「どんな事件があったんや。俺が犯人とでも言うんか」

「いや～、そんなことはありませんが、皆さんにご協力をお願いしてるんです」

梅田は構わず「俺は、急いでんのや」と言いながら、自転車で立ち去ろうとする。そうはさせじと、安田はハンドルに手を掛けて自転車を止めようとする。梅田はわざとらしくバランスを崩して倒れた。慌てる安田を制して、鈴木からダメ出しが出る。

「アホ！ハンドルに手を掛けて止めたら倒れるに決まってるやないか。怪我でもされたらどうすんのや。よし、下がれ。次は高本。お前は自転車を止めて降りてもらったところからや。ブツかどうかの、ぞう品照会（盗品かどうかの照会のこと）をやってみい」

指名された高本は「はい」と言って手帳とボールペンを取り出し「この自転車、ご主人のものですか」と梅田に問いかけた。童顔だが、同期中では一番の巨漢であり、職質にも迫力がある。

「俺のや！」

「防犯登録はされてますよね」とさらに追及する。

「そんなもん、金がかかるし、してないわ」

高本はここぞとばかりに「それじゃ、車体番号を調べさせてもらいますね」と言って、しゃがんで車体番号を探す。しかし予想に反し、これがなかなか見つからない。そのうち高本は自転車の鍵が壊れているのを見つけ、盗難品だと気が付いた。しかしその瞬間、とっさに梅田は自転車を急発進させた。高本は「こら〜っ、待て待て」と叫んで追いかけたが、百十キロの巨体の高本と、自転車の梅田との距離は離れるばかり。自転車にまたがり逃げた中年のオジサンと、それをドタドタと追いかける太った若い警察官。それまでの経緯を知らずに見た者には、いささか滑稽な構図に映るだろう。

遥か遠くへ行った高本に、鈴木が声をかけた。

「よ〜し。高本、戻ってこい。そこまでや」

高本は汗だくでぜえぜえ言いながら戻ってきた。梅田教官も自転車で元の位置へ戻ってきたが、こちらは高本と違って、まったくの涼しい顔である。

鈴木が言う。「お前、アホか。自転車の車体番号は、どれもサドルとペダルの辺りにあるんや。ハンドル付近を調べてどうすんのや。その前に、相手から目を離すんやないといつも言ってるやろ。だからこのように逃げられるんや。場合によっては、反撃されたりもするぞ。そうなれば受傷するやないか」

そう言われて「はい、すいません」と高本は巨体を縮めた。走ったせいかそれとも冷や汗か、大量の汗が高本の首筋をつたっている。

ここで鈴木が自ら実演を始める。

「まず相手の了解を得て、衣服の上から任意で六法を洗うんや（六法を洗うとは「身体捜検、探す」の意）」

そう言うなり鈴木は、梅田教官に気楽に話しかけた。

「ご主人、お急ぎのところ申し訳ございません。物騒なものお持ちでないか、服の上からで結構ですから、調べさせてもらってもいいでしょうか」

梅田は相手が鈴木教官でも容赦しない。「なんやて。俺が物騒な物、持ってる言うんかい」

「まぁまぁ、落ち着いてください」と言うなり、服の上からパタパタと危険物を持っていないか、調べてしまう。生徒たちが呆気に取られていると、梅田のズボンの裾をまくり、靴下に突っ込んで隠していたドライバーを発見した。鈴木はドライバーを皆に示して「こんなんで突かれたら、大怪我するやろ。ではこんなドライバーを隠し持ってたら、何の違反で検挙できるんや」と問いかけた。皆が顔を見合わせている中で、小隊長の福田が「はい」と手を上げる。

「福田、言ってみろ」

「はい。軽犯罪法違反だと思います」

鈴木は満足そうに頷いて「そうやな。軽犯罪法は我々の、言わば伝家の宝刀や。こうなったら、交番に任同かけて、そこで取調べができる。刑事が取調室で調べるのと一緒や。自分の有利な所でしっかり取調べできるんや」

生徒たちはなるほどと感心し、「はい」と頷く。

「自分がおかしいと思ったら、相手が急いでるからいうて遠慮するこたぁない。自分が納得するまでやれ。さもないと、重要犯罪を見逃したりして後悔することになる。ある程度の強引さも必要ということや。分ったか」

生徒たちは、簡単に思っていた職務質問が、想像以上に難しいことを目の当たりにして、神妙に「はい」と答えるばかりであった。


午後は生活安全担当の谷村教官による授業から始まる。谷村は少し早口で、授業もてきぱきと進めていく。

「生活安全と言えばまず皆の頭に浮かぶのが少年課の少年補導だと思うが、この他にもストーカー、ＤＶ、児童虐待など、人の生命や身体の安全が脅かされる事態に対して、速やかに犯人を検挙し、被害者の命を守り抜くことも大事な仕事だ。また、悪質巧妙化するサイバー犯罪や児童を狙った児童ポルノ事件、悪質商法事犯、女性がターゲットとなる悪質風俗などの事犯の取締り、更には地域の防犯ボランティアの方々と連携した防犯パトロールや少年補導活動など、犯罪の予防と取締りの両面から、誰もが安全で安心して暮らせる社会を実現させることに努めていく。これらが生活安全警察の使命だ、ええか」

生徒たちは「はい」と言って、それぞれノートにメモをする。

「今日はまず、少年の処遇の基本についての授業だ。何事にも基本がある。それでは皆で大きな声で読んでくれ」と言って、予め板書してある文章を指示棒で示した。生徒たちは声を揃えて読み上げる。

「少年の処遇の基本。1・健全育成の精神　2・少年の特性の理解　3・処遇の個別化　4・関係者の尊厳と信頼の獲得　5・関係者との協力　6・秘密の保持」

一口に生活安全と言ってもその幅は広く、日常生活にも犯罪の種は潜んでいる。生徒たちは授業を通してそのことを実感し、対処法を学んでいくのである。

四時限目は田中教官が担当する。三〇代前半で年齢も生徒たちに一番近く、口調も心なしか優しげである。

「警備警察担当の田中です。よろしく。今日は警備警察がどんな仕事をしているのか、その任務から話を進めていきます。皆さんも聞いたことがあると思いますが、国際テロリスト、過激派、右翼によるテロ・ゲリラ事件など、国の治安を揺るがす事態の未然防止、スパイ活動の摘発、密入国者の取締り、そして京都を訪問する国内外の要人の身辺警護を行います。警護対象者、すなわち警護を必要とする要人は内閣総理大臣、国賓、そしてその身辺に危害の及ぶことが国の治安に関わるおそれがある者で、警察庁長官が指定します。また、警衛という重要な任務があります。

天皇陛下や皇族方を警備することを警衛と呼んでいます。特に京都は京都御所や迎賓館などがあり、大掛かりな警衛が実施されるので気を引き締めてやらねばなりません。この他にも大規模な災害が発生した際には、いち早く現場に出動して被災者の救助にあたります。このように警備警察はテロや災害などから、国際観光都市京都を守り抜くという使命感を胸に、危険に直面しても決してひるむことなく任務を遂行しなければなりません。少し言いにくいですが、泥臭い刑事や交通などに比べて警備警察は格調高い仕事をしてるということです、わかりましたね」

素直に同意していいのか測りかねて、生徒たちは「はい」と言いながら互いに顔を見合わせた。

「皆さんは、第一線に配置になりますと、全員が第二機動隊員として、何か事案が発生すれば出動しなければなりません。そのために、いつも厳しい訓練をしているわけです。実務必携の最後に警備部隊員五則というのがあります。内山君、第一を読んでもらえますか」

内山は立ち上がって、「はい。第一『誇りと自信を』（警備の任務）一人ひとりが、古き都の秩序と平和を守る責務に誇りを持ち、その日行う警備の目的、方法、法的根拠及び相手方の動向をよく知り自信をもって行動しよう」「はい、ありがとう。次、第二を高本君」

高本が巨体を震わせて立ち上がる。「はい。第二『落ち着いて』（心のゆとり）現場が混乱してくると、とかく雰囲気に呑まれて感情的になりやすいが、心にゆとりを持ち、落ちついて指揮命令、指示を聞き、状況をよく見て冷静に行動しよう」

「はい、ありがとう。次、第三を西口君」

細身の西口はひょろりと立ち上がる。「第3『隊列を離れない』（みんなで任務を）部隊行動の大切なことを一人ひとりが自覚し、隊列を離れず一糸乱れず行動しよう」

「はい、ありがとう。次、第四を坂下君」

坂下は第二分隊長である。「はい。第四『お互いに怪我のないように』（平素の訓練）相手側にも警察側にも、また第三者にも怪我人を絶対に出さないよう平素の訓練を生かそう」

「はい、ありがとう。では最後を福田小隊長」

福田が立ち上がる。小隊長だけに声がよく通る。「はい。第五『後ろ姿を美しく』（世論の支持）警備は常に多くの人の見ている中で行われる。排除、検挙などの現場においても、きびきびとした正しい強さで整然と行動することによって、世論の支持と納得を得よう」

「はい、ありがとう。このように平素から訓練を積み重ねて誇りと自信をもって行動してもらいたいと思います」と田中が締めくくった。

警察学校では厳しい訓練ばかりではあったが、このように丁寧な喋り方で生徒に接する教官もいる。田中は年齢も若くインテリ風で、将来京都府警を担うような雰囲気があったが、一方で刑事と交通を泥臭いと言って対抗意識を露わにしており、ほとんどの生徒は何となく近づき難いものを感じていた。中には、裏表があって好きではない、とはっきり口にする者もいた。

11　授業風景　その②

日が変わって最初の授業は園田の担当である。

「今日は適正捜査の必要性についてだ。第一線に出た場合、守らなければならないことについて頭に入れておくように」

生徒たちは「はい」とメモの準備をする。

「捜査に当たっては、基本的人権を侵害し、または非常識な捜査を行うことがあってはならない。不起訴や無罪の結果を招き、国民の信頼を失うばかりか、自らも傷つけることになるので注意すること」

生徒たちは一同に真剣な顔で「はい」と頷いた。

「それから、捜査したことについては、手帳やノートに書き留めておかなければならない。テレビドラマで刑事が聞き込みの際、手帳に書いているのを見た者もいると思うが、これにもちゃんとした根拠がある。坂下、犯罪捜査規範第十三条を読んでくれるか」

坂下は「はい」と勢いよく立ち上がり、犯罪捜査規範の第十三条をめくる。

「備忘録。警察官は捜査を行うに当たり、当該事件の公判の審理に証人として出頭する場合を考慮し、および将来の捜査に資するため、その経過その他参考となるべき事項を明細に記録しておかなければならない」

「はい、ありがとう。このように備忘録の条項には、何も『刑事は』と書いてない。『警察官は』

となっている。例えば、交通の取締りなどの時でも、否認されたとか後々トラブルが起こるおそれがある時は、ノートに克明に書いておくように。従って、備忘録のノートは差し替えがきかないものでなければならない」

無味乾燥な条文も、園田の説明で一気に具体的なイメージが湧き、生徒の頭にしっかりと刻まれる。園田なりの工夫であった。

校舎と寮の交差点に生徒たちが集まっていた。赤藤教官の授業である。赤藤は332期(女性警察官)の担任で交通担当。ハッキリ物を言うことでも知られており、そのせいかバツイチという噂もある。今日の授業は、校舎と寮の交差する道路を信号のない交差点と見立てた実習である。

「全国で交通事故で亡くなった人は、ここ数年減ったとはいえ、三千名から四千名で推移している。特に最近は高齢者や幼い子供が被害に遭うなど痛ましい事故が増えている。それでは、事故を防ぐためにはどうしたらいいか。西口、君はどう思うか?」いつも目につきやすい西口である。

「はい。交通の指導、取締りが一番重要だと思います」

「そうだな。その他には、高本、君はどう思うか?」

「はい。交通ルールを守るように啓発活動も大事だと思います」

赤藤は頷いて「そうだ、それも大事なことだ。今日は、この十字路を交差点に見立てて、実際に笛を吹いて交通整理を行ってみる」と言うなり、警笛を口にくわえて両手を広げ、ピーッと警笛を吹いて片手を振り、交通整理を始めた。そのキビキビした動作に生徒たちは思わず見とれてしまう。

「こんな具合に、笛は遠慮せずに思い切って吹くこと。そして左右に首を振って、車と歩行者を確認し、動作は両手を使って大きくやること。中途半端にやればドライバーも迷って事故のもとになるから、その点を気を付けてやるように。そしたら今から一人ひとりやってもらう。まず村田、一番にやってみるか」

第三分隊長の村田は「はい」と前に出て、赤藤教官の教え通り、笛を思い切って吹き、キビキビした大きな仕種で交通整理の動作を行ってみせた。みなが感心して「おお」と拍手が起こる。

「そうだ。白バイ隊員になりたいと言うだけあってまあまあできているな」

赤藤は認めつつも、微妙な褒め方をした。あまり最初から図に乗らせない方がいいと、経験上よくわかっているのだ。そうして赤藤の指導の下、一人ひとり交通整理の実習を行い、交通整理の難しさを身をもって体験したのだった。

午後の座学は睡魔との戦いである。第331期の授業を覗いてみよう。特に難しい憲法の授業などは、まるでお経を聞いているようで眠気が襲ってくる。まだまだ若い盛り。眠いのを必死にこらえて手の甲をつねったり、中には鉛筆で自分の手の平をつついたりしている者もいる。担当は大島教官である。

「平田、憲法第九十七条を読んでくれるか」

平田は「はい」と立ち上がり、実務必携をめくった。

「日本国民に保障する基本的人権は、人類の多年にわたる自由獲得の努力の成果であって……」

生徒たちは眠気をこらえて必死に朗読個所の文章を追っている。

大島は授業中に欠伸や居眠りをしている者に急に質問をしたり、舟を漕ぐ者を見つけては気合を入れる。「おい、磯村、居眠りばかりしてたら親父さんが泣くぞ。目を覚ましてグラウンド一〇周走って来い」

大島教官はこのように走らせることで有名である。他のクラスからも丸見えで、走らされる身には恥ずかしいやら格好悪いやら。赤面しながらうつむき加減で走ることになる。

他の教場の生徒たちは、制服制帽姿で黙々と走る磯村の姿を窓から見ていた。

「ああ、また331期の磯村が大島教官に走らされている。あいつはよう居眠りするなあ」

と330期の辻下がつぶやいた。

同じクラスの谷口は「あいつは洛北署長の息子らしいな。甘えがあって気合いが入っとらんのと違うか」と応じる。

辻下が「そう言うけど、術科の後の座学の授業は眠たいよなあ」と同情すると、直ぐ側にいた大槻も「そうやなあ」と嘆息した。みな、磯村の気持ちはよくわかるのであった。

教官室では、副校長の安井、柔道担当の倉本、逮捕術担当の武山が同じ光景を窓から眺めていた。グラウンドでは磯村が制服姿で黙々と一人走っている。

腕を組んで見ていた安井が「アイツは困ったもんやな。また居眠りして、大島教官に走らされている」と呟くと、倉本も「そうですね。柔道の授業でも気を抜いたりするので、いつも気合を入れるように叱ってるんですがね」と同意する。武山も「逮捕術の授業でも要領をかましたりするので、その都度注意してるんですけどね」と口を添えた。

安井は先日の電話を思い出し「親が親なら、子も子やな」と溜息をついた。


それは数日前の昼下がりのことであった。副校長の安井のデスクの電話が鳴った。

「ハイ、もしもし。副校長の安井です」

「洛北署長の磯村だが」

はっとなった安井は「これはこれは、磯村署長ご苦労様です。ご子息はいつも元気にグラウンドを走り回っておられます」と挨拶した。

「バカモン！何が元気にグラウンドを走り回っておられますだ！」

「これは失言いたしまして、申し訳ございません」と電話口で頭を下げた。

「大島はいるか」

「あいにく授業中でして」

「そしたら大島に言っとけ。なんでうちの子ばかり狙い打ちにして一人で走らせるんやと」

磯村は権威を笠に着て親バカ全開である。

「は、はい。授業中に少し居眠りされるものでして……」

「なにぃ。眠たい時は誰だって居眠りぐらいするわい。自分の教え方が悪いのを棚に上げてワシの息子のせいにするとは何事や」と語気も荒い。

安井は、上の者には逆らわないのがモットーなので「はい、ごもっともです」と応じたが磯村は止まらない。

「そんなんじゃゃ、大島も警部昇任試験には受からんぞ。君も来春は所属長を希望してるんだろ」と脅しめいたことを口にする。安井はひたすら低姿勢で「はい。何とかよろしくお願いいたします」と頭を下げるのだった。


333期全員、柔道衣で柔道場に集まっている。ほとんどが白帯で、黒帯は二～三名だ。

柔道担当の倉本教官が声を上げげた。

「ええか。柔道は基本ができてないと大怪我をする。受け身が何よりも大事だ。まず前方回転や」

そう言って倉本がやってみせる。五〇歳近いはずで髪に白いものも混じるが、身体の動きにはいっさい無駄がない。

「それじゃ、やってみぃ」

倉本の声で、生徒たちは「はい」と言って、全員一斉に前方回転の練習をはじめた。

「よし。次は後方受け身だ。しっかり受け身をしないと、大外刈りされた場合に首の骨を折ったりして大変なことになる。腹筋も大事だ。いいか」

これも倉本がやってみせた後、みな熱心に何回も練習を重ねた。その後は打ち込み練習に移る。二人一組となり、黒帯も白帯も入り乱れて投げる練習に励んだ。やはり黒帯の者は様になっており、一日の長がある。こうして生徒たちは、もしもの時のために技を磨いていくのである。


次は剣道の授業である。剣道は職質されて凄味を利かせていた梅田教官の担当である。

「素振り百回、はじめ！」

生徒たちは大声で「1、2、3、4……」と100まで素振りをする。終わる頃にはさすがにみな、剣道衣がぐっしょり濡れて汗だくである。

梅田はかまわず「次はかかり稽古を行う。全員面をつけっ！」と号令をかける。

全員、座って頭に日本タオルを巻いて面をつけた。

「大きな声を出さないと、一本にならないからな。それでは始め！」

その声を合図に、生徒たちは大きな声で、「メン！」「ドウ！」「コテッ！」と声を上げる。竹刀の打ち合う激しい音が、剣道場の天井まで響いていた。

ひとしきり運動をした後は、制服に着替えて再び座学の時間である。ありがたいことに眠気を誘う憲法行政の大島の授業でなく、実践的な園田の授業であった。黒板に大きく、端正な字で板書してある。

警察の責務（警察法第二条一項）
一、個人の生命、身体及び財産の保護
二、公共の安全と秩序の維持
三、犯罪の予防及び鎮圧
四、犯罪の捜査及び被疑者の逮捕
五、交通の取締り

園田が黒板の文字を読み上げる。

「警察官は、個人の生命、身体及び財産の保護に任じ、犯罪の予防、鎮圧及び捜査、被疑者の逮捕、交通の取締りを行い、さらにその他公共の安全と秩序の維持に当たることをもって、その責務とされている。これは基本中の基本であるので、しっかり覚えておくように」

生徒たちは、必死にメモを取る。

「それでは、警察法第二条一項を、村田、読んでくれるか」

村田は「はい」と言って立ち上がり、当該箇所を読み始めた。園田の授業の時は、全員誰も眠くならない。逆に一言も聞き漏らさないように緊張の糸がピンと張り詰めている感じである。

寮の玄関を入った右横に二〇畳程の寮当番室がある。授業中は、寮母の杉山が詰めており、彼女のいない土日祝日及び執務時間外は当直勤務員が詰めている。寮への出入りの者や面会者への対応をし、また外部から電話があった場合に放送で呼び出したりもする。

朝の六時半には目覚めの音楽とともに「起床、起床、起床の時間です。直ちにグラウンドに集合してください」とアナウンスを流し、また夜の一〇時半にはリラックスした安らぎの音楽を流して「消灯の時間です。静かにお休みください」と放送する。寮の管理人室のような場所である。

その寮当番室に、園田がひょっこり顔を出した。

杉山が一人でいるのを見て「いつも生徒がお世話になっております」と挨拶した。

「あ〜、園田先生。ご苦労様です」と杉山もニッコリして挨拶を返した。

「この間は、病気で寝ていた西口が大変お世話になり、ありがとうございました」

「いやぁ、何もしてませんよ。それより、早くよくなって良かったですね」

「これも杉山さんのおかげです」と重ねてお礼を言った。

「園田学級の生徒さんはみな礼儀正しく、行儀も良いですし、掃除なんかも丁寧にやってくれて助かってるんですよ」

園田は自分よりも生徒が褒められたのが嬉しくて、「そう言って頂ければ嬉しいです」と相好を崩した。

そんな園田に、急に真顔になった杉山が小声で耳打ちをした。

「そうそう。最近寮内で物がなくなるという事案が発生していて困ってるんですよ」

「問題」と言わずに「事案」と言うあたりが、警察学校の寮母らしい。

その噂のことは園田も知っていた。軽く頷いて「そうみたいですね。私も聞きました」と小声で相槌を打つ。

「もう、先生の耳にも入っていますか」と驚き、「こんな事が続くと、寮を預かる者として一番困るんですよね。どうすればいいのか……」と眉をひそめた。

「私は、寮内への出入りはしっかりチェックしてるつもりなんですけどね」と杉山が言うと、園田も「衛門（正門の受付）でも二十四時間出入り者はチェックしてますんでね。外部からではないと思いますが……」と答えた。となると、残された可能性は内部の仕業ということになる。

「杉山さんから見て、生徒の中で行動のおかしな者はいませんか」

教官には見えていないことも、生徒と近い距離で接している寮母の目線から見れば、なにか見えて来るのではないか、と睨んだのである。

「生徒の中でですか。そう言えば331期の大坂君が放課後、他のクラスの部屋をうろついているのを見かけたことがあるんです」

園田が「大坂がですか」と念を押すと、杉山は「はい。あの柔道の強い生徒です」と頷いた。

12　個人面談

個人面談は担任教官の重要な仕事である。教官は各人が提出した個人カードを確認しながら、教場に一人ひとり呼んで面談をする。担任にとっては生徒の人となりを知る貴重な機会であり、生徒にとっても日頃は敷居の高い担任教官と膝を交えて話せるチャンスである。

教場では園田と安田が向かい合って座っていた。職質の授業で自転車の梅田教官を転がせた生徒である。

「安田、家族はお母さんと弟が京都市右京区に住んでいて、お母さんはパートと書いてるが、どんな仕事をしてるんだ」

「はい、近くのスーパーで店員をしています」

「弟さんは？」

「弟はいま府立高校二年生です」と淀みなく答えた。

「お父さんは？」

そう園田が聞くと、一瞬、間が空いた。

「父と母は離婚しています」

園田は敢えてさらりと「そうか。お父さんは、今どこで何をしてる」と尋ねた。プライバシーの問題ではあるが、生徒のルーツを知るのも大事な仕事である。

「はい。同じ右京区で金融屋をやっています」との答えに、園田はさらに聞く。

「何という屋号だい」「安田商事です」

園田は「安田商事……」と言って、少し考え込んだ。

「以前警察沙汰になったことはないか？」

「はい、僕が小学生の頃にヤミ金か何かで警察に捕まりました」と安田は正直に話した。

「ヤミ金でか。罪種にもよるが、親族に前科のある家族の子供は、通常の場合警察官にはなれないんだが」

「やはりだめでしょうか」と心配そうに安田が言った。

園田は少し考え込んだ。二、三分のことであったが、安田には数十分にも感じられた。

そして、園田はゆっくりと口を開いた。

「お前は、身体能力も高く剣道も上達している。人から聞かれても、父親のことは心にしまって、誰にも正直に話すことなどない。いいな」

本来であれば上に報告するべきことであったが、報告すれば安田の前途洋々たる未来、そして警察官になるという夢がここで潰えることになる。普段の安田の頑張りを見ているだけに、それだけはなんとか避けてやりたいというのが園田の親心であった。園田はこのことを墓場まで持っていくことにした。

安田は「はい、ありがとうございます……」と目に涙を滲ませながら、何度も頭を下げた。以前からの悩みが晴れた思いであった。

第二分隊長の村田の番になった。

「村田、君の家族は山科区にお母さんと兄さんがいるとなってるが、仕事は何をしている」

「はい、母親は近くの老人ホームでヘルパーをしており、兄は伏見区内の自動車屋で整備士をしています」

「お父さんは?」と尋ねると、村田は少し言いにくそうに「えーと、離婚して近くにアパートを借りて住んでいます」と答えた。

園田は先程の安田の話を思い出し、近頃は離婚もよくあるんだな、と思いながら「お父さんの仕事は、何しているか知ってるかい」と尋ねた。

「はい。山科駅前の木下興業という会社で営業の仕事をしていると聞いています」

園田は引っかかるものを感じた。頭をフル回転させ、木下興業の情報を脳内から引っ張り出す。

「時々会ってるのか」

「一週間に一回ぐらい、晩ご飯を食べに来ていますので、その時に話すくらいです」と答えた。

園田はここで核心を突いた。

「お父さんの仕事が反社会的な仕事だとかは聞いたことはないのか」

村田はちょっと黙った後、「高校の時に、友達から木下興業はヤクザの親分がやってるフロント企業やと聞いたことがあります」と答えた。

「お父さんの小指はあるか」

「なんか、小さい頃に機械に挟まれて千切れたとかで、左手の小指がありません」

「そうか。ところで一緒に風呂入ったことはあるか」

「はい、子供の頃あります。そう言えば、背中に入れ墨が彫ってありました。まだ幼かったので『ああ背中に猫のマンガが描いてある』と言ったところ、父に『馬鹿たれ、これは虎や』とひどく叱られました。それ以来一緒に風呂に入ったことはありません」

と村田は昔のことを思い出しながら正直に答えた。園田は「そうか」と頷いた。

「誰からか父親のことを聞かれたことはあるかい」

村田は一瞬考えて「ありません」と言った。そして、「父はヤクザでしょうか」と心配そうに聞き返した。

「そうだなあ。木下興業が木下組のフロントであることは間違いない。それと、木下組の田村信夫というヤクザは警察でも把握している」

「ああ、うちの父の名前も信夫です。それに時々電話で、田村ですと名乗ったりしています」

「そうだったのか」園田は大きく息を吐いた。

「……ヤクザの子供は警察官にはなれませんよね」と村田が諦めたようにつぶやいた。

園田はしばらく目をつぶった後、こう尋ねた。

「通常はヤクザの子供は警察官にはなれない、君はヤクザの子供だということを本当に知らなかったのか」

「はい。父は木下興業という会社の社員だとばかり思っていました」と村田は必死に訴えた。子に罪はない。そのことを園田は痛いほど感じていた。園田は少し話題を変える。

「君は、交通に入って白バイに乗りたいと将来の夢に書いてたな」

「はい。都大路を走る全国駅伝大会を先導する白バイに憧れて警察官になりました」

「それを家族も楽しみにしてるんじゃないのか」そう尋ねると、村田は涙声で「はい……」と答えた。

「それでは、自分の目標に向かって頑張るんだな」と、園田は明るく言った。

村田は思いもかけない言葉に驚き、「教官、辞めなくていいんですか」と聞き返した。もうここで退学させられると諦めていたのである。

園田はゆっくり頷いて、こう言った。

「父親のことは、誰にも喋るな、いいな。俺の胸にしまっておく」

村田は「はい、頑張ります」と頭を下げながら、園田の恩情に涙をぼろぼろ流すのだった。

教官室に戻った園田は、一本の電話を掛けた。

「はい、木下組」

「もしもし、園田と言いますのやけど、田村さん、いやはりまっか」

電話を代わった田村はドスの効いた声で「はい、本部長の田村」とぶっきらぼうに答える。

「園田やけど」と言うと、田村は急に優しい声になり、「あ～っ、園田さんお久し振りです」と愛想を言った。園田は抑えた声で「返事だけしてくれ」と田村を制する。ただならぬ雰囲気に田村は「はい」と短く答える。

「今度の日曜日、空いてるかい」

「午後からなら空いてますけど」

「それじゃ、午後二時、下京区のホテルの地下の喫茶店に来れるかい」

そう言ってホテル名を伝えた。田村は何かを察したように「分かりました」と短く答えて電話を切った。

13　田村との面会

日曜日の京都駅は人出が多い。ほとんどが観光客である。京都駅の八条口は、ＪＲや近鉄の乗降客でごった返していた。

園田はその人混みをかき分け、ホテルへと向かう。

ホテルに着き、京都の竹林を模したエントランスを通って地下の喫茶店に入る。すでに田村は席に座っており、園田の姿を見て立ち上がった。園田が「久しぶりやなあ」と声をかけると、田村は「ご無沙汰しています。せがれの強二がお世話になっているようで」と深々と頭を下げた。田村はすでに用件を薄々気付いていているようであった。

二人はコーヒーを注文して、しばし黙ったままコーヒーを飲んだ。そして、田村は「それにしても、園田さん。警察学校の教官にまで出世しやはったんですな」と話し始めた。

「そんなこたぁないよ。ちょっと狂犬みたいに暴れ過ぎて現場に置いておけないんで、警察学校に放り込まれているだけや。懲役刑みたいなもんだよ」と園田は苦笑いする。

「いやぁ。強二から園田さんが担任教官だと聞いた時はビックリしました」

園田が「そうか」と応ずる。

「しかし、強二が私の息子ってことが良く分かりましたね」と不思議そうに尋ねた。

「アンタのあの恐喝事件は、俺の駆け出しの頃、初めて取調べを担当した事件でねぇ。良く覚えているよ」

「それだけじゃないでしょう。ヤクザの息子が警察官になってええんかとか、何かタレコミがあったんじゃないんですか」

園田は「そんなもんないよ。お前さん、取調べの時『子供は二人いて長男は光男で小学三年生、次男は小学一年生で強二です。次男は未熟児で生まれたので強い子に育つように、そして次男でしたので強二とつけました』と言ってたじゃないか」と答えた。

「いやぁ、分かるはずないんですがねぇ。ちゃんと離婚してますし、今では強二は赤の他人ですからね」

「別れても同居してるんじゃないのか」と問うと、田村は「そりゃあ時々飯食いには行ってますけどね」と隠さずに言う。

「偽装離婚なんじゃないのかい」

園田がそう言うと、田村は少し色をなして、

「ちょ、ちょっと待ってください。そりゃあ少し言い過ぎちゃいますか」

と語気を強めた。その口調には普通の人をたじろがせるだけの凄みがあるが、園田は免疫があるため、全く動じなかった。

「言い過ぎとは思わん。堅気を泣かせて全うに生きてると思ってるのか。お前は家族のことを思ったことがあるんか。ヤクザの子供は警察官にはなれへんのやぞ」と言い放った。

しばらく二人の間に沈黙があった。

空になったコーヒーカップをじっと見つめていた田村が重い口を開いた。

「……そしたら、どうしろと言うんでっか」

園田は、単刀直入にぶつける。

「お前が堅気になるしか道はない」

田村は眼を見開いて「俺に足を洗えと言うんでっか！」と言って、園田を睨みつけた。

「お前の息子が警察官を続けるにはその方法しかないと言っているんだ」

園田も折れない。息子の夢を親が潰していいはずがない。その信念が園田にはあった。いつもは穏やかな園田の眼が強い光を帯びていた。

さらに沈黙を続けた田村だったが、最後は決心したように「分かりました。堅気になりますので、何とか私の息子が警察官を続けられるようにお願いいたします」と折れた。そして、すっと立ち上がり、深々と頭を下げた。

園田は「分かったと言いたいところだが、俺の上には副校長、校長がいる。もし公になって上の耳に入ったら俺の力ではどうにもならん。それだけは分かってくれ」と言った。

「お前も息子のことを自慢したいと思うだろうが誰にも喋るな。家族のためにもな」

「はい。近々オヤジに堅気になることを頼んでみます」と田村が吹っ切れたように言った。

「木下にだったら俺の方から頼んでやってもいいが、かえっていろんなことを勘繰られるかも知れないからな」園田がそう言うと、

「いやいや結構です、自分のことは自分でやります」と恐縮した様子で田村が答えた。

「そうか。もしかしたら小指落とさんといかんかも知れんな。それと金持ってこいとか」

「それでも、強二の為になるんだったらなんとかします。実はワシもそろそろ足を洗おうと思っていたんですが、なかなか踏ん切りがつきませんでした。今回、園田さんの話を聞いて堅気になる決心がつきました」

そう話す田村の顔は憑き物が落ちたようにスッキリとしていた。園田が「そうか」と頷く。

「バブルの頃まではみな羽振りも良かったんですが、今ではバシタ（嫁さんのこと）を働かさないと食っていけない状態です。暴対法が施行され、各都道府県に暴排条例ができてからは特にひどいもんです」

園田が「条例が利いたかな」と言うと、「そうですね。今では、みかじめ料を取った者も渡した者も処罰されますからねぇ。それに組員だと銀行口座も開けないし、携帯電話も契約できない。車も買えないし株取引もできないと、がんじがらめになってるんです」と田村が愚痴をこぼした。

「そんなんで、若い連中も足を洗いたがっているんですよ」

「そうかい。それにしても良く踏ん切りがついたな。息子も喜ぶだろう」と園田が言うと、

「強二はワシがヤクザだということを知ってたんですか」と心配そうに尋ねてきた。

「ああ、確信はなかったようだが、薄々は気付いていたんじゃないかな」と言って、先日の個人面談の内容を、喋っても差支えのない程度に伝えると、田村は「そうなんですか」と溜息をつく。

「お前の息子は分隊長をやってくれていて、誠実で飲み込みも早い。将来は白バイに乗りたいと言って頑張っているぞ」

園田がそうやって学校での様子を話すと、田村は
「アイツ、小さい時から京都駅伝を先導する白バイ隊員になりたいと言ってました」としみじみと言った。田村の顔はすっかり父親の顔になっていた。

「そうか。子供の夢をかなえてやるのも、親の務めなんじゃないのか」

そうやって諭す園田に、田村はまっすぐ園田の顔を見つめ、「園田さん、なんとか強二のことをよろしくお願いします」と頭を下げた。子供のことを思う真摯な親の姿がそこにはあった。それを見て、園田はひとつ頷いた。

「生徒はみな園田学級の一員だ。俺はみな自分の子供と思っている。一人ひとりが可愛くて仕方ないんだ」

「園田さん……」

田村は園田の気持ちがありがたく、言葉を詰まらせた。

「ところで堅気になって、どこか仕事はあるんか」

「はい。知り合いが土建屋をやっていて、ダンプの運転手が足りないと言ってました。幸いワシも大型免許持ってますんで、訳を話して使ってもらおうと思います」

園田はホッとして、「そうか。人間、汗水流して泥んこになって働いてる姿が一番美しいもんだよ」と言った。

「奥さんも息子も今まで肩身の狭い思いをして生きてきただろうし、みな喜ぶんじゃないか」と言って励ますと、田村は「必ず足を洗って出直します」と力強く答えた。

「よく決心してくれた。何かあったらまた電話してくれ」

「はい、分かりました」

園田の温かい気持ちと男気を感じ、田村のいかつい目から涙がこぼれ落ちた。

14 授業風景 その③

教官室で園田と赤藤が雑談していると、第３３２期の花田がドアをノックして「３３２期、花田巡査、入ります」と言って入ってきた。花田は北海道帯広出身、目鼻立ちの整った小柄な女性警察官である。まだ慣れていないからか、声には緊張の色が見える。

園田のところに来て、「園田教官、授業の準備ができましたので、お迎えに参りました」と敬礼した。園田は「ありがとう。別に準備するものもないので、すぐに行くから教場で待っといてくれ」と答えた。花田は「はい、わかりました」と言って教官室を出て行ったものの、いささか残念そうな表情であった。

警察学校では「教場当番」という当番がある。黒板拭きやおしぼりと水差しの準備の他に、配布資料を配ったり教官のお迎えをするなど、授業をサポートする役目である。結構気を遣う仕事なのだが、前の当番だった生徒が、園田教官は色々話しかけてくれて嬉しかった、と言っていたので楽しみにしていたのである。園田教官の教材を持って、一緒に話しながら教場まで行けるのではないかと期待していたのだが、なんだか肩透かしの花田であった。

園田が第３３２期の女性ばかりのクラスの教壇に立つと、小隊長の井上が「気を付け、敬礼」

と号令をかけ、全員が敬礼した。園田が「休め」と言い、全員席に着く。

「今日は、犯罪被害者からの事情聴取要領についての授業を行う。第一線では、君たちが卒業して配置になるのを心待ちにしている」と園田が話し始める。

生徒たちは驚いて「え〜、そうなんですか？」と顔を見合わせた。事情聴取といえば、ベテランの刑事が行うようなイメージがあったからである。まさか新人の自分たちが求められているとは思わなかったのだ。

「そうだ。特に最近は性犯罪事件や、若い女性を狙った事件が増えている。そういった事件の事情聴取を行う時、やはり被害者の女性としては、男性の警察官には話しにくい。女性の警察官に話を聞いてほしいものなんだよ」

女性警察官の中で一番年長の山下が、「教官、そんなの無理です！」と声を上げた。山下は年長だが、それでもまだ二十五歳。若い女性の本音が出た。

「みな第一線に出ると、周りは一人前の警察官と見てるからね。先輩から『ちょっと事情聴いてくれ』とか、『被害調書をとってくれ』と指示されて、私はやったことがありません、できませんとは言えないんだ」

園田がそう言うと、生徒たちは思わず「やだ〜っ」と声を上げた。教場が一瞬、女学校の教室になったような雰囲気である。園田は一瞬たじろいだが、気を取り直して「従って今から事情聴取要領や調書の取り方のポイントだけ話しておく」と自分のペースに引き戻した。皆そこは切り替えて、女学生から警察官の顔になり、メモを取る準備をする。

「その前に花田、刑事を『デカ』と呼ぶのは知っているか？」と園田が質問する。

「はい、それぐらいは」

「それでは、何でそう呼ぶようになったかは？」と聞くと、花田は困った顔で「わかりません。そういえば今まで考えたことがありませんでした」と答えた。他の生徒もみな首を傾げている。

「むかし刑事部屋では、カクソデ（着物の上に羽織るもの。男性の和服用コート）を着て仕事をしていた時代があった。この言葉から「カ」と「デ」を取って反転させ『デカ』と呼ぶようになったようだ。刑事部屋を『デカ部屋』とか、主任を『デカ長』とか、テレビドラマで聞いたことがあるだろう」と園田が説明すると、花田は「そうなんですね」と納得顔である。

「こういうのを隠語というんだ。殺人は『コロシ』、強盗は『タタキ』、空き巣は『キス』、忍び込みは『ノビ』、詐欺は『ギサ』、詐欺被疑者を『ギサダマ』などという。第一線では隠語が普通に使われているので覚えておくように」と教える。

生徒たちは「はい」と言って、ノートに熱心にメモを取っていく。

「それでは『バシタ』とは何か知っている者はいるか？」と聞くと、全員「わかりません」と首を横に振った。

「この言葉は上品な隠語ではないが、嫁さんという意味だ」と説明すると、皆「へ〜っ」と驚く。

「前任署で暴力団捜査をしていたんだが、暴力団員を取調べの時、『お前のバシタは何をしとるんや?』と尋ねると、暴力団員は『木屋町でスナックをやらしてます』などと言って、相手も慣れたものだったよ」と、実際に経験したエピソードを話す。

高校を卒業したばかりの長尾などは「教官、すご～い！」と率直に感動していた。これだけいい反応をしてくれたら、話す方としても話し甲斐があるというものである。

園田が「隠語はこれくらいにして、本題に入る」と言うと、みなは「え～っ、もっと聞きたいなあ」と残念がる。こういった反応も女性警察官のクラスならではである。

「事情聴取は、『六何』の原則に従って行う。いつ、どこで、何故、誰が、何を、どうした、という風に順序よく聞いていく。当然その前に、相手を落ち着かせてから行うんだぞ」と言う。みな真剣な表情で頷いている。

「調書を取る場合は、相手の内面、その時どんな思いだったかをしっかりと聞いて書くんだ。怯えや恐怖心、殺されると思った、などだ。よく頭が真っ白になりましたとか書いている者がいるが、これは何も覚えていないのと同じ意味に捉えられる。いいか、被害調書でも被疑者調書でも、行為そのものは詳細に書いた上で、その時の気持ちもしっかり取るんだぞ」と教える。生徒たちは下を向いて一生懸命メモをする。

その小さく動く頭を見ていると、生きていたら久美子は何になりたかったろうか、とふと幼い娘の面影がよぎった。女性警察官に教えるのが苦手なのは、単に若い女性が相手だからというだけでなく、時に亡くなった娘の面影を女性警察官に重ねてしまうせいかもしれなかった。

けん銃が貸与されるのは入校して四ヶ月後だ。ひと月前に警察手帳と手錠が貸与されたが、けん銃貸与はさらに厳重な取り扱いになる。四ヶ月間訓練をして警察官としての資質に欠ける者をもう一度ふるいにかけた上で、クラスごとに貸与される。過去には極左やガンマニアなどが紛れて入校していたこともあり、より慎重な判断が求められている。

園田が333期生の前に立って、「ただ今から、けん銃貸与式を行う。名前を呼ばれた者は前へ。京都府巡査　福田一郎」と告げる。

福田が「はい」と言って前へ出て、道野学校長からけん銃を受け取った。園田が次々に名前を呼ぶと、みな粛々と前に出て、学校長からけん銃を受け取る。

全員手渡しが終わったところで、園田が「学校長訓示。全員気を付け。敬礼」と号令をかけた。生徒たちは全員帯革にけん銃を着装し、その感触を確かめながら学校長に対し敬礼をする。

道野学校長は、「いま全員にけん銃を貸与したが、けん銃は警察官の魂である。このけん銃の重みを忘れることなく、適正な使用とけん銃技能の習熟に努めるように」と訓示した。

生徒たちは、一様に緊張した面持ちであった。やっとけん銃を貸与されて実射訓練ができるという期待感と、人を殺せる武器を持ったという緊張感が同時に襲ってきたのだ。みな、本物の警察官への階段をまたひとつ登ったのである。

射撃場のホワイトボードに、けん銃安全規則が書かれていた。まず、太字で「けん銃は警察官の魂である」とあり、その横に規則が列挙してある。
一、弾の有無を確かめること。
一、撃鉄を起こさないこと。
一、用心がねの中に指を入れないこと。
一、銃口を人に向けないこと。
一、人に渡すときは弾倉を開くこと。
一、取り出さないこと、弄ばないこと。
一、人に触れさせないこと。

けん銃担当は森山教官である。教官の中では最年長、もうすぐ五〇歳に届く年齢だ。

「いいか、けん銃は警察官の魂である。このことを忘れるな」と森山が言うと、生徒たちはすぐに「はい」と答える。心なしか、いつもより空気が張り詰めている。

森山は「ひとつ、けん銃を手にした時は、弾の有無を確認すること」と言いながら、ホルダーからけん銃を取り出して弾倉を開いて弾の有無を確認した。弾倉を開いたままに左手に持ち替え、右手をピシッと下に下げて「よし」と声を発する。そして「皆やってみろ」と命令する。みな少々覚束ないながらも、なんとか森山の真似をした。

「次に、撃鉄を起こさないこと。撃鉄を起こすと弾が装填されるので、撃つ時以外は絶対にしてはならない」

生徒たちはホワイトボードの文字を目で追って「はい」と言う。

森山が指示棒でホワイトボードを指し、「それでは、これから安全規則を大きな声で読んでもらう」と言うと、生徒たちは大きな声で「ひと~つ……」と全ての規則を読み上げた。けん銃の取り扱いは非常に重要なので、何回も読ませ、生徒たちの頭に沁み込むまで反復させるのである。

15 田村からの電話

ある日の放課後、園田は居残って次の日の授業の準備をしていた。苦手のパソコンを叩いて、明日生徒に配布する資料を作成しているところだった。

突然電話が鳴り、隣席の赤藤が素早く受話器を取った。

「はい、警察学校学生係の赤藤です」

すると、野太い男の声が返ってきた。

「もしもし、そちらに園田さんいはりまっか。わし、田村という者ですが」と名乗った。

赤藤が受話器を手で塞いで、「先生、田村さんという方からお電話なんですけど」と伝えると、園田は、はいはいと言いながら電話を代わる。

「おお田村か、元気にしてるか」

「はい、なんとか元気にしてます。園田さんと約束した通り、堅気になりました」と弾んだ声で報告してきた。園田は少し驚いて「ほう、それは良かった。よく木下のオヤジが納得してくれたな」と言い、堅気になれた経緯を尋ねる。

「はい。わしも激怒されるのは覚悟して、堅気になりたい言いましたら、お前のいいようにしたらいい、と言って許してくれました」

「小指は落としたんか」

「それがですよ、わしも小指飛ばすのは覚悟してたんですがね。オヤジがこれからどうするんや言いますので、ダンプの運転手しようと思っていますと言ったんです」

「それでオヤジは何と言ったんや」と園田が聞くと、田村は事の顛末を教えてくれた。

「オヤジは、もう俺らの時代は終わったと、若いもんにも言うとけと。堅気になるもんがいたら申し出るように、と言うてましして。それで、『ありがとうございます。後で小指落として持って行きます』と言いましたら、オヤジに『バカモン。お前の汚い小指なんかいらんわい』と怒鳴られました」

「それじゃあ、指詰めなくて済んだということか」

「ええ、オヤジが言うには『お前、左手の小指がないやないか。これで右手の小指落としたら、ダンプのハンドル回しにくいやろ。本気でダンプに乗ろう思てんのか』とどつかれました。ワシが本気ですと言いますと、オヤジは『人間汗水流して働いてる姿が一番美しいんや。これからは泥んこになって働け』と説教されました。この間、園田さんが言われていたことと同じことと言うてまして。それを聞いてたら自然と涙がこぼれてきました」

「お前のところのオヤジはインテリヤクザと言われるだけあってたいしたもんだな」

と園田は感心して、木下のことを少し見直した。

「それで、破門状も気持ちよく回してくれて晴れて堅気になりました。二週間前からダンプに乗っています」

園田は自然と笑みがこぼれて「そりゃ、良かった！」と言った。教え子のこともあるが、一人の人間・一人の親として、まっとうな道に戻ってくれたことが何よりも嬉しかったのである。

「これも園田さんのおかげです」そう言って田村は礼を言った。電話口の向こうで頭を下げているのが目に見えるようであった。

「これからは交通ルールを守って、特に子供の通学路では安全運転するようにな」

「はい、わかりました。園田さん、そう言えばお嬢さん、下校中にバイクにはねられて亡くなられ……。すいません、思い出させて」

田村はそこで慌てて話を止めて謝った。

「いいよ、覚えていてくれてただけでも嬉しいよ」

それは園田の本心であった。娘が生きた証を、誰かが覚えてくれている。それだけで嬉しかった。

突然、田村の声の調子が変わった。いつもと違って深刻な雰囲気である。

「園田さん……ところで今度の日曜日空いてますか」

「ああ、空いてるで」

「電話では言いにくいんですが、直接会って話したいことがあります」

園田が「仕事辞めたい、言うんじゃないだろうな」と冗談を言ったが、田村は真剣な口調を崩さず、「そんなんじゃありません」と否定した。どうやら人に聞かれたくない重要な話らしいと園田も察して、「そうか。それじゃ午後二時、この間のホテルの地下の喫茶店でどうや」と言うと、田村は「はい、分かりました」と答えた。

園田は電話を切った後、しばらく何の話なのかと考え込んでいたが、思い当たる節がなかった。隣席の赤藤はそんな園田の姿を見ていて、いつもとは少し様子が違うなと感じていた。そしてこの電話から、事態は園田の思ってもみなかった方向に転がり始めるのである。

第四章　急展開

1　京都八条口側のホテルで

京都は雨だった。園田は京都駅八条口から小雨の中を少し歩き、待ち合わせのホテルに着いた。二時前に地下の喫茶店に入ると、田村は店内奥のテーブルですでに待っていた。園田の姿を見かけると立ち上って深々と頭を下げる。

園田が「おう、だいぶ日に焼けていい顔してるなあ」と言うと、田村は照れくさそうに「はい、毎日体を動かして汗かいてますので」と答えた。

「現役の時は事務所当番などで夜動き回ることが多かったんですが、今は規則正しい生活をしてますので」

「そうかそうか。ちゃんと安全運転に務めてるかい」

「はい、園田さんの教え通り、交通ルールはしっかり守ってます」と律儀に答えた。

園田は少し顔を引き締めて、「ところで、今日の話ってのは」と本題に入った。

「あの……、園田さんとこのお嬢さんの事故、まだ犯人捕まってませんよね」と、田村が少し気を遣いながら園田に問いかけた。

「バイクの轢き逃げ事故だったんだが、フルフェイス被っていたんでな。目撃情報も乏しく未解決なんや」と悔しそうに言う。

「はじめは、八坂組のオッサンが若い衆にやらしたんじゃないかという噂でしたよね」

「俺も八坂組が絡んでると睨んで、片っ端から組員を調べたんだが、そのうちに俺のやり方が酷いというタレコミがあったのか、捜査から外された。その後も何とか娘の仇を討たねばという思いが強くてな、仕事していても他のことは手につかず、八坂組関係の方ばかりに気持ちが向いてしまっていた。そんなんで現場から外されて警察学校に放り込まれてしまったというわけや」と当時を思い出して、園田は残念そうに言った。

「そうだったんですか。若い衆連れて本家当番に就いてる時、八坂の連中も来てましたが、行儀が悪くて何をしでかすか分からないようなヤツばかりでしたわ。それに親分も金の亡者でカスみたいな男で、若い衆もピーピー言ってました」

園田が「そうか」と頷くと、田村は「ワシらの仲間内でも、お嬢さんの事件は八坂組がやったんじゃないかという噂でした。園田さんが祇園署におられた時、八坂組を壊滅寸前まで追い込まれたので、その腹いせにやったんじゃないかって……」

「やはりみなそんな風に思っていたんだな」

「はい、当時の園田さんは祇園のドーベルマン刑事と恐れられていましたからねぇ」と当時仲間内で囁かれていた園田の異名を言った。

「何も自分では無茶な捜査をしたとは思っていない。八坂源治の凌ぎ方があまりにもひどく、堅気の人を泣かせていたから集中的に叩いただけだ」

田村はそこで少し間を置いた。場がピリッとした気がした。

数秒の逡巡の後、田村は単刀直入に言った。

「園田さん、お嬢さんの件、八坂のオッサンが半グレを使ってやらせたという話があるんです」

園田は驚いて「半グレだと！」と聞き返す。こんな話になるとは夢にも思わなかったのだ。

田村は頷いて、「はい、あのたこ焼き屋をやってるやつです」と言った。

園田もその人物には心当たりがある。

「吉木か」

「そうです。祇園を根城にして凌いでいる元暴走族あがりのやつです」

「ネタ元（情報源）は？」

「八坂にいた川端です」

「八坂の頭の川端治夫か」

「そうです。川端は今は堅気になって、駅裏で嫁さんと二人で居酒屋をやっています」

その言葉が意外で、園田が「川端が堅気に？」と思わず聞き返した。

「はい。川端は頭になったものの、八坂のオッサンのエグイやり方について行けず、昨年堅気になりました」と事情を説明した。園田は「そうやったんか」と頷いた。

「園田さんから足を洗うように言われてから、川端が堅気になったのを思い出しました。それでどんな風にオッサンに話を持って行って堅気になったのか、川端に話を聞きに行ったんです」

「堅気になりたいと言っても、八坂の親父がよう許してくれたなあ」と、園田は不思議がった。八坂は、そうやすやすと堅気になることを許してくれるような人物ではないはずである。

「それがですよ、やはり八坂は鬼みたいなヤツで、組抜けるんやったら小指と一千万円持って来いと言ったそうです」

それを聞いて園田もさすがに驚き、「一千万もか」と言うと、「はい。川端は親戚縁者から一千万かき集めて小指と一緒に持って行ったそうです」と田村が答えた。

園田が「よう踏ん切りがついたなあ」と感心すると、「川端は一千万はきつかったが堅気になって良かったと言ってました。それで、川端が一千万でしたので、私の場合も五百万ぐらいは言われても仕方ないなあと踏んでいましたが、うちのオヤジは金のことは何も言わず、小指も落とさずに済みました」と言った。

「良かったなあ。なかなかそんな風にすんなり堅気になれへんで」

「本当に園田さんとオヤジに感謝です。それで、その時川端が、お前何で堅気になる気になったんや、お前のところのオヤジは若い衆の面倒見もいいやないかと言うものですから、実は園田さんから堅気になるように言われたんやと言うて、悪いとは思いましたが、園田さんの名前を出してしまったんです」と申し訳なさそうに詫びた。

園田が「いや、別に構わんよ」と気にする風もなく手を振ると、田村は「そうですか、それならよかったです。実は川端は、園田さんはどうしてるって懐かしんでいました」と言った。

「川端がねぇ……」

園田が以前、何度目かの八坂組のガサ入れをした時、一人残して立ち会いをさせたのが若頭の川端だった。急な展開に付いていけず、呆気に取られていた顔を思い出す。

田村がさらに付け加える。

「川端は、『園田さんの娘さんを襲わせるなんて、八坂のオヤジは鬼みたいなヤツや』と言うものですから、ワシはやっぱりあの事件は八坂のオッサンの指示か、と突っ込んで聞いたんです」

それは園田が長年追いかけていたことであった。今最も知りたいことでもあった。ゴクリとツバを飲み込んで、「川端はどう言うた」と聞いた。いつのまにか拳は硬く握りしめていた。

「川端が言うには、八坂は最初、若い衆に左京区の園田さんの家にダンプで突っ込でやれと言ってたそうですが、園田さんの家は高台にあったのであきらめたそうです」

「ダンプでか！」

「はい。その後、八坂のオッサンは、若い衆を使ったらすぐに足がつく、車を使ったらNシステムでバレるということで、当時祇園を根城にしていた半グレの吉木を使って、お嬢さんを襲わせたそうです」

園田は当時のことを思い出して目をつぶった。あの無念は忘れようと思っても忘れられない。

「何もあんな小さな子供を襲わなくても……」

田村は同情するように声を落とし「八坂のオッサンが、吉木にバイクで娘を襲ってやれと指示してたようです」と言った。

「川端が後で聞いた話では、吉木がエンジンを空ぶかししたところ、お嬢さんがビックリして転ばれて、そこにバイクが接触した事故やった、と言ってたそうです」

園田の顔がぐっと引き締まった。犯人を徹底的に追い詰める刑事の顔だ。

「このことは、誰と誰が知ってるのか」

「このことは下に下すと厄介になるので、八坂のオッサンと川端、それと吉木の三人しか知らないそうです」

「お前は川端と話はできるんか」

「ええ、川端とは小中学校とも同じクラスで不良仲間でしたし、兄弟分ですので何でも話はできます」

園田が「調書は取らしてくれるかな」と聞いた。友達に話すのと調書を取るのとでは、大きな差がある。事件として展開できるかどうかの分かれ目なのだ。

「川端も取り返しのつかないことしてしもて、園田さんには何と言って詫びたらいいか……、と言ってましたし、八坂のオッサンのエグイやり方に嫌気がさして堅気になってますので、ワシから一度頼んでみます」と田村は応じた。

「頼むよ。川端が了解してくれたら、俺は動けんので誰か組対のモンを行かせるから」と頭を下げた。

田村に礼を言ってホテルを出ると、朝からの雨はようやく上がっていた。ここ数年、闇の中を歩んできた娘の捜査に、一筋の光明を見た思いであった。

2　射撃訓練

333期生たちは校内の射撃場に集合していた。全員で安全規則を唱和した後、以前教わった通り、弾の有無を確かめる。弾が入っていないことを確認した後、「よし！」と声を上げた。

森山教官は、「これから、空射ちの訓練をする。撃鉄を起こし、標的に照準があった時に軽く引き金を引く。いいか」と指示する。

生徒たちは「はい」と言って、それぞれ練習を始めた。まだまだ動きはぎこちない。

森山が見て回って個別にダメ出しをする。

「西口、引き金は軽くと言っただろう。緊張して強く引いたらダメだ。ガク引き（緊張して力を入れて急に引くこと）になるぞ」

いつも叱られ役の西口だが、「はい」と言って素直にやり直す。この素直さが大切なのだ。

こうして空射ち訓練を何十回と繰り返し行うが、なかなか実射訓練はさせてくれない。実弾を使うと、ひとつ間違えば人命に関わるため、慎重の上にも慎重を期するのである。

そして数日が経ち、待ちに待った実射訓練の日である。皆緊張感でいっぱいだ。まずいつも通り安全規則の唱和をし、空射ちを百回した後、いよいよ本番となる。

「今から実射訓練を行う。通常の場合の実包、つまり弾は銅でできているが、訓練の際は鉛の弾を使う。人畜に被害を与えた場合、鉛は人体に悪いと言う人もいるが、鉛の弾の方が銅より安いからだ」と森山が説明する。

「この弾も国民の税金でまかなわれている。従って、一円たりとも粗末にできないということだ。いいな」

「はい！」

「それでは、これから実射訓練を行う。弾を五発こめ！」と森山が大きな声で命令した。生徒たちはその声に応じ、一斉に弾倉を開いて弾を五発込める。全員、真剣な表情だ。

森山が「撃ち方、ヨーイ！」と言うと、右端の福田が「右よし！」と応じ、左端の内山も「左よし！」と安全を確認する。

その声を合図に、森山が「撃ち方、はじめっ！」と命じた。

みな一斉に、パンパンパンと撃ち始めた。人生で初めての実弾射撃である。射撃場には火薬が弾ける音と、硝煙の焦げ臭い匂いがたちこめた。

全員が五発を撃ち終わったのを見計らって、森山が「撃ち方やめ、弾をあらため、銃を納め！」と終了を告げる。生徒たちは、銃を静かにホルダーに納めた。

森山は「採点！」と言って、標的の方へ歩き出す。生徒たちは駆け足で自分の標的の前へ行き、森山の来るのを待つ。うまく的に当たっているもの、大きく外しているもの、様々であった。

森山は指示棒で標的の穴の開いたところを指して「6点、3点、2点、0点、0点。合計11点」などと言いながら、次々と指示棒で採点して回る。

採点が終わったところで、「標的に全く当たってない者がいる。甚だしい者は、隣の標的に当ててる者もいる。弾を無駄にするなと言っただろう。いいか！」と厳しく指摘した。

「こんな調子では卒業までに初級は取れないぞ。そうなると卒業できないということだ」と脅しをかける。もちろん、そうは言っても、これまで税金をつぎ込んで訓練してきた手前、簡単に諦めて辞められるわけにはいかない。そこで追試と称して、初級が取れるまで特訓することになる。

森山は、予想される脱落者の顔を思い浮かべながら、「今から全員、腕立て伏せ百回だ。税金を無駄にして申し訳ありませんと思いながら、気合を入れてやれ！」と連帯責任の罰を与えた。

生徒たちは「はい」と言って、全員で号令をかけながら腕立て伏せをする。あいつのせいで、と不満に思う者もいるが、そこは連帯責任ということで文句も言わず、腕立て伏せに専念する。このクラスは仲間意識もあっていいクラスになりそうだ、と密かに思う森山であった。

ある日の自由時間。広い体育館に四名の生徒が集まっていた。森山教官から特別に模擬けん銃を貸し出してもらい、福田が同期の河本、井田、内山の三人を特訓するのだ。福田以外の三人はともに十八歳の同い年だ。通常の射撃場は立入禁止のため、体育館を使って訓練を行う。

河本は模擬けん銃を持ちながら、「福田、あんたいつも高得点やけど、どうしたらそんなに上手く撃てるんや？」と尋ねる。落第したくないので、必死なのである。先日の森山の檄が効いているのかもしれない。

「森山教官がいつも注意してるように、みんなガク引きになってるんや」

「やっぱりガク引きか。どうしたら直せるんや？」

「まず、けん銃を小指、薬指、中指の三本でしっかり持つんや」と、福田がやってみせた。

三人はそれを見ながら実際にやってみる。井田が「三本指でか。こうか?力を入れるんやな?」と聞くと、福田は頷いて、「そうや。しっかり持ってから、親指で撃鉄を起こして人差し指で引き金を軽く引くんや」と指導する。

内山が「軽くやな」と自らに言い聞かせるように言う。

「そうや。標的に照準が合った時、軽く引くんや。すると、撃鉄がストーンと落ちるわ」

三人は「軽く、軽く……」と繰り返しながらその形を練習する。

「それじゃ、今から空射ち百回や」と福田が言うと、三人は同時に「百回もか」と文句を言った。

「そうや。この空射ちが一番大事なんや。体に覚え込まさんと」と、まるで教官のようである。

河本は「百回もやったら、腕が壊れるわ」と、ブツブツ言いながらも空射ちを始め、残り二人もそれに続いた。福田も一緒に付き合う。

ようやく百回終わると、三人は「腕がパンパンや」「もう腕が上がらん!」と悲鳴を上げた。

先生役の福田は、「でもみんなだいぶうまくなったで。その調子や!次の射撃訓練が楽しみやな」と満足げであった。一緒に向上していく仲間がいるというのはいいものだな、と感じていた。

放課後、教官室にいた園田の携帯電話に田村から電話がかかってきた。園田は電話を取りながら、さりげなく教官室を出て人気のない所に行く。

「田村です。いま電話よろしいですか」

「ああ、いま部屋を出たからいいよ」

「川端の調書の件ですけど、実はこの間会って話をしましたところ、川端は気持ち良く了解してくれました。八坂のオッサンや吉木をパクる時には、自分も一緒にパクってもらってもいい、とまで言ってくれました」と川端の覚悟を伝える。

園田は感激して「そこまで言ってくれたんか！ありがたいよ。それじゃ早速誰か川端のところへ行かせるようにする。ほんとご苦労だったな」と労をねぎらった。せっかく堅気になったのに、自分も一緒に捕まえていいとはなかなか言えることではない。それだけの覚悟を川端が持っているということだ。

「いえ、これぐらいのこと、なんでもありません。また何かあったら報告します」と言って、田村は電話を切った。

園田は、娘の弔い合戦がいよいよ動き出したことを実感して、身震いするような気持ちだった。

田村との電話を切ってからすぐ、園田は祇園署刑事課にいる石井の携帯に電話をかけた。石井は園田が八坂組を何度もガサ入れした時からの仲間である。

「もしもし、園田やけど」

「はい、石井です。お久し振りです！」

相変わらず礼儀正しく、力強い声も懐かしい。

「石さん、元気にしてるかい」

「はい、元気にやっています。教官とご一緒していた時が懐かしいですね」

そんな挨拶を交わしつつ、園田は本題に入った。

「ところで、八坂組は最近どうなんだ」

「相変わらず悪どいことをやって凌いでますわ」と嫌悪感をあらわにした。

「しかしオヤジについていけない若い者がだいぶ組抜けして、教官がおられた時の半分位に減っています」

「そんなことになっていたのか」

園田は、八坂組も時代の波には抗えないということだろうな、と思った。

「俺の娘の事故があっただろう。発生地が左京署管内だったんで、本部の交通捜査課が左京署に特捜班を設置して捜査してくれたんだがねぇ。未解決のままなんや」

石井は園田の気持ちを推し量り、「お嬢さんも浮かばれませんね……」と言った。石井は当時の園田の落ち込み具合を間近で見てきただけに、その悔しさは痛いほどよくわかった。

「実はある情報を入手してな、娘の事故に八坂組が関わってることが分かったんだ」

「ええっ、そうだったんですか！凄い情報ですね。当初から教官はそう睨んでいましたからね」

石井はこの情報の重大さに驚いた。これが本当なら捜査が一気に進展することになる。

「八坂組が絡んでいる以上、交通捜査課に任せる訳にはいかんのでな」

「そりゃそうです。うちでやらしてください。何とか仇を討たなくては」と石井は語気を強めた。

「ありがとう。ところで今本部の組対は誰が仕切ってるんかね」

「若いころ教官が仕込んだ渡辺補佐ですよ」

「渡辺ってあのナベちゃんか」

渡辺警部は今四〇歳、まさに脂が乗り切った組対のホープである。

「そうですよ。ポンポンと昇任して、今や組対の警部でブイブイ言わせていますよ」

「そんなに偉くなったんか」と感慨深いものがある。

石井は誇らしげに「そうですよ。園田軍団の一員ですよ」と言った。

「それじゃ直接話してみるわ」

そう言って園田が電話を切ろうとした時、石井がこう切り出した。

「お願いなんですけど、今度の帳場は左京署じゃなく祇園署に設けるよう、渡辺警部にお願いしてもらえないでしょうか。八坂組の情報はうちが一番持ってますし、僕も動きやすいですから」

と嬉しいことを言った。

園田はその心意気が嬉しく、「分かった。頼んでみるわ」と言って電話を切った。

旧知の仲間が娘の事件解決に手を貸してくれるのは、なんとも心強い限りだった。

園田は次に、府警本部組対の渡辺警部の携帯電話に電話をかけた。

「もしもし、園田ですが」と言うと、渡辺は昔に戻ったように「ああーっ、教官。渡辺です。ご無沙汰しております！」と敬礼せんばかりの勢いであった。

「ナベちゃん、元気にしてるか」

「はい、何とかやってます」

「今や、組対の警部でブイブイ言わせてるそうやないか」と笑いながら言うと、渡辺は「滅相もありません。今あるのも教官から指導してもらったおかげと感謝しています」と殊勝なことを言う。

「警部になったら言うことも違うなあ」と園田が冗談を言うと、根が真面目な渡辺は「教官、からかわないでくださいよ」と困ったような声を出した。

「ところでナベちゃん。明日の夕方、時間空いてないかい」

「ええ、七時以降でしたら空いてます」

「それじゃ、明日の七時、京都駅裏の焼肉屋でどうや」と言って店の名前を伝える。

渡辺は「はい、分かりました」と快諾した。

「忙しいところ悪いねぇ」

府警本部の組対の警部ともなれば、毎日激務のはずである。そんな中、快く時間を割いてくれる渡辺の気持ちがありがたかった。

渡辺は「とんでもありません」と恐縮した。渡辺は渡辺で、お世話になった園田に誘ってもらい、久しぶりに会って話せるのが嬉しかったのだ。

次の日の夜七時。焼肉屋の店内奥で園田が待っていると、渡辺が走り込んで来た。息を切らして「教官、お待たせして申し訳ございません」と謝る。時間には間に合っているのに謝るあたりが、渡辺の真面目な性格を表している。しばらく会わない間に、人の良さそうな顔に皺が少し目立ってきたようだ。

園田は「いやいや、忙しいのに悪いねぇ」と逆に呼び出したことを詫びた。

その後しばらくはうまい焼肉とビールを味わいながら、最近の暴力団情勢などの話をして情報交換を行った。

昔ながらの炭火焼で評判の焼肉屋である。値段も手頃で、かけ出しの刑事の頃からよく通った店だった。店主もよく分っていて、顔のささない奥の席を用意してくれていた。

ひとしきり話したところで、渡辺が園田をまっすぐ見つめ「ところで、教官、今日は何か」と切り出した。さすがに警部ともなると頭が切れる。急な呼び出しで何かあると察していたようだ。

「ああ、アンタに折り入って頼みがあるんや。私事なので申し訳ないが」そう言って園田は居住まいを正した。

「そんな水臭い。私にできることなら何でも言ってください」

「そうか、ありがとう。実は亡くなったうちの娘の事故なんやけどな、最近になって八坂組が関係してるんじゃないかという話があるんや」

そう園田が言うと、渡辺は驚いた顔で、「な、何ですって！じゃあ事故じゃなく事件ということですか。それも八坂源治が関わっていたと……。あの野郎。教官、是非ともワシに久美ちゃんの仇を討たせてください」と息巻いた。

園田がその言葉に「ありがとう」と感謝した。本当にいい仲間に恵まれたな、と思う。

「実は、昨日も刑事部長から何とか祇園の八坂組をぶっ潰せないのか、と言われましてね。困っていたところなんです」と渡辺が言った。

「そうか。ただね、帳場が前は左京署にあったんや。交通事故という扱いでな」

「分かってます。交通捜査課と話をして何とか組対が胴を取って、祇園署に帳場を持って行くようにします」と渡辺が約束をしてくれた。

園田は、「そうか。そうしてもらったら助かるよ」と声を弾ませた。これで祇園署の石井との約束も果たせる。仲間が集ってくれて、こんなに心強いことはない。

「祇園署には園田軍団の一員がたくさんいるじゃないですか。ワシもやり易いですし、皆と協力して何とか仇を討ち、八坂組を壊滅に追い込みますよ」と渡辺が力強く言った。

「悪いねぇ。何しろ俺は学校の檻の中に放り込まれていて動きがとれないし、それに当事者だし」

「何を言ってるんですか。明日からでも祇園署に帳場を持っていきます。ところでネタ元は？」

さすが、出世頭だけあって、押さえるべきところは押さえてくる。

「ああ、八坂組の川端が、あの事故は源治が仕組んだ事件やと話してたということを、木下組の田村の耳に入れてくれたんや」

渡辺は一瞬怪訝な顔をして「あの頭をしてた川端治夫ですか」と聞く。

「そうや」と頷くと、渡辺は「良く喋ってくれましたね」と感心した様子だった。

「ああ。実はひょんなことから、木下組の田村に堅気になるように助言したんだがね。それで田村は一年ほど前に堅気になった川端に接触して話を聞いてたんだ。二人は小中の同級生で、もともと仲もよかったらしい。そこで色々話をしているうちに娘の事故に話が及び、どうも源治は半グレを使ってやったようだと言うんだ」

渡辺は虚を突かれ「は、半グレですか」と聞き直した。

「ああ、半グレの吉木をな」

「吉木というと、あのたこ焼き屋ですか。そうですか……。それはマブ（真実）な話ですね」

渡辺はそう言って、フーっと大きく息を吐いた。

「ああ、川端は足を洗って駅裏でバシタと二人で居酒屋をやってるようや。川端が言うには、自分も頭をやっていた責任もあるので、源治やらと一緒にパクってもらって構わないとまで言ってるそうだ」

渡辺は「そこまで言ってるんですか」と驚く。

「ああ、いつでも調書取らしてくれるそうだ」

「そうですか。ワシらも何とか久美ちゃんの仇を、と思いながら捜査してたんですが、絞り込めず申し訳ありませんでした」

渡辺は深々と頭を下げた。ただ犯人の目星がついたことで、いつもは眠そうに見える細い目が輝いていた。犯人を追い詰める刑事の目だった。

「とんでもない。忘れずにやってくれてただけでも嬉しいよ」

「でもこれで園田軍団も勢いづきます。再結集して必ず犯人を挙げます」と渡辺が力強く言う。

園田は昔の仲間の絆を感じ、胸が熱くなる思いだった。園田が目をしばたたいたのは、煙が眼に入ったせいばかりではないようだった。

3 逮捕術

道場に生徒たちが柔道着姿で集まっていた。ただ本日は柔道の授業ではなく、逮捕術の授業である。担当の武山は身長一六五センチ程であるが、筋骨隆々とした体格で、空手三段、柔道五段の猛者である。

武山教官が声を上げる。

「逮捕術は犯人を逮捕する際はもちろんのこと、自分の身を守るためにも重要な技術や。気合いを入れてやらんといかん。いいか」

生徒たちは「はい！」と力強く応じる。

「まず、正面突きだ。よーい、はじめ！」武山が号令をかけると、「エイ！エイ！エイ！」と生徒たちは勢いよく拳を前に突き出した。

武山は「やめーっ！」と言った後、すぐに「はじめ！」と再開させた。これを数十回も繰り返す。その後、蹴りも同様に数十回と繰り返し、生徒たちの息はだんだん荒くなっていった。

そして、内容はより実践的なものになっていく。

「今度は相手から胸倉を掴まれて抵抗された場合だ。両手で相手の手を掴んで突き離す。それから自分の身体を沈める。体沈めの要領だ。いいか」

生徒たちは肩で息をしながら、「はい！」と応じた。

武山が「第一列、第三列、まわれ右！」と命令し、第一列、第三列がまわれ右をする。お互いが向かい合わせになったのを確認して「前列とり、後列受け。ようーい、はじめ！」と号令する。

後列の生徒たちが掛け声に応じて「エーイ！」と胸倉を掴む。前列の者は両手で掴んで突き離し、突き離された者は、再度胸倉を掴む。掴まれた者は両手でつつみ込むようにして体沈めを行う。それを何度も何度も繰り返して体に染み込ませていく。

「やめっ！　次は、相手が殴りかかってきた場合、体をかわして投げ飛ばし、制圧して手錠をかける練習だ」

開始の合図とともに、後列の生徒たちが「エイッ！」と殴りかかる。前列の者は体をかわしながら払い腰で相手を投げつけ、腕を捻じ曲げてうつ伏せにし、手錠をかける仕草をする。

ていく。

皆汗だくになりながら投げられては立ち上がり、とりと受けを入れ替えつつ、延々と繰り返し

逮捕術の対抗試合が間近に控えているので、皆その表情は真剣そのものであった。

翌日、校内逮捕術大会の準備として、３３１期対３３３期の練習試合が道場で行われた。担任の大島と園田も同席し、生徒たちの仕上がり具合を見学していた。

ところがそこで思い掛けないことが起きた。それは３３１期の上島と３３３期の橋本との練習試合でのことだった。

二人は面と胴を付けて向き合い、あたりには緊張感が漂っていた。

審判の武山が「ようーい、はじめ！」と開始の合図をかけ、試合が始まった。

開始早々、橋本が「エーイ！」と上島の顔面に気合いの入った突きをヒットさせた。上島が思わずぐらついたところで、すかさず橋本が「おりゃー！」と長い脚で胴に蹴りを入れた。その蹴りを食らって、小柄な上島は場外に吹っ飛んでしまった。そこに橋本が追撃をかけて、さらに蹴りこんでしまったのだ。

審判の武山は驚いて「止めーっ！止めろ！」と怒鳴りながら、二人を引き離した。

上島は倒れたまま、なかなか起き上がらなかった。３３１期の同期生が集まり「上島、大丈夫か？どうもないか？」と起こそうとしたが、上島はその手を払いのけて下を向いていた。面の隙

間から顔を伺うと、涙が頬を伝っていた。

しばらくしてやっと立ち上がったと思った瞬間、上島は橋本の方へ突進し、「お前、そこまでやらんでええやんか！」と殴りかかったのである。橋本は自分でもやりすぎたと思っていたからか、一切抵抗はしなかった。

331期生と333期生全員が飛び出して、「止めろ、止めろ！」と止めに入った。上島は人目もはばからず、大声で泣いていた。武山教官は「上島、見苦しいぞ、止めんか！」と叱るが、道場全体は騒然となった。橋本は試合に勝ったものの、後味の悪い結末であった。


試合後、教官室では大島が園田に平身低頭で頭を下げていた。

「園田先生、先ほどはうちの上島が見苦しいことを致しまして、申し訳ありませんでした」

「いいえ。うちの橋本が闘争心剥き出しで向かって行ったものですから。上島には本当に申し訳なく思っています」と詫びる。

「とんでもありません。練習試合と言っても真剣勝負ですから。負けたからと言って泣いて相手に殴りかかるなんてもっての他です」

「私の方から橋本にはしっかり注意しておきます。橋本と上島、しこりが残らないといいんですがね……」

大島は手を振って「いいえ。その心配はいらないようですよ」と言った。

「と言いますと？」

「実は練習試合が終わってから、気になって331期の寮の方に寄ってみたんです」

そう言って、大島は生徒たちの様子を教えてくれた。


大島が寮に行くと、寮内のピロティで、331期の上島と遠藤小隊長と国村分隊長、それに333期の橋本と福田小隊長と森崎第一分隊長らが、何か穏やかに話していたそうだ。

上島が「橋本君。さっきは殴りかかったりして、ごめんな」と恥ずかしそうに謝っている。

橋本も「いや〜、こちらこそエキサイトしてしまって。許してな」と頭を下げる。

「とんでもない。こっちが見苦しいことをしてしまって申し訳ない。これからも仲良くしてな」と躊躇いがちに右手を差し出し、橋本もさっと右手を出して、強く握り返す。周りの者は皆拍手をして微笑みながら見ていた。

福田が「クラスは違っても同じ釜の飯を食う同期の桜やから、みんな仲良くしていこう」と言うと、そこにいた全員が「そうや、そうや。同期の桜や」と、盛り上がった。

大島は上島らに注意しようと思って寮に足を運んだのだが、その心配はないと安心し、教官室へと踵を返したのであった。

園田は大島の話を聞いて「そうだったんですか。大きなもめごとに発展しなくて本当に良かった」と胸をなでおろした。

「本当ですね。せっかくここで知り合った仲間ですから、この関係を大事にしてほしいものですね。同期の関係はいつまでも続きますし、貴重ですしね」

「まったくです」園田はそう言ってうなずいた。今回の事件で、同期全体の団結力が一層固くなったように感じた。

「いやぁ、それにしても園田先生のクラスは身体能力も高く、皆、礼儀正しいですよ。先生はうまく指導され躾も良くされていて、うらやましいですよ。それに比べてうちのクラスは」と大島は頭を掻く。

園田は「とんでもありません」と首を振るが、自分のクラスの生徒たちのいい評判を聞いて、少し誇らしい気持ちにもなったのである。

4 寮内盗難事件

330期（鈴木学級）の生徒たちが休憩時間に声を潜めて話していた。

辻下が「俺の腕時計が見当たらないんだけど……」と困り顔で相談していたのだ。

谷口が「盗まれたんじゃないのか？」と言うが、一緒にいた大槻と河村は「え～、警察学校の寮内で盗難事件なんて考えられないよ」と言下に否定した。

「そうだなあ。二十四時間当直をやっているし、外部からの侵入なんて有り得ないだろうしなあ」

と谷口もすぐに撤回する。

その時、河村はあることを思い出した。

「そういえば、３３１期の大坂が放課後にうちの寮内をうろついていたのを、村本が目撃したと言ってたな」目撃した村本も同じ３３０期仲間である。

「大坂というのは、あの柔道の強いやつか？」と谷口が尋ねると、河村が「そうや。インターハイで優勝したとかいう柔道三段の大坂や」とうなずいた。河村は３３０期の中でも情報通で、細かい出来事もよく覚えている。将来は刑事に向いていそうな性格だ。

辻下は「まっさかぁ。大坂が泥棒なんて考えられへんよ」と言うが、河村は「うちのクラスが全員、稲荷山まで自主トレしてる間に、用もないのうちの寮をうろつくなんて、おかしくないか？」と盗難説を推している。

田山が「実は、俺のデジカメも最近見当たらないんだけど……」と躊躇いがちに打ち明けた。

「えーっ、お前、早くそれを言えよ」

「いやぁ。まさか警察学校で盗難事件なんて起こるはずがないと思ってたもんだから」と田山が慌てて弁解する。

しばらくああだこうだと議論した後、谷口が「教官に言った方がいいんやないか？」と提案し、皆も「そうやなあ」と頷いた。

後日、教官会議が開かれた。会議室には学校長以下、教官二〇名ほどが集まっている。壁際の花瓶には華道部が活けたアジサイが鮮やかだが、会議の出席者はそんな花を見る余裕もない。

副校長の安井が「今日の議題は、最近寮内で生徒の物がなくなっているという事案についてです。今後どのような対策が必要か、皆さんのご意見をお聞きしたいと思います。まず、物がなくなったという330期の鈴木教官から報告願いたい」と話し出し、鈴木に発言を促した。

「はい。実はうちの生徒の辻下が、一週間前に腕時計をなくしたそうです。それともう一人、田山もちょうど同じ頃にデジカメが見当たらなくなったと言っています」と報告した。

安井は「二人もか！　その頃寮内をうろついていた不審者はいないのかね？」と聞く。

「一週間前の放課後、330期の寮付近をうろついていた者を、うちの生徒が目撃しています」

安井が驚いた顔で「そのうろついていた不審者というのは誰かね？」と聞くと、鈴木は「言いにくいのですが、331期の大坂です」と答えた。会議室にいた教官全員が「大坂！」と驚き、お互い顔を見合わせる。

「その日撃状況を詳しく説明してくれますか」

「はい。放課後、うちのクラスは全員で稲荷山まで自主トレで走りに行っていました。ただ一人、村本だけは、風邪のため寮内で休養していたんです。そこへ大坂がノックもなしに突然入ってきたということです。村本が驚いて『何か用か？』と尋ねると、大坂もビックリした様子で『山上君はいるか？』と聞いてきたそうです。村本が、クラス全員、稲荷山の方に自主トレに行っている、と言うと『あ、そう』と、出て行ったとのことです」

安井は大坂の担任の大島に「大島教官、大坂から事情を聴きましたか？」と尋ねた。

「はい。鈴木教官から話を聞いて、すぐに大坂を教場に呼んで事情を聴きました。大坂が言うには、山上君に用事があったので330期の寮に行ったとのことでした」

「大坂の日頃の生活態度はどうかね？」

「はい。大坂はうちのクラスの中でも礼儀正しく、勉強もできて、柔道は教官方もご存じのようにインターハイで優勝しており、三段の腕前です。将来有望な人材だと思っています」と大島は答えた。

安井は「他の教官方のご意見はどうでしょう」と教官たちの顔をぐるりと眺める。

けん銃担当の森山教官が手を挙げた。「これまでの話では、大坂が犯人と決め付けているような感じで会議が進んでいますが、大坂は授業態度も良く、しっかり挨拶もします。今のところこれと言った証拠もないのに犯人扱いするのは、ちと早過ぎではないですかね？」と大坂を擁護する。

柔道担当の倉本教官も「近々、近畿柔道大会が行われますが、大坂は大将で出す予定です。練習熱心で、人の物を盗むなどということは考えられません」と、こちらも大坂擁護派である。二人の教官はともに実技の担当で、その立場から大坂の優秀さを認めている感じがある。他の教官も二人につられて「そうだそうだ」と相槌を打つ者も多い。

倉本はさらに「大坂はよく放課後に330期の山上と二人で柔道の練習をしているので、山上を訪ねて行ったというのは本当だと思います。近畿大会で優勝するためにも気合が入っていましたので……」と付け加えた。

安井は「園田教官。刑事担当教官として何か意見ありますか？」と園田の方に顔を向ける。

園田は落ち着いた様子で話し出した。「先程から皆さんの意見を聞いていますと、柔道が強い大坂をかばうような意見ばかりですが、柔道が強いからとか勉強ができるからと言って、人の物を盗まないとは限りません。手癖は病気のようなものですからね」

安井は慌てて「ちょっと待て。鈴木教官、二人とも寮内で腕時計とかデジカメを盗まれたとは言ってないんだろう？」と言った。

「はい。なくなったと言っています」

「なくなったということは、どこかで落とした可能性もあるということではないのかね？」

「は、はい。それも考えられますが……」と鈴木は口ごもった。

「そうだろう。園田教官、盗難事件として捉えるのはちと早過ぎはしないかね？なんぼ初任科生だからと言っても、証拠もなしに取調べをしたり強制的な捜査はできないだろう。それに、こんなことがマスコミに知られてみろ。警察学校は泥棒養成学校かなどと、あることないこと書かれる。どうだろう、他の教官のご意見は……」と周りを見回した。皆は黙って俯いている。

そこで園田が静かに話し出した。

「副校長、お言葉ですが、盗まれていないのでしたら所轄署に遺失届をさせるべきじゃないでしょうか。そうしないと、どこかで拾われて届けられても、本人のもとには返ってこないのではないでしょうか」

安井はむっとして「園田教官、君はなぜ物事を難しく難しく考えるんだね?」と声を荒げた。

園田は動ぜず「確かに状況証拠しかありませんが、いつも生徒には基本どおりにやるように教えていますので、これはもう盗難事件として被害届を出させてやるべきだと思ったからです」と答えた。正論である。

事を大きくせず穏便に済ませたい安井と、真正面から事件と向き合う園田。判断の難しいところではある。

「う～ん、もういい。それでは時間もないので多数決をとることにする。二人に被害届を出させるべきだと思う人は挙手願います」安井はそう全員に声をかけた。園田、赤藤、松坂の三人が手を挙げた。

安井はホッとした様子で「三人だけか。それでは協議の結果、物を落としたか盗まれたか分からない現時点では、遺失届も被害届も出さず、生徒には貴重品は鍵のかかる所にしまっておくように指導することとします。いいですね?」と念を押した。他の教官たちは素直に「はい、分かりました」と答えた。

「それでは、今日の教官会議はこれで終了します。校長先生、どうぞ」と言って、安井は自ら先に立ってドアを開け、ペコペコして校長を通す。下には厳しいが上にはおべっかを使う安井の態度に、教官たちはいささか興醒めの様子であった。

一方園田は、大坂の名前が出た時から寮母の杉山の顔を思い浮かべていた。

先日、寮当番室を訪ね、病気の生徒を看病してくれた杉山にお礼を言いに行った時だった。

杉山が園田に「大坂君が他のクラスの部屋をうろついている」と報告していたのである。その時の杉山の真剣な眼差しが、園田の脳裏に焼き付いていた。


会議が終わって教官室に戻った園田は、次の日の授業の準備をしていた。副校長らはみな定刻に帰り、教官室は閑散としている。そこへ赤藤がピンクのジャージ姿で自主トレから帰って来て、園田の席の隣に座った。

赤藤が「先生、残業ですか?」と聞く。園田が「はい、いつも通り明日の授業の準備です。先生は自主トレで生徒に付き合ってたんですか?」と言うと、「ええ。久しぶりに伏見桃山城まで走ってきました。えらいのなんのって」と言って快活に笑った。

園田が「それはお疲れ様でした」とほほ笑む。赤藤がいると部屋に活気が出る。

赤藤が椅子を寄せて小声で話しかける。

「そうそう、先生。今日の副校長の態度、あれ何ですか!　討議になっていないじゃないですか。先生の意見なんか全く聞かず、マスコミがどうのこうのと自分の保身ばかり気にして。あ〜やだ。

あんな上司、最低」と感情を露わにした。

園田は冷静に「僕は刑事という職業病なのか、盗癖と性癖は病気で、なかなか治らないと思ってるんですよ」と答えた。赤藤も「そうですねぇ」と深く頷く。

「今のうちに正しておかなければ、灰色のまま卒業させて第一線に出した場合、組織全体が大きなダメージを受けると思うんです。本人のためにもなりませんしね」

赤藤は「私もそう思います」と頷いた。そして小声で、

「ここだけの話ですけどね。副校長がある先生に言ってたそうですよ。来春、校長は本部の部長にご栄転されるので、ヘタを打たせる（失敗させる）訳にはいかない、皆で支えていかないといけないってなことを」と言った。顔が近づいたので赤藤の香水のいい香りがした。

園田は気にしない素振りで「そうですか。皆で支えなければならないことはよくわかりますけどねぇ」と言った。動揺はなんとか顔に出さなかったが、内心は推して知るべしである。

赤藤は「副校長は自分が来春どこかの署長に栄転するために、揉め事に蓋をしたがっているのがみえみえですけどねぇ」と言ってため息をついた。

園田は苦笑し、「私はそれよりも、物がなくなったことで生徒同士の不信感やらおかしな噂やらで雰囲気が悪くなり、授業や訓練に影響がでることのほうが心配ですね」と言った。

「一応生徒には、現金や貴重品は鍵のかかる所で保管するようにと指示しますけどねぇ」と赤藤が言った。

園田は「そうですね。私のクラスにもそう指示しておきます。そういえば、浴場でも腕時計がなくなったという話を聞いたんですが……」と新たな情報を口にした。

赤藤は「すご～い！　先生、地獄耳ですねぇ」と感心して、「校長に報告しなくていいんですか？」と聞いた。園田は「いや、まだ噂の段階ですから」と言って、この話を収めた。

会議から二日経った日の放課後、園田は生徒の日記に目を通していた。悩み事があれば勇気付けたり、ヒントやアドバイスを与えたりと、一人ずつ赤ペンで返信を書いていく。

赤藤は隣席で、明日の授業の資料をパソコンで打っている。ブラインドタッチのスピードたるや、目にも止まらぬ速さだ。園田はいつもそれを感心して見ていた。

その時、二人の間にある電話が鳴った。園田が手を伸ばして受話器を取ろうとしたが、一瞬早く赤藤が受話器を取る。

「はい。警察学校学生係、赤藤です」

「もしもし、私は河原町署の刑事課の松井と言いますが、そちらに園田教官はいらっしゃいますか？」電話の相手は園田の知り合いのようであった。低音が耳に心地よい。

「あぁ、隣におられますので代わりますね」と答え、受話器を手で塞ぎながら「先生。河原町署刑事課の松井さんという方からお電話です」と告げた。

園田は「あぁ、ありがとうございます」とお礼を言って受話器を受け取り「もしもし、園田です」と電話に出た。

「河原町署の盗犯係の松井です」

「おぉ、松ちゃんか。お久しぶり」懐かしい声を聞いて声も弾む。

「園田教官、ご無沙汰しております。お元気そうですね。そちらでも若い者相手にばりばりやっておられるのと違いますか?」

「とんでもない。僕は人前で喋るのが苦手でねぇ。そのうえ、熊本なまりが出て、毎日が針のむしろだよ。早く所轄に出してほしいと言ってるんだがね」と冗談半分本音半分で答えた。

「教官、本当はもっといたいんじゃないんですか?先程の赤藤という教官、少し気はきついが美人教官で有名なあの赤藤教官ですよねぇ?そんな人の隣で一緒に仕事できるなんて、最高じゃないですか」と茶化してきた。受話器の向こうでニヤニヤしている顔が見て取れるようだ。

園田は隣の赤藤を気にしながら「松ちゃん、今日は何の用だったんだい」と話を逸らした。

松井は真面目な声になって「そうそう、肝心の話を忘れるところでした。教官のところの生徒で、大坂和男という名の生徒がいますか?」と聞いてきた。先日の会議で話に上がったばかりで、あまりのタイミングの良さに驚いた。

「いるけど、それがどうしたんだい?」

「いえ、実は四条河原町の質屋にぞう品捜査で立ち寄ったんですがね、そこに大坂和男という名前で腕時計が質入れされてまして。少し気になって教官にお電話した次第です」と顛末を話す。

「気になったというのは？」

「ええ。身分証明書は健康保険証でして、職業は地方公務員。住所が伏見区深草塚本町一番地としてあったんで、一番地は確か警察学校ではと思いまして……。それから、祇園署管内の質屋にも足をのばしたんですがね。そこにも大坂和男名でデジカメを質入れしてたんです」

「デジカメもか？」

「そうです。それが妙なんですよ。同じ日なんです。通常ですと、同じ質屋に質入れするじゃないですか。それがバラバラに入れてたもんで、少し気になって……」

　園田はしばらく考え込んだ。松井は園田が黙ったのを気にして「いえいえ、教官。心配されることはないです。二件ともタレ（被害届）は出ていませんので、ブツ（被害品）ではないと思います」と慌ててフォローした。

　園田は「松ちゃん、二件ともブツだよ」と正直に話す。

「ええ〜っ！」

「実は最近寮内で盗難事件があったんだがね、盗まれたかなくしたかがはっきりしなかったもんで、タレを出してなかったんだよ」

「そうだったんですか。いわゆる未届けですね」と納得した。

「それにしても、さすが『ブツ松さん』と言われるだけあって、ぞう品捜査のプロだな、松ちゃんは。よくわずかな違和感を見逃さなかったね」と褒めると、松井は「滅相もありません」と謙遜した。

「ところで、一つだけお願いがあるんだけど」

「何でしょう」

「校長に報告して盗難事件として被害生徒にタレを出させ、基本通りに処理してもらうつもりだけど、マスコミに漏れるとまた騒ぎ立てるので保秘だけは頼むよ」

松井は「よくわかっております」と快諾した。

二人は今後のことを軽く打ち合わせた後、電話を切った。


「先生、何かありました？」と赤藤が小さな声で尋ねてきた。漏れ聞こえる話が気になったらしい。園田は「実は、３３０期の生徒がなくしたという腕時計とデジカメが、河原町署と祇園署管内の質屋に入質されていたそうです」と答える。

赤藤は「えぇ～！」と大きな声を出しかけて、自ら手で口を塞いだ。

「それに質入れしたのは、例の大坂という生徒だそうです」

赤藤は目を見開いて「え～っ、大坂ですか！」と驚いた。

「それはすぐに副校長、校長に報告しないと。と言っても、既に帰っていないですし、明日では遅すぎるし……。どうしたらいいかしら」そう悩む赤藤に園田は、

「私から直接、副校長、校長に報告してもいいですが、状況を３３１期の大島先生に説明して、

大島先生の方から報告してもらったらどうでしょうか？」と提案した。これまでの経験から、無用な衝突を避ける術は心得ている。

「そうですね。あの副校長、また出しゃばったことしやがってと、先生を逆恨みしかねないですからね」と赤藤は納得した。

「一応、大島先生と鈴木先生にも状況を説明して、早い段階で副校長と校長に報告してはどうかと言ってみます」

「わかりました。それがいいですね」そう言って赤藤は頷いた。そしておどけた調子で

「それにしても先生のおっしゃった通りになりましたね。さすが刑事教官！」と持ち上げた。

「いやぁ。先程電話してくれた刑事は前任署で一緒でしてね。僕は組対係長、彼は盗犯係の松井主任と言って、ぞう品捜査のプロなんですよ」

「毎日、質屋回りをされてるんですか？」

「そうです。彼は誠実な男でね。質屋のご主人もおかしな品物が入れば、すぐに彼のところへ電話してくれるんですよ。質屋のご主人や同僚からも『ブツ松さん』という愛称で呼ばれているんです」

「そこまで信頼関係ができているなんてすごいですね」と赤藤は感心した。そういった関係性は一朝一夕で構築できるものではない。日々の積み重ねの結果だということが、赤藤はよくわかっている。

赤藤は「ところで、最初、私のこと話題にしてませんでした?」と尋ねた。

園田が意表を突かれて焦りつつ、「え〜っ、何か聞こえました?」ととぼける。

「こんなに近くで喋っておられるんですから、電話の声だって少しは聞こえますよ。松井さん、私のこと何か言ってました?」とさらに追及した。

園田は面白がって「先生のこと、よく知っていましたよ」と笑いながら答える。「美人の赤藤教官の隣で仕事できるなんて最高じゃないですか、なんて言ってました」と打ち明けた。

赤藤は園田の腕を軽くつねり「うそでしょう」と軽くにらみつけると、園田は「本当です。本当です」と慌てた顔で弁明した。

その顔を見た赤藤は、朗らかに「あははは」と声を上げて笑った。

鬱陶しい寮内盗難事件の暗雲も、その花のような笑顔でようやく少し晴れたようだった。


校長室に、道野校長、安井副校長、大島教官の三人が座っていた。大島が重い口を開いた。

「実は、うちの大坂が、辻下と田山がなくしたと言っていた腕時計とデジカメを河原町署と祇園署管内の質屋に入質していたそうです。河原町署の刑事がぞう品捜査で発見しました。その刑事から園田先生に連絡があり、発覚しました」

安井は驚いて「なにっ!それじゃ、大坂が盗んで質屋に入れたということか」と問うと、大島が沈痛な面持ちで「そういうことになりますね」と答えた。

「そういうことになりますねって、君、大坂から事情を聴いたんかね」

「いや、まだ聴いていません、先にご報告をと思いまして」

「そんな悠長なことしてたんじゃ、そのうちにマスコミに知れたら大変なことになることくらいは分かってるやろ」

「保秘の件は、園田先生からブツを発見して通報してくれた松井という刑事に、マスコミには漏れないようにとお願いしてくれたそうです」

　すると、それまで目をつむり黙って聞いていた道野校長が「済んだことは仕方がない。色々と画策するとバレたときにダメージが大きい。従って基本通りに、盗まれた生徒にすぐにタレを出させて、河原町署に処理してもらう以外にないな」と断を下した。

「身柄が拘束されると当然所轄署は報道発表するでしょうし、そうなると生徒たちも動揺して問題も大きくなると思いますが……」と、安井はあくまで秘密裏に事を運ぼうとするが、道野はぴしゃりとその言葉を遮った。

「副校長、大事なのは今後このようなことが二度と起きないようにすることだ。任意でやるか、強制捜査するかについても所轄に任せるしかない。この間、園田教官が言ってたように、手癖の悪いもんは病気だから治らん。早いうちにしかるべき対処をする方が本人のためにもなるだろう」

「なるほど……。さすが校長、ごもっともでございます」そう言って安井は頭をペコペコ下げた。

　隣で見ていた大島は、安井の変わり身の早さにいささか呆れ顔であった。

翌日、井本教官のもとに、大坂が私服姿で制服などを返納しに来た。後悔の念が表情や仕草からにじみ出ている。

井本は無言で制服などを受け取った。左手がない井本は、右手と顎を使って手際よく畳み、階級章など員数を数える。

「員数は揃っている。終了だ」と告げると、大坂は「ご迷惑をお掛けしました」と頭を下げた。

「手癖だけは直すんだな」井本がそう声をかけると、大坂は小さい声で「はい」と答えた。

本人も事の重大さは重々承知しているのがわかったので、井本はそれ以上何も言わなかった。

教官室では、園田が授業の準備をしていた。六法全書や実務必携など分厚い参考書を横に置き、『捜査報告書の作成要領』と題する本を開いてポイントになる部分をノートに控えていく。赤藤はその隣で、パソコンを使って授業の資料を猛スピードで作成している。

そこへ、河原町署の松井刑事がひょっこり顔を出した。

「園田教官、お久し振りです」

園田は急な来客に驚きつつ「お～、松ちゃん。今回は色々と迷惑かけたね」と礼を言った。

赤藤は園田が松ちゃんと呼んだので、彼が例の松井刑事だなと思い、顔をあげて軽く会釈した。

松井も気が付いて頭を下げた後、園田に、この人が赤藤教官ですか、と目配せする。園田が軽く頷くと、納得顔でにやりとした。

松井はすぐ真顔になって「これから大坂を任同（任意同行）掛けて取調べます」と報告した。

「身柄は取らんのかい（逮捕しないのか）」

「はい、被害生徒二人もブツも返ってきて、自分たちの管理も悪かったとかで反省しています。処罰意思もありませんし、それに初犯で逃走や証拠隠滅のおそれもありませんので、不拘束でやりたいと思います」

園田が頭を下げて「そうか、色々とご苦労かけて悪いね」と言うと、松井は「とんでもありません。これも仕事ですから」と恐縮した。

松井は「それでは」と一礼して、大坂のもとに向かっていった。

園田はその後姿を見送りつつ、これで一つの事件が終わったのだなと思った。


大坂が寮の玄関から出てきた。左右を松井と若い刑事に挟まれ、連行されていくようだった。手には荷物の入った紙袋を持っており、顔は伏せ気味のため表情は伺い知れない。そのまま停めてあった覆面パトの後部座席に乗せられ、車が静かに立ち去っていった。寮内を騒がせた盗難事件の呆気ない幕引きであった。

教官室では安井と大島が窓からその状況を無言で見守っていた。園田と赤藤はあえて無言で黙々と机に向かって授業の準備を続けている。

各教場からは、生徒たちが複雑な表情で大坂が連行されていく姿を眺めていた。同期の中で警察に捕まった者がいるという衝撃を受け止め切れていないようであった。この動揺が収まるまで、しばらくの時間が必要であった。

5　修学院の休日

ある日の放課後。剣道の練習を終えた森崎と坂下は正座して面を外し、汗を拭いていた。坂下が声をかける。

「森崎、今度の日曜日、どこかに外出する予定あるんか」

「別に予定はないけど」と森崎。ともに333期の分隊長同士で日頃から仲がいい。

「そやったら、俺んとこ、遊びに来いひんか」と坂下が森崎を誘った。

「ええんか？」

「ああ、ええで。左京区修学院やけど。前澤も誘ってみるわ」

「悪いなあ」

「いや、別に気にせんでええで。何もないところやけどな」

「わかった。じゃあお言葉に甘えて。楽しみにしとくわ」

そんなことで、坂下のお宅訪問の日程が急遽決まったのである。

叡山電鉄の修学院駅で下車して、坂下、森崎、前澤の三人が喋りながら、山手の住宅街を歩いて行く。情緒ある並木通りが続き、都会の喧騒を忘れさせてくれる一角だ。

森崎が「坂下の家族は？」と聞くと「俺、一人っ子なんや」と坂下が答えた。

「そうなんか、それは寂しいなあ」

「う〜ん、もう慣れたわ。おやじは東京に単身赴任してるし、家にはお袋しかいないんで気遣うことないしね」坂下は特に気にする風でもなくそう答えた。

森崎は「そうか」と頷き、その後も三人でわいわいと雑談しながら坂下家への道をゆっくりと歩いて行った。


坂下が格子戸の玄関を開けて「ただいま」と言うと、すぐに母親が出てきて「ああ、いらっしゃい」と気さくに出迎えてくれた。

森崎と前澤が各々「お邪魔します。同期の森崎です」「前澤です」と挨拶する。

坂下の母は「うちの信幸がお世話になってます。さぁ、どうぞどうぞ」と言って、奥の間に案内してくれた。坂下は少し気恥しそうな表情であった。

奥の間のテーブルには、既に所狭しと御馳走が並べられていた。たくさんの料理に圧倒され、座るのを躊躇している二人に、坂下は「遠慮せんでええから座って」と声をかける。

二人は異口同音に「すごい御馳走やな」と言いながら、胡坐をかいて座った。そこへ坂下の母がビールを盆に乗せて運んできてくれた。

「狭いところですけど、どうぞ気楽にしてくださいね」とにっこり微笑むと、二人は正座に座りなおし「ありがとうございます」と恐縮してお辞儀をした。

「ビールはたくさん冷やしてるのでどんどん召し上がってね。信幸、何か用があったら呼んでな」と言って、坂下の母は早々に退席した。若い者同士気兼ねなく話せるように、との配慮である。

母親が出ていくのを見計らって、坂下が「そんじゃ、乾杯しようか」と缶ビールを掲げ、二人も缶ビールを掲げて「乾杯」と声を合わせた。三人とも夢中でビールをグイッと喉に流し込む。

前澤が「久しぶりに飲むビールはうまいなあ」と言ってフーッと息を吐く。久しぶりに警察学校から外出した解放感で、冷えたビールが一層美味しく感じられた。

坂下が「料理も食べてよ」と勧めると、二人は「ありがとう。遠慮なくよばれるわ」と言って箸を手に取り、再び胡坐になって料理に手を伸ばしていく。

一口、寿司を口に入れた森崎が「この寿司、変わった寿司やね。美味しいわ」と褒めると、坂下は「これは鯖寿司と言ってな、昔からあるんや。日本海の若狭で獲れた鯖が鯖街道（主に魚介類を若狭から京都へ運ぶ街道）を通って京都に入ってきたそうや」と解説する。

「そうなんだ」

「青物は傷みが早いから、塩と酢でしめて昆布を巻いて作るんや。いわばここらの郷土料理かな」

「へ〜！こんなん初めて食べたわ。美味しいわ」とさらに褒めた。

坂下が不思議そうに「森崎は岩手で、前澤は徳島やろう?そやったら、海があるから新鮮な刺身や寿司なんか山ほど食べてたんやないのか？」と聞く。

森崎は「いや、この鯖寿司、酢加減が何とも言えんわ」と褒め、前澤も「この昆布で巻いてるのもおいしいね」と追随した。

坂下がニコニコして「そんな褒めてもらったら、お袋喜ぶわ」と言うと、二人は「ええっ、これみんなお母さんが作らはったん？」と驚く。なかなか素人が作ったとは思えない本格的な味である。

「何かお祭りや祝い事があると、何日か前から仕込んで作ってくれるんや」

「そうか。お袋さんの味なんやなあ」と二人は感心しながら、次々と鯖寿司を頬張る。坂下は二人が一心不乱に食べているのを満足そうに見守っていた。


ひとしきり食べたところで、前澤が「ところで、３３０期と３３１期は随分辞めて行ったな」と日頃思っていたことを口に出した。

坂下が「うちのクラスだって、他のクラスに比べると少ないけど三～四人辞めてるで」と言うと、前澤は「え～っ、そんなにか」と驚いた。

森崎が「ああ、斎藤っていうやつが寮内で煙草吸ってたとかで退校処分になってるな。他には、家の方で不幸があったからと嘘をついて、外泊許可を取って彼女とホテルにしけ込んでいたのもいた。これも後で教官にバレて退校になったな」と言う。

坂下が「それから剣道の授業で梅田教官から、首に突きを入れられて怖くなって脱走した者もいたな」と付け加える。

前澤は「厳しいと言えば、梅田教官の剣道の授業、ほんと厳しいね」と率直な感想を言った。

「そうやな。特に首に突きを入れられた時には、息が止まりそうや。森崎、お前剣道三段やろ。何とか防ぐ方法はないんか」と坂下が森崎に尋ねた。突きを入れられて苦しかった時のことを思い出し、少し眉をしかめる。

「アゴが上がるから隙が出て、そこを突かれるんだと思うよ」

「それならアゴを引いといたら、いいんやね」

「そうそう。俺も小学生の頃から剣道やってるけど、突き入れられるのが一番嫌やったな。アゴ引いといたらいいと分かってるんやけど、厳しい練習だと息が上がってどうしてもアゴが上がってしまうんだよなあ」そう言いながら森崎は剣道の構えをしつつ、アゴを上げたり下げたりした。

一同は納得し、なるほどなあと頷いた。次こそは首に突きを食らわないように、と真剣である。そこへ坂下が先輩から聞いた話を披露した。「気を抜いたり、要領をかましたりすると、剣道では突きを入れたり、柔道では首を絞めたりして、不適格者をふるいにかけて辞めさせるそうやで」

森崎と前澤は「え〜っ、そんなあ」と言いながらも、思い当たる節もある二人だった。

そんな話をしながら、三人は酒を飲み料理に舌鼓を打ちつつ、遅くまで語り合ったのだった。

6 警察学校ロマンス噺

赤藤学級の女子生徒たちが休憩時間に五〜六名集まって雑談をしている。

「ねぇ、みんな。園田教官とうちの赤藤教官、お似合いと思わない？」リーダー格の山下がみんなにそう問いかけた。

年下の長尾が「そういえば、いつも一緒にいるねぇ」と頷けば、山下はさらに「うちの教官、いつもパソコンを園田教官に手取り足取り教えてるよ」と報告した。

「うらやましいな〜。パソコンぐらいなら私だって教えてあげられるのに」と言ったのは、教場当番の時、園田と一緒に歩けずに残念がっていた花田である。

長尾は「放課後、時々二人で稲荷山にジョギングしたりしているよね？この間も二人でジョギングしているところとすれ違ったんだけど、『ご苦労さまです！』って立ち止まって敬礼したら、二人から『ご苦労さん』と答礼されたわ。思わず振り返って見ちゃった」と意味あり気に言う。「教官室の席も隣同士だし……。いい雰囲気よね」

「できちゃってるんじゃないの？」山下がズバッと切り込んだ。

「でもうちの教官バツイチだよ。それに園田教官、愛妻家って話だよ」と花田が否定し、みんなが「なんだぁ。お似合いなんだけどなあ」と残念がったところで、ロマンスの噂話はあっさりと立ち消えとなった。女子数人集まれば、なんでも恋愛話に結びついてしまうのが世の常である。

小隊長の井上が思い出したように言った。

「そうそう。園田教官、小学一年生の娘さんを交通事故で亡くしてるんだって」

園田ファンのみんなは「えぇっ！　そんな、可哀想っ！」と驚く。

「聞くところによると、学校からの帰り道に、バイクに轢き逃げされて亡くなったんだって」

「え〜っ、轢き逃げ！」

衝撃的な話を聞いた生徒たちは、そんなそぶりを見せない園田に感心しつつ、それがどれほど辛いことなのか、園田の心中を察するのであった。


園田は今でもまざまざとその光景を思い出す。

病院に駆け付けた時、白い布をかけられた娘の遺体のそばで、良子が一人泣き崩れていた。霊安室の蛍光灯が白々と冷たい光を放っている。園田は、第一線の現場で被害者の遺族に遺体を確認してもらうことはあったが、まさか自分が被害者側の立場になるなどとは思いもよらなかった。背中を震わせて泣く良子に声をかけることもできず、気が付けば園田は霊安室の外にいた。無意識に廊下の壁を握りこぶしで叩き、声を殺して泣いた。この怒りをどこに向けたらよいのかもわからず、壁に頭をつけて涙が流れるに任せた。そしてその怒りの行方が定まるには、それから三年かかったのである。

7　女性警察官の担任

園田はいつも通り、苦手なパソコンと格闘しながら明日の授業の準備をしていた。そこへ赤藤がジャージ姿で帰ってきた。

「先生、今日も残業ですか?」と尋ねてくる。

園田は正直に「いつもの通り明日の授業の準備ですよ。なかなかパソコンが言うこと聞いてくれなくてね」と答える。

「言ってもらったら、それぐらいいつでも打ちますのに」と優しく赤藤が言った。その気持ちが嬉しい。

「ありがとうございます。でも、甘えたらいけないので、自分でなんとかやってみます」

赤藤は悪戯っぽい眼つきで園田を見て「たまには甘えてくださいよ」と言った。園田は慌てて「いや～、あはは……」と、笑いでごまかすのが精一杯だった。心臓に悪い。

急に赤藤が改まった口調で言った。

「そうそう。先生。本当だったら、うちのクラスの担任だったそうですね」

園田が「誰がそんなことを……?」と驚くと、赤藤は「誰がって、他の先生方も皆知ってますよ」と言った。園田はその時のやり取りを思い出し、冷や汗が出た。

「先生が断って下さったので、私が希望していた女性警察官のクラス担任になれたんです。先生には感謝しているんですよ」

「感謝されるようなことは何もしていませんけどね」

「いえいえ。あっ、先生が断られた際の殺し文句も聞いてますよ」と赤藤はニヤニヤする。

「殺し文句……?」

「はい。女性に惚れっぽいたちで組織に迷惑かけたくないからとか……」

園田は顔を真っ赤にしながら「参ったなあ」と頭を掻いた。

「あはは、一本ですね」と赤藤が愉快そうに笑った。

8 警備実施訓練

333期生全員が出動服にヘルメット姿、大盾を持って整列している。そこへ出動帽を被り指揮棒を持った教官が登場した。入校直後に敬礼の仕方を教えてくれた松坂である。その訓練の厳しさで「鬼軍曹」の異名を持つが、前回は序の口。本日の警備実施訓練でその本領が発揮される。

小隊長の福田が「気を付けっ、教官に注目!」と号令し、全員松坂教官を注目する。

松坂が全員に届く大きな声で、今日の訓練の説明をする。

「今日はデモ警備の警備実施訓練を行う。ヘルメットなどを完着(完全着装)した場合は、大盾を含めると一〇キロ以上にもなる。デモなんかはいつ終わるかわからない。長時間に及ぶ時もあるので、体力が必要だ。従って日頃から体力をつけておかなければならない。わかったか!」

生徒たちは「はいーっ!」と声を合わせる。

松坂が「よし、今からグラウンド一〇周だ。大きな声を出し気合いを入れて走れ！」と指示を出すと、生徒たちは「はいっ！」と言って走り出した。

福田が「歩調、歩調、歩調、そうれ」と掛け声をかけ、生徒たちはそれに応じて「1そうれ、2そうれ、3そうれ、4そうれ、1234、1234……」と声を出しながらグラウンドを走る。

三周ぐらい走ったところで、ぼちぼち遅れる者が出てきた。

松坂は「はよ走れ！遅れるな」と叱咤しながら、脱落しそうな者を指揮棒でヘルメットの上からガンガン殴りつける。殴られた生徒は、はぁはぁ言いながらも最後の力を振り絞ってスピードを上げた。

こうして五〜六周ぐらい走ったところで、最後尾にいた西口がついに脱落しそうになった。先を走っていた森崎がそれを確認するや否や、猛スピードでバックし、西口の大盾をひったくった。そして両手に大盾を持って「西口、頑張ろう！」と声をかけ、ダッシュして元いた位置に戻り走り出す。さすがに両手の大盾はかなり重く、どんどん体力が削られる。それでも脱落者を出すわけにはいかない、という森崎の覚悟の行動であった。こんなことをしたら厳しい松坂教官から叱られても仕方ないな、そう思ったが、意外と松坂は何も注意しない。そのままなんとか一人の脱落者もなく、全員が完走できた。

松坂が「よおし、次は大盾を正面に構え！」と号令をかけ、生徒たちも「よおし！」と正面に構える。

「右足はデモ隊から蹴られたり、棒でつかれた時の事を考えて、盾にかませろ！一歩踏み出して低く構えるんだ！」と言い、生徒たちは「はいっ」と低く構える。

松坂はひときわ目立つ巨漢の生徒に目をつけた。

「高本、頭が盾から出てるぞ。体を丸くするんだ！」

「はい！」と言って高本は必死に盾の後ろに隠れるが、どうしても大きな頭が出てしまう。

「高本、頭が出てると言っただろう」と再度注意し、ヘルメットの上から指揮棒でガンガン殴る。

高本は殴られながら「はい」と言ってさらに頭を低くして体を丸める。

「そうだ。そして右足は一歩踏み出して盾にかませと言っただろう！」

高本は必死に「はい」と踏ん張って修正する。形の決まらなかった高本も、松坂の指導のおかげで少しずつ形になってきた感がある。

その後も松坂はそれぞれの姿勢を指摘して修正し、最後には全員が様になるようになった。


こうして一時間以上続いた警備実施訓練は、最後に寮前まで駆け足をして、そこで流れ解散になった。全員、階段に座ってヘルメットや脛当てなどを脱いでいる。汗びっしょりだが、どの顔にも達成感が滲んでいる。

松坂に何度も姿勢を直され足蹴りされていた寺井は「いつもグラウンド一〇周走ってるけど、さすがに完着で大盾を持って走ったらしんどいなあ」と愚痴をこぼした。

「そうやなあ。皆についていくのがやっとやったわ」と、ヘルメットを叩かれていた高本も真顔で同意する。しかし、やり切ったという満足感が二人の顔にも漂っている。

隣に座っていた森崎も汗びっしょりだった。大盾二つ持って走り終えた時には倒れるかと思ったが、なんとか訓練を完遂できてほっとしているところだった。

そこへ西口がやってきた。

「森崎、さっきはありがとう。ほんま助かったわ」そう言って頭をぺこりと下げた。

森崎は、「完走できてよかったなあ」とにっこり笑う。

寺井がそのやり取りを聞いて、「そういえば、森崎、盾二つ持って走ってたけど、あれ西口のやったん?」と尋ねた。

周りにいたクラスメイトたちは「え〜っ、二つも盾持って走ったん!」と驚きの声を上げる。盾を持って走るしんどさが身に染みているだけに、森崎の友達思いの行動に感動したのだった。

訓練は厳しいが、こうして同期の絆も深まり警察官としても成長していくのである。

松坂が森崎の行動を見て見ぬ振りをしたのも、そうした仲間同士の結束を感じたからだった。訓練の効果が少しずつ出てきている、と手応えを感じる「鬼軍曹」であった。

園田は寮内の売店に顔を出した。「お久し振りです」と挨拶をすると、売店職員の西村が「あらっ、園田先生、珍しいですね」とお辞儀をした。小柄な中年女性だが、よく気の付くことで生徒たちにも慕われている。

「パソコンの初心者入門という本はありますか」

「ありますけど、園田先生が読まれるんですか？」

「パソコンで資料作成しなければならないので、勉強しようと思いまして」と園田が照れくさそうに言うと、西村は「何をおっしゃってるんですか。隣に赤藤先生がいるじゃないですか」と呆れたような顔で言った。

園田はどう答えていいかわからず「はあ」と間の抜けた相槌を打つ。

「分からないことがあれば本を読むより人に聞かれた方が早いですよ」

「しかし、あまり人に頼っていてばかりではまずいかなと。それに迷惑もかかりますし……」

すると西村は意外なことを言った。

「赤藤先生は先生に教えたがってるんですよ。時には甘えてやってくださいよ」

そう言えば先日、赤藤からまったく同じようなことを言われたような覚えがある。どうも女心はよくわからない。

気を取り直して「折角買う気で来たのに、それでは商売にならないんじゃないですか」と園田が軽口を叩くと、西村は「いいんですよ。先生が学校に着任されてから園田人気で刑事関係の本が随分売れて儲けさせてもらってますから」と冗談めかして言った。

園田が驚いて「そんなことはないでしょう」と言うと、西村は「あはは」と声を上げて笑った。買い物に来ていた生徒たちが思わず振り向くような大きな笑い声だった。どうやら冗談半分真実半分、というところだったらしい。釣られて園田も一緒に微笑んだ。

9 学生交際問題

日曜日のよく晴れた午後、金閣寺の舎利殿が鏡湖池の水面に照り映えている。その周囲を330期の谷口、大槻、河村の仲良し三人組が雑談をしながら歩いていた。たまには京都観光でもと外出していたのである。

ふと、谷口が少し離れた小道を見ると、333期の森崎と332期の花田が仲良く話しながら歩いているのが目に入った。

谷口は慌てて「おい、あそこの二人、332期の花田と333期の森崎じゃないか?」と指差しながら小声で言った。

大槻と河村は指差された方を見て「間違いない。花田と森崎だ」と頷いた。普段は観光客で混雑する池の周りの道だが、お昼時のせいか人も少なく、たまたま遠くまで見通せたのである。

「二人は付き合ってるのか?」と言うと、大槻が「入校中の交際は禁止されているはずだが……」と眉を顰め、河村も「そうだな。校則違反じゃないのか?」と応じた。

「これは、教官に言っといた方がいいかもな」そう谷口が言うと、二人も「そうやなあ」と同意した。

何を話しているのかはわからないが、いかにも楽しそうに話している森崎と花田を、三人は複雑な気持ちで見守った。あるいはその気持ちの中には、若さ故の嫉妬も幾分か混じっていたかもしれない。


教官室で赤藤と二人だけになるのを見計らって、園田が静かに切り出した。

「うちの森崎と、先生とこの花田が、どうも交際しているようです」

「え〜っ、本当ですか！入校中の交際は禁止されてるはずなのに……」

「この間の日曜日、金閣寺を二人で仲良く歩いているところを３３０期の生徒たちに目撃されたようです」

「そうですか……」

赤藤は大きく一つ、ため息を吐いた。若い生徒の気持ちもわからなくはない。だが教官という立場もある。それぞれの思惑があり、こういったトラブルは扱いが難しい。

園田が「私は森崎から事情を聴きますので、先生は花田から話を聴いてもらえますか？」と提案し、赤藤も「はい、わかりました。早速、今日の放課後に話を聴くことにします」と答えた。

二人の教官にとって気の重い午後になりそうであった。

花田は教場の椅子に座り、教官が来るのを俯いて待っていた。赤藤が教場に入ってくると、立ち上がり敬礼する。赤藤が「休みなさい」と言い、花田は「はい」と小さな声で言って座った。

「花田、333期の森崎とは、付き合ってるのか？」と赤藤が単刀直入に尋ねた。

花田は下を向いたまま「申し訳ありません」と消え入らんばかりの声である。

「入校中は、生徒同士の交際は禁止されてることは知ってるな？」と問うと、花田は「はい」と素直に答えた。

「どちらから交際を持ちかけた？」と聞くと「はい。私の方からです」との返事。赤藤は意外な答えに驚きつつ、「順を追って説明しなさい」と命じた。

花田は俯いていた顔を上げ、覚悟を決めたように話し出した。

「はい。私は北海道の帯広出身ですが、高校の時京都に修学旅行に来て、この街の落ち着いた佇まいに憧れました。そして将来、科捜研の研究員になろうと思い、京都府警に入りました。入校して一ヶ月は外出できませんでしたが、外出できるようになると、近郊の同級生は日曜日には自宅に帰っていました。しかし私は北海道なので遠くて帰れませんでしたので、清水寺に一人で行ったのです。その時、森崎さんとばったり会ったのです」

「その時、言葉は交わさなかったのか？」

「はい。その時はお互いペコッと頭を下げたくらいです」

赤藤が「それからは？」と促す。

「森崎さんは出身が岩手で遠くてなかなか帰れないということで、時々哲学の道とか南禅寺なんかでばったりと会うことがありました。頻繁に会うようになったのは、入校して三ヶ月ぐらい経ってからだったと思います。その頃から少しずつ話をするようになりました」と花田は正直に答える。

「それと、私も森崎さんも剣道クラブで、一緒に練習していました」

「森崎は、確か剣道三段だったな?」

「はい。三段の腕前で、私も森崎さんによく指導してもらっていました。森崎さんはスポーツ万能で人柄もいいので、南禅寺で会った時私の方から思い切って『付き合ってください』と言ったのです」

花田の意外な積極性に驚きつつ、赤藤は「森崎は何と言った?」と尋ねた。

「私はてっきり断られると思ってたんですけど、森崎さんは二つ返事で『いいよ』と言ってくれました。私はその晩寮に帰ってから、嬉しくてなかなか眠れませんでした」と二〇歳前の乙女心を素直に打ち明けた。赤藤にもそういう経験があるので、気持ちは痛いほどわかる。

赤藤は無理に厳しい顔を作り「生徒同士の交際は禁止されているのに、森崎に迷惑かかるんじゃないかとかの心配はしなかったのか?」と尋ねた。

花田は「はい。その時は森崎さんに夢中で、それと京都に身寄りもなく寂しさもあり、そんなことは考えませんでした」と答えたが、森崎に迷惑がかかる可能性に今更ながら気付き、心配でたまらない顔になった。

「花田のやったことは、明らかな校則違反だ。始末書を書いて、明日教官のところに持って来なさい」

赤藤がそう告げると、花田は涙目になりながら、「わかりました。大変申し訳ありませんでした」と深々と頭を下げた。


同じ日の午後、森崎は直立不動の姿勢で、教官が来るのを待っていた。園田が教場に入って来ると「ご苦労さまです」と敬礼をする。

園田が「休みなさい」と言い、森崎は「失礼します」と椅子に腰を下ろした。

「どうだ？　剣道、頑張ってるかい？」と尋ねると、森崎は「はい。校内剣道大会に向けて練習しています」と真っすぐに前を向いて答えた。

「そうかい。それと皆を卒業までに何とか初段が取れるように指導してやってくれ」と言うと、森崎は「わかりました」と答えたが、声にいつもの力がない。どうやら察しているらしい。

園田が本題に入る。「ところで、332期の花田とは親しいのかい？」

森崎は顔を紅潮させ「申し訳ありません」と頭を下げて謝罪した。

「交際してるということだな？」と確かめると、森崎は率直に「はい」と頷いた。

「入校中は、生徒同士の交際は禁止されてることは知っているな？」

「はい。よく知っています」

「二人は校則を破ったということになる。明日、始末書を書いて持って来なさい」と命じ、森崎は「はい。わかりました」と頭を垂れた。

「訓練は厳しいかもしれんが、警察学校を卒業したら、堂々と付き合ったらいい。それまでの辛抱だ。いいな」園田がそう言うと、森崎は、その言葉に思わず立ち上がった。叱られるとばかり思っていたのだ。最悪の場合、退学もあり得ると覚悟していた。

「ありがとうございます」森崎はこれ以上曲がらないぐらい腰を折って礼をした。

園田はそんな森崎を見て小さく頷き、

「たまには、岩手のお父さん、お母さんに手紙を書けよ」

そう言って森崎の肩をポンと叩き、教場を出て行った。

森崎はしばらく礼の体勢を崩さなかった。そして、園田の温情に気持ちが揺さぶられ、涙が溢れ出るのをこらえられなかった。


その日の夕方、教官室で赤藤が園田に頭を下げていた。

「先生。うちの花田の方から森崎に交際を申し込んだようで、誠に申し訳ありませんでした」

「いやいや、申し訳ないなんて。交際は共犯みたいなもんです。一応校則違反になりますので、始末書だけは書かせますが」

「私も花田に始末書を書くように言いました。明日にでも校長に報告に行きますが、ご一緒願えますか?」

それを聞いて園田は「校長への報告、いいんじゃないですか?」とさらりと言った。

「えっ!」赤藤は思いもよらない言葉に驚いた。

「校長まで報告を上げれば、学校卒業しても、新任地や転勤先に始末書が職員カードと一緒についていくじゃないですか」

「そりゃそうですけど……」と戸惑う赤藤。

「そうなると皆から色眼鏡で見られ、本人らが可哀想じゃないですか。特に男女のこととなると、なおさら尾ヒレがついたりして……」と付け加えた。園田の温かい親心である。

赤藤は感動して「先生。そこまで考えて下さっているんですか。ありがとうございます」と頭を下げる。

園田は笑いながら「ありがとうだなんて。後で報告しなかったことがメクレて、私ら二人とも処分になった場合は勘弁してくださいね」とおどけてみせた。

赤藤はいつもの元気な調子に戻り「先生とご一緒なら、どこまででも」と軽口を言う。

園田は「あはは」と照れ笑いをして頭をかいた。

赤藤は急に真顔になって「うちのクラス全員、先生の大ファンなんですよ。犯罪捜査の授業が待ち遠しいって。それに将来刑事希望が多いんですよ。私の交通の希望者はたった三人だけなんですけど」と言った。

「いやぁ。捜査体験談などおもしろおかしく授業を進めているだけで、中身は何もないんですよ」と園田は謙遜する。

「授業もそうなんですが、今回の件でも大岡裁きで侠気があり、女性だったら誰だって夢中になりますよ。それに渋くてダンディだし」と赤藤が褒めると、園田は動揺して「先生、よしてください。ダンディだなんて、初めて言われましたよ」と口ごもる。

赤藤はその姿を見て「あはは」と明るく笑った。園田はからかわれたのか本心だったのかよくわからなかったが、赤藤に笑顔が戻ったのを見て、ほっとして心が軽くなった。

10　文化クラブ様々

警察学校には、情操教育の一環として二週間に一回、部外講師を招いて各種クラブ活動が行われる。華道クラブ、茶道クラブ、書道クラブ、美術クラブ、音楽クラブなどがあるのだが、部外講師はさすが京都だけあって、華道は池坊から、茶道は裏千家から、と有名な先生方が来てくれている。特に人気なのは茶道クラブである。女性も多いが結構男子生徒も多い。これは入校中の短期間で小習の初心者免許が取得できるからと言われているが、担当が園田教官のせいもあるかもしれない。

●茶道クラブ

警察学校の玄関先で、園田と茶道クラブ当番の西口が制服姿で裏千家の先生の到着を待っていた。そこへ一台のタクシーが滑り込んで来る。

園田がすっと後部座席のドアを開け「谷畑先生、ご苦労さまです。よろしくお願いします」と挨拶をした。開いたドアから、上品な和服姿の谷畑先生が顔を出した。

「これはこれは。園田教官自らお迎え下さり、申し訳ありません」と挨拶しながら、ゆっくり車から降りて来た。寮母の杉山が「裏千家では有名ですよ」と紹介していた先生である。かなり高齢な方で、少し足元が覚束ない感じがある。

西口は、谷畑先生が持っていた荷物を「お持ちいたします」と言ってさっと受け取った。日頃なよなよしている印象の西口だが、優しくて心遣いのできる男である。

園田は谷畑先生の歩調に合わせ、世間話をしながら寮内の練習場である畳の間に案内した。

谷畑先生が畳の間の中央に座ると、西口が「姿勢を正して礼！」と号令をかけた。すでに集まっていた生徒たちは礼をして「よろしくお願いします！」と元気よく挨拶をした。茶道クラブの開始である。

茶道全般の話から、袱紗の畳み方やお点前など、基本練習へと入って行く。寮母の杉山も園田の許しを得て参加し、クラブ員に対して「そうじゃない。こうすんのよ」などと谷畑の補助をしてくれていた。園田も四苦八苦しながら、生徒たちと一緒に学んでいた。教官という立場でありながら、学ぶ側の立場になるというのもまた新鮮であった。

●華道クラブ

華道クラブは着物を小粋に着こなした小谷先生が指導し、生徒は全員制服を着ている。先生は花の名前から性質などをとくとくと話された後、みごとな手捌きで花を活けていく。生徒たちもそれを一所懸命真似して活けていく。活け終わると、先生が寸評したり、また少し手直しもしてくれてでき上がりとなる。

でき上がった活け花は、校長室、教官室、会議室、正面玄関、寮の受付などに運ばれて飾られる。これまで殺風景だった場所が、一気にパッと明るくなり、それこそ華が咲いたようになる。クラブ活動の成果が目に見える形で展示されるので、部員たちもやりがいを感じていた。

●書道クラブ

書道クラブの担当も部外講師で、林先生という。真っ白い長髪を後ろでくくり、長い顎ひげを蓄えて、いかにも書道家という佇まいである。

林先生が入室すると、当番員が「姿勢を正して礼」と号令をかけ、お互いに「よろしくお願いします」と一礼する。

林先生は皆を見渡し、「皆さんには二週間に一度お会いしますが、制服姿もすっかり板に付いて、日に日に頼もしくなっているようですね」と言った。風貌と同じ、飄々とした話し方である。

「皆さんの態度を見ていると、訓練が厳しいのはよくわかります。ただ私は、人間何事にも歯をくいしばって耐えることが大事だと思います。今日はその意味で『忍耐』という字を書いてみましょう。皆さん、しっかり墨を磨ってください」

部員一同「はい」と言って、墨を磨り始める。シュッシュッという音だけが室内に響く。墨が磨り終わったら、それぞれ心を落ち着かせて半紙と向き合い、筆を走らせる。納得いくまで何回も書き直し、それを先生が根気よく手直ししてくれる。

ひとしきり指導した後、林先生が「それでは清書して一番良くできたものを提出してください」と皆に伝え、それぞれ集中力を高めて練習の成果を発揮する。なかなか満足のいく出来にならず、居残って書き続ける熱心な生徒も多い。

●音楽クラブ

音楽クラブでは、全員がトランペット、クラリネット、バイオリンなどを持って、楽譜を見ながら思い思いに練習している。中には、小学生の頃からピアノを習っていてプロ顔負けの演奏をする生徒もいる。

担当は大島教官で、普段のお固い授業からは想像しにくいが、学生時代は吹奏楽部でタクトを振っていたらしい。指揮の時は実に穏やかな顔していて、そのギャップが面白い。

「よし、ここらで皆で通しで一曲演奏してみよう。曲は『この道』だ」と大島が言い、生徒たちは「はい」と答えて、楽譜をめくって準備をする。

大島がタクトを大きく構えて振ると、最初はバラバラの音であったが、ピアノに先導されて段々と調子に乗ってくる。みな真剣そのものである。

『この道』は橋幸夫の歌である。警察学校の様々な行事の締めくくりに必ず歌われる。それで耳にタコの曲ではあるが、演奏していると心がひとつになり、警察官にとっては自然と勇気の湧いてくる曲であった。

●美術クラブ

美術クラブは、時には郊外に出てスケッチをするが、この日は担当教官の赤藤がモデルである。みな一生懸命にデッサンして、薄く色づけしている。なかなかの腕前の生徒もいれば、小学生並みの初心者もいる。制限時間は一時間。アラームが鳴り、一時間の終わりを告げると、微動だにしなかった赤藤が伸びをしながら「みな描き終わったか?」と全員を見回した。

生徒たちは「はい」と言って筆を置く。

赤藤はみなの描いたものを順番に確認して回る。そして333期の寺井の絵に目をとめた。

「寺井。何だ。教官はこんな顔をしているのか?」と寺井の描いた絵を皆に見せた。それはお世辞にも赤藤の魅力が描かれているとは言えない絵だった。生徒たちは全員「あっはっは」と腹を抱えて笑う。

「寺井、教官に何か恨みでもあるのか?」と赤藤が睨んでみせると、寺井は慌てて「とんでもありません。これでも精一杯美人に描いたつもりです」と謝った。いつもはのんびり屋の寺井も、赤藤教官を怒らせたかと、冷や汗をたらたらかいている。

赤藤は他も見て回る。「次は、坂下。どうかな? うーん、まあまあだな」坂下はホッとして「ありがとうございます」と言う。

「次は村田。どうだ? おぉ、よく描けてるね。よく似てると思わないか?」

村田は高校の時に美術部だったので、この中では飛びぬけて絵がうまい。生徒たちからも「おぉ!」と声が上がった。

赤藤は、まだ自分の絵を見て首をひねっている寺井に向かい「寺井、これくらい描かなくちゃ」と言った。寺井は「あー、はい」と頭を下げた。

生徒たちは再び「あはは」と大笑いした。

このように、日頃は厳しい赤藤も、和やかな雰囲気で美術部を盛り上げていた。教官と生徒たちの隔てのない交流も、クラブ活動の大きな効用である。

11 特訓様々

ある日の放課後、柔道場に333期の生徒三人が集まっていた。卒業までに、なんとか柔道の初段を取らなければならず、寺井と澤田の二人が高本の特訓を受けていた。

「寺井、技をかける時、前かがみになってるぞ。背筋は伸ばすんや」と高本が見本を見せる。

寺井が「こうか?」と澤田を相手に、技をかける。

「そうや。次は澤田やってみろ」澤田は頷き、交代して寺井相手に技をかける。それを見て高本からの指導が飛ぶ。

「お前は引き手が弱い。そして頭が下がりすぎや」

「なるほど。こんな風にか?」と澤田が修正して再度挑戦する。

「そうや。正面を見て技をかけるんや。よし、一人五〇本ずつ百本打ち込み練習や」

寺井が口をとがらせて「百本もか! お前、倉本教官より厳しいな」と文句を言った。

高本は「それぐらいやらんことには、お前ら、初段は取れんぞ」と叱咤する。

澤田と寺井はそのことを重々承知しており、むしろ特訓に付き合ってくれている高本には感謝しかなかった。

二人は「分った」と素直に頷いた。卒業式までもうあまり日にちが残っていない。不安を払拭するかのように、汗だくになって一心不乱に練習を続けた。


桃山御陵へのかけ足特訓は森崎が先導する。放課後、体力的に弱い生徒を誘い、桃山御陵までのジョギング特訓を行う。百段近くある階段を上ったり下ったりして、体力向上に努める。

階段の途中で一休みしている生徒が、息も切らずに上り下りする森崎を見て「森崎は馬力があるなあ。なんでそんなパワーがあるんや？」と尋ねた。森崎は「岩手の田舎育ちやからかな？」と軽く答えたが、「それだけじゃないやろう」と突っ込んだ。

森崎が当時を思い出しながら「そう言えば、中学、高校と自転車で一時間かけて通ったわ」と言うと、他の生徒たちは「一時間も自転車でか？」と驚いた。

「そうや。慣れたらどうもないけど、雨の日は嫌やったわ」

「なるほどなあ。小さい頃から足腰鍛えてたんやなあ」とみな納得の表情であった。

教官の園田も学生時代、中学、高校とも自転車で一時間かけて通った思い出があり、第二分隊長の森崎に親近感を覚えるのは、こうした共通の通学経験があるからかも知れなかった。

寮の自習室では、数人の生徒たちが猛勉強をしていた。どうしても覚えられないものがあり、井田、内山、宮本の三人が小隊長の福田に聞いている。

「福田、職務倫理の基本がどうしても覚えられへんのやけど、どうしたらええんか教えて」と井田が手で拝みながら福田に尋ねた。もはや藁にもすがる思いである。内山も「俺もそうや。職務倫理の基本は大事やから覚えとくようにと教官が言ってたから試験に出そうやしねぇ」と言い、宮本も「絶対出ると思うわ」と頷いた。

福田は「まず、五つに分解して頭だけ覚えるんや」とコツを伝授する。

「一つ目は、誇りと使命感を持って、国家と国民に奉仕すること。二つ目は、人権を尊重し、公正かつ親切に職務を執行すること。三つ目は、規律を厳正に保持し、相互の連帯を強めること。四つ目は、人格を磨き、能力を高め、自己の充実に努めること。五つ目は、清廉にして、堅実な生活態度を保持すること。従って、頭の『誇り』の『ホ』、『人権』の『ジン』、『規律』の『キ』、『人格』の『ジン』、『清廉』の『セイ』で、『ホジンキジンセイ』という具合や」

三人は「そうか」と納得する。福田は「それを布団の中に入って毎晩何回も暗唱すると自然と覚えるんや。俺もそうして覚えてるんやで」と種明かしをする。井田は驚いて「え〜！毎晩そうして覚えとんのけ?」と聞くと、福田は事も無げに「そうや。そうするといつの間にか覚えてるし寝付いてるわ」と言った。三人は、福田が天才肌で元々記憶力がいいのだとばかり思っていたので、なるほど福田もそんな風に努力してるんやなあ、と感心しつつ、自分も見習わないと、と気を引き締めた。

12　校内柔道・剣道・逮捕術大会

生徒たちが武道に慣れてきたころ、クラス対抗の大会が行われる。

柔道の試合では、園田のクラスの３３３期は３３０期と対戦した。

先鋒が幸先良く一本勝ちをしたものの、次鋒が負けさらに次が引き分けるなど、勝ったり分けたりで最後の大将戦までもつれ込んでしまった。大将は高本だ。

園田が「高本、頼んだぞ！」と大きな声援を送る。高本は185センチ110キロと力士並みの体格で、柔道の腕前は三段の実力者である。一方、相手も大学時代に柔道部に所属しており、同じく三段を取っている。

審判の倉本教官が、両者に「はじめ！」と声をかけた。お互い組み合ったかと思うと、高本が「えい！」と素早く全体重をかけ、大外刈りで一本勝ちを決めた。試合開始早々の一瞬の出来事であったが、身体中に生気が漲り、いつもの高本と違って別人のような迫力であった。

園田は「高本、いいぞ！」と、生徒と一緒になって声援を送って喜んだ。高本も、満面の笑みを浮かべて力いっぱいのガッツポーズを返した。

次は331期との試合だ。先鋒の生徒は小柄ではあるがこれも見事な一本勝ちだった。ただその後は330期戦同様に勝ったり負けたりで、またも大将戦へともつれこんだ。園田は、今回は高本にあまりプレッシャーをかけまいと思い、黙って腕組みをして見ている。331期の大将は、小隊長の遠藤である。なかなか手ごわい相手で、形勢は一進一退。高本も必死に技をかけるがなかなか決まらず、延長戦へともつれ込んだ。園田は、高本が少し気を抜くことがあるのを見抜いていたので、「高本、油断するな！」と喝を入れる。高本は、座って黒帯を結び直しながら、園田の方を見てゆっくり頷いた。汗だくだが、まだ集中力は切れていない。

倉本の「はじめ！」の声で延長戦が始まる。その直後、高本が「ええ〜い！」と得意の大外刈りを放つ。たまらず遠藤が腰から畳の上に倒れ込んだ。審判の倉本は「一本！」と右手をあげた。鮮やかな高本の一本勝ちである。園田も生徒と一緒に立ち上がって喜ぶ。まるで、我が子の活躍を手放しで喜ぶ父親のようであった。

剣道の試合では、３３０期戦は楽勝したものの、３３１期の試合は大将戦までもつれ込んだ。園田学級の大将は森崎だ。小学生の頃から地元の岩手で道場に通っていただけあって、これまで全て短時間で勝負を決めていた。いずれも目の覚めるような一本勝ちである。

３３２期の女性軍は試合には参加せず、もっぱら応援専門である。彼女たちの黄色い声援で道場は一層盛り上がっていた。

園田が「森崎、頼むぞ！」と声援を送ると、森崎は右手を小さく上げて、面越しにニコッと笑ったように見えた。

審判の梅田教官が「はじめ！」と言った途端、森崎がつつっと相手に近寄り、「メーン！」と一本を決めた。三本勝負で二本勝った方が勝ちである。次は小刻みに動きながら隙を見て「コテーッ！」と腕を伸ばす。目にもとまらぬ早業で、主審も副審も赤旗を上げていた。園田の隣で応援していた赤藤も、基本に忠実ないい剣道をするな、と感心して見ている。森崎は赤藤のクラスの生徒たちの中でもファンが多く、一本決まるごとに皆大喜びである。ただ一人、花田だけは声を出さずに森崎を祈るように見つめていた。

赤藤が「森崎は、うちの生徒が惚れるだけあって、シャープな剣道をしますね」と園田に感心したように話しかけた。

「小学生の頃から町道場に通っていたようです」と答えると、「なるほど、そうでしたか」と頷き納得した。ふと赤藤が花田の方を見ると、潤んだ目で森崎を見ていた。花田の思いを知る赤藤は、声をかけることもできず、ただ愛おし気に二人を見守るだけであった。

最後の逮捕術の試合では、柔道衣の上から胴と小手、面などの防具をつけて、お互いに徒手対徒手、警棒対警棒、警杖対警杖という具合に戦う。怪我をしないように、ソフト警棒と言われるものを使うが、これは剣道の竹刀のようなものに帆布をかぶせたものである。園田自身も警察学校に入校した頃は、これらで教官方にずいぶん叩かれたりしたものだ。

決勝の331期戦も、やはり警杖対警杖の大将戦にもつれ込んだ。当方の大将は福田だ。

勝負は最初、相手が積極的に仕掛け、「メーン！」と先に一本取られてしまった。園田が「福田、先にいけ！」と檄を飛ばす。福田はまだ余裕があるようで、ニコリとして右手を挙げる。

二本目は、「エーイ！」と福田が相手の胴に蹴りを入れて決めた。園田は腕組みをしたまま小さく頷いた。赤藤は横目で園田の顔をちらっと見た。女性軍の声援は最高潮だ。赤藤は、自分のクラスは園田に好意を寄せている生徒が多いので、333期の応援が多いだろうとは予想していたが、現実はさらにそれを上回る熱狂ぶりだった。

そして三本目が始まった。福田が「ドーウ！」と叫び、その警杖が相手の胴を叩いてすり抜けていた。逮捕術教官で審判の武山が「勝負あり！」と福田の方に右手を挙げる。333期の仲間たちは全員総立ちで大拍手である。園田は、先ほどの福田の胴は捨て身のような感じがして、心にじーんと来るものがあった。肉を切らせて骨を切る、の覚悟が伝わってきた。小隊長として、333期の期待を一身に背負っての渾身の一本である。園田は惜しみなく手を叩いて福田の勇気を称えた。隣の赤藤も同じように手を叩いていたが、横目で見た園田の目が少し潤んでいたのを見逃さなかった。「鬼の目にも涙かしら」と思うと少し可笑しかった。

かくして柔剣道逮捕術大会は333期が全てに優勝したのである。

興奮冷めやらぬまま、生徒全員が道場に整列し、教官方は横に整列していた。栄えある「柔剣道逮捕術大会」の表彰式である。

司会の安井が「それでは、ただ今から表彰式を行います。柔道優勝、333期。代表高本選手！」と呼び上げる。呼ばれた高本は「はい」と前に出て、校長の道野が表彰状を読み上げる。「表彰状、柔道優勝333期……」高本は礼をして表彰状を受け取った。大きな身体が、今日は一段と大きく見える。

「剣道優勝、333期。代表森崎選手！」

「はい」と森崎が前に出る。道野が「表彰状、剣道優勝333期……」と読み上げ、森崎が一礼して表彰状を受け取る。いつもは冷静な森崎の顔が、少し紅潮している。

最後は逮捕術だ。「逮捕術優勝、333期。代表福田選手！」福田が「はい」と前に出る。園田には、福田の捨て身の一撃が、まだ目に焼き付いていた。

333期は三種目とも優勝を独占し、本人たちはもちろん。応援団の332期の女性陣も大喜びである。

隣にいた赤藤が「先生、三つとも優勝だなんてすごいですね」と小声で言うと、園田は「いや～、運が良かっただけですよ」と謙遜した。

「園田学級は、みなチームワークというか、絆が強いですね」

「ありがとうございます。いい生徒に恵まれました」園田は個々の生徒の実力より生徒たちのチームワークを褒められたのが、率直に嬉しかった。

二人が親し気に話す姿を見て、顔を見合わせる332期生たち。彼女たちの間に教官ロマンス噺が再燃しそうな勢いであった。

表彰式直後の大島学級の教室では、331期の生徒たちの前に大島が凄い形相で立っていた。

「お前らなんや、あの不甲斐ない試合は。柔道、剣道さらに逮捕術までも優勝を333期に持っていかれて、悔しくないいんか！」と吠える。

小隊長の遠藤が代表して「申し訳ありません」と謝り、他の331期生たちも全員頭を下げる。大島は「お前らは根性なしか。一から鍛えなおしや！」と言い捨てて教場を出ていく。

「窃盗事件でクビになった大坂さえいてくれたら、柔道だけでも優勝できていたのに……」

考えてはいけないことではあるが、331期生たちはそんな思いを抱いてしまうのだった。


一方教官室では、園田のところに術科の教官方が訪れている。

柔道担当の倉本と剣道担当の梅田が並んで「園田先生、優勝おめでとうございます」とお祝いを述べた。園田は立ち上がって「ありがとうございます」と深々と頭を下げる。

「鬼軍曹」の松坂も来てくれた。「園田先生、おめでとうございます。三つとも優勝だなんて、私は警察学校の教官を一〇年やっていますが、初めてです」

園田が「そうなんですか？」と言うと「しかも、春のリレー大会も園田学級が優勝してますからね」と付け加える。倉本と梅田も「そうでしたねぇ」とその様子を思い出しながら、園田学級の結束の強さに感心するのだった。


入校して一ヶ月程した頃、各期七人の選抜でのリレー大会が行われた。ここで園田学級の結束力が発揮された。第一走者の福田は頑張ってトップで次にバトンを渡したものの、次走者は330期と331期に追い抜かれてしまった。相手は二人とも元陸上部だったということで走る姿勢も見事である。その後、第三、第四走者そして第五走者と差は開くばかり。ここで六番手の森崎が頑張ってだいぶ差を縮め、アンカーの前澤にバトンを渡す。プレッシャーがかかるはずの前澤は、「よ〜し」と一声。森崎からニコリとしてバトンを受け取ると、すごい勢いで飛び出した。走り方は自己流でがむしゃらだが何せ動きが素早い。ゴール寸前で前の二人に追いついたかと思うと、あっという間に抜き去ってトップでテープを切ったのである。トラックの周りで声を枯らして応援していた333期生たちと園田は、ともに跳び上がらんばかりに喜んだ。

こうして少しずつ絆が深まり、園田最強軍団が形作られていったのである。

そのリレーに始まり、柔剣道逮捕術大会でも目覚ましい結果を出した園田学級に、他の教官たちは称賛を惜しまない。

「パーフェクトでしたね。園田学級は最強のクラスです」そう松坂がいうと、園田は恐縮したように「最強だなんて。元気があるだけです」と言った。

「いや、術科だけじゃなくて、みな礼儀正しいですよ。他の先生方も園田学級は、さすが刑事教官だけあって、先生の教え方がいいと評判ですよ」

園田は少し白髪が混じってきた頭をかきながら「いや〜そんな。術科の先生方の厳しい指導のおかげです。私なんか熊本の天草の高校しか出てませんし、教官なんて務まるのかといつも思ってるんですよ」と応じた。実際、園田は心底そう思っていた。

赤藤はそんな会話を隣の席で聞きながら、これだけ結果を出している園田でもそんなことを思うのか、と意外に思いつつ、「誰でも同じことを思ってるんだなあ」と妙に納得した。

そこへ前澤が「333期前澤、入ります」と、大きな声で教官室に入ってきた。

「園田教官、ホームルームの準備ができましたので、お迎えに参りました」

「わかった。準備するものはないので、教場で待っててくれ」と園田が指示すると、前澤は「わかりました」と言って、教官室を出て行く。

松坂が「今の前澤が、春のリレー大会ではアンカーを務め、優勝に貢献した生徒ですよね」と問いかける。園田は「そうです」と頷いて、席を立った。あの時の前澤の走りっぷりは感動したなあと思い出しながら、教場へと向かった。


園田が教場に入ると、小隊長の福田が「気を付け、敬礼」と号令をかけるのだが、今日はいつもと様子が違った。机と椅子が後ろに寄せてあり、みな立って待っている。園田がなんか変だなと思ったその瞬間である。

高本が「教官、失礼します！」と言うなり、いきなり園田を羽交い絞めにした。そして生徒全員で「よ～いしょ、よ～いしょ、よ～いしょ」と、大きな掛け声とともに園田を胴上げし始めたのである。園田は高本の巨体に捕まって抵抗するすべもなく、高く宙に舞うしかなかった。ただ皆の胴上げする力が強く、天井が目の前に迫ってきたので思わず両手で防ごうとしたら、バリッという音とともに天井に穴が空いてしまった。

皆はびっくりして園田をおろし、首謀者の福田、高本、森崎などが蒼くなって「教官、申し訳ありませんでした」と土下座せんばかりに謝る。

園田も思わぬ結果に苦笑いしながら、「済んだことは仕方ない。校長先生には僕のほうから謝っておく。修理の請求書が来たらみなに回すからな」と言った。もちろん冗談である。生徒たちは、うちの教官は叱るどころか校長にまで頭を下げてくれるのかと涙の出る思いであった。

これが後々まで語り継がれる「３３３期の天井突き破り胴上げ事件」の顛末である。

柔剣道逮捕術大会が行われた日の夕方、森崎が入浴後の自由時間に売店であんパンとカップ麺を手にしていたところへ、ちょうど大島が通りかかった。

森崎が「大島教官、ご苦労様です」と挨拶をすると、大島は森崎が手にしている品物を見て「森崎、お前、あんパンとカップ麺好きやな〜」と言う。

「あ、はい」と答えると、大島は「岩手には、こんなん売ってなかったんか」と嫌味を言った。

森崎が少しムッとしながらも、表情には出さずに「いや、ありました」と言うと「カップ麺なんてのは京都に出て来て生まれて初めて食べたんと違うか」とさらに追い打ちをかける。

森崎が少し気色ばんで「いや、小学生の頃から食べてました」と答えると、大島は「ホンマか」と薄笑いをしながら、売店を出ていった。

そのやり取りを聞いていた売店の西村は、レジを打ちながら、

「なんだい、あの言い方は。岩手の人を田舎モンみたいな言い方して、京都のモンがなんぼのモンや言うの。あんなん気にせんでもいいからね。柔剣道大会や逮捕術大会で負けたので悔しいのは分かるけどさ、何も森崎君が活躍したからって、あんな嫌味言わなくったって……。全く大人げない教官やね」と大島を非難する。

「あたしゃ、あんな嫌み言う人間、大嫌いなんだよ。森崎君、園田教官で良かったね」と言うと森崎も力強く「はい」と応じる。

「園田教官、一番人気があるんだから」と言うと、森崎は「そうなんですか」と意外な顔をした。いい先生だなあとは思っていたものの、灯台下暗しというか、自分の担任なので園田についての周囲の評判が分からなかったのである。

「アンタ知らなかったの。この前なんか女性警察官が園田教官の犯罪捜査の授業をもっと増やして欲しいと校長に直談判に行ったんだよ」と伝えると、森崎も「へ～！そんなに人気があるんですね！」と誇らしい気持ちになったのだった。

第五章　刑事の息子

1　小隊長の外出

月曜日ののどかな昼下がり、園田の机の上には六法全書、実務必携、各級昇任試験用参考書などが積んである。次の授業の準備に、参考書をめくりながらノートに書き込んでいるところに電話が鳴った。

「はい、もしもし警察学校の園田です」

「宇治東警察署刑事課の組対の北山です」と懐かしい声。

園田は相好を崩し「おお北ヤン、久し振りだね」と昔の愛称で呼んだ。

「園田教官お久し振りです。お元気ですか」

「ああ何とかやってるよ。ただ喋りが苦手で毎日が針のむしろだよ。そちらは宇治組の本家があり取締りも大変だろう」

「ええ。やつら、組織ぐるみで競輪・競馬のノミ行為をやって組の資金源にしてるんで、昨日も内偵してたんです」

園田は「そうか、日曜出勤とはご苦労だね」と労った。

すると北山は「そうそう、教官のところに福田一郎という生徒がいますか」と尋ねてきた。思いもよらない名前が出たので驚きつつ、「ああ、いるよ、うちのクラスなんだけどどうした?」と言うと、「いいえ、大したことではないんですけどね。昨日捜査から署に戻ったんですが、その福田が署長公舎をジーッと見てたんで、バン（職務質問）かけたんです。こんなところで何してんのかと尋ねますと、警察学校の生徒で第一線の警察官は実際どんな仕事をしてるのか、署の周囲を歩いて見学してたんですと言いますので、それじゃ何か身分証明書持ってるかと聞きますと、健康保険証を見せたんです」と言う。

事件やトラブルではなかったので園田は少しホッとした。

「正直に話したんだね」

「はい、最初に名乗った福田一郎という名前と身分証明書とが一致しましたので放還しました」

「福田というのは、うちのクラスの小隊長をさせているんだよ」と園田が言うと、北山は腑に落ちたようだった。

「そうなんですか。道理で姿勢態度も受け答えもしっかりしてると思いました。ただ、署長公舎を見ていた姿が異様に感じましたので教官にご参考までに連絡しただけです」

「そうか。生徒の外出時の行動までは把握できないからねぇ。助かるよ」と園田は北山の配慮に感謝した。

「教官、学校出られたらまた一緒に仕事したいですね。その時はよろしくお願いします」と嬉しいことを言う。

園田が「こちらこそ頼むよ。それよりも北ヤン、仕事も大事だけど、巡査部長昇任試験に向けて、やってるかい」と聞くと北山は「はあ、ボチボチと」と歯切れが悪い。

現場の大変さをよく分かっているので、北山の気持ちは理解しつつも、「仕事も大事だけど勉強も仕事のうちだよ」と一言、アドバイスをせずにはおられない。

北山は先輩の言葉を素直に受け止めて「はい、頑張ります」と元気よく答えた。

2 福田の秘密

園田は午後の授業が済んですぐに、福田を教場に呼んだ。

「福田、昨日宇治東警察署の方に行っていたそうだな」と話しかけると、福田は「はい、行ってました」と素直に答えた。

「何しに行ったんや？」

「はい第一線の警察官は実際どんな仕事をしてるのかと思い、外周から見学に行きました」

「宇治東警察署まで行かなくても、京都市内署でも良かったんじゃないのか」

「宇治東警察署を見学してから、宇治の平等院に行ってみたかったのです」

その受け答えに淀みはない。しかし、それが園田にとっては違和感があった。まるで答えを事前に用意しているように感じたのだ。

「外出届には京都市内の平安神宮付近散策と書いてたんじゃないのか」とさらに問い詰めると、福田は少し口籠って「ああ……、はい。急に鳳凰堂のある宇治の平等院を見たくなったので」と言った。顔に心の動揺が出てきはじめていた。

園田は被疑者を尋問するような厳しい眼付きになり「何があったか言ってみろ」と抑えた声で言う。鬼刑事・園田の本当の貌が顕れ、福田は射竦められたように身動きができなくなる。

長い長い沈黙が続いた後、福田は静かに涙を流す。それから涙を拭って顔を上げ、意を決したように話し出した。

「教官、今まで隠していて申し訳ありませんでした。実は父親は元京都府警の警察官で丹後署の駐在所にいる時、上司のイジメが原因で駐在所の裏山で首を吊って亡くなったのです」

「何だって！」と驚く園田。

「父が亡くなったのは僕が四歳の時でした。妹はその時母親のお腹の中にいましたので、父の顔は知りません」

「そうだったのか……。上司によるイジメが原因だったとは、何で知ったんだ？」

「自殺で亡くなりましたので密葬でしたが、後日、隣の駐在所の方が線香をあげに来てくれました。その時、母と話をしているのを聞いて事情を知りました」

そう福田は答え、その時の様子を思い出しながら語り出した。

話は二〇年前に遡る。福田はまだ四歳、柱の陰から大人たちの様子を見ていた。

小さな骨壺が奥六畳の床の間にポツンと置かれていて、幼い福田には、それが父だとはどうしても思えなかった。隣の駐在所の馬場さんが線香をあげに来てくれた。骨壺に深く頭を下げた後、母親の方に向き直ってお悔やみを言った。

「奥さんこの度は何と言っていいか……。山上さん（福田の父親の苗字）は本署でいつも係長に長時間立たされて皆の前で叱られていました。もしかしたら、あのいじめが自殺の原因ではないかと思います」

福田の母親は悲しみに打ちひしがれ、馬場の話を黙って下を向いて聞いていた。

「山上さんは本署に報告に上がる度、係長から『お前は交通違反取締は実績ゼロじゃないか。交通切符は切れないのか』とか『お前は管内住民と酒を飲んでミニパトに乗って帰ったと、飲酒運転の投書も来ているぞ。自分で飲酒運転をしているから、交通切符、切れんのじゃないのか』などと怒鳴られていました。山上さんが『そんなことは絶対にありません』と否定しても、『それじゃあ交通切符切ってこい。この能無しの万年巡査が』と口汚く罵られていました。傍で見ていても酷い虐めようで、徐々に口数が少なくなっていったのがわかりました」

母親はその話を身じろぎもせずじっと聞いていた。馬場の話と、最近の夫の様子とを重ねて考えているようだった。

電灯は点いているのだが、部屋は暗く沈んでいた。その中で骨壺を包む布の白さだけが闇の中に浮かんでいるように見え、福田の心にはその白さがいつまでも残っていたのだった。

福田の話が一息ついたところで、園田が口を開いた。

「お父さんが亡くなってからのことはどうだい」口調はいつもの「仏の園田」に戻っていた。

「はい、母は私を連れて母の実家のある山口県下関市に帰り、三ヶ月程して妹が生まれました。母は山口に帰る時点で姓を旧姓の福田に変え、アパートを借りてそこで三人で暮らしていました」

「お母さんは何か仕事をしてたのかい」

「はい、父と結婚するまで京都で看護師免許を取って北区の病院に勤めていましたので、下関市内の個人病院で働いていました」

「そうだったのか、お父さんが亡くなって、お母さんは仕事で寂しい思いをしただろうな」と園田が残された者の気持ちを思いやると、福田は「正直言って、寂しかったです。それに妹は父親の顔を全く見てないのでそれが可哀想で……」と声を詰まらせた。

「その妹さんは今何してるんだい」

「はい。母親は寝る間も惜しんで、私と妹を育てるために頑張ってくれました。その背中を見て育ったからか、妹も看護師になるといって今、下関市内の看護専門学校に通っています」

「そうか。ところでお父さんがイジメを受けた当時の上司については何か分かっているのか」

「隣の駐在所の馬場さんが母親と話をしていたのを聞いていた時、その名前も出て来ました」

「その係長の名前は?」

「はい。黒木という名前でした」

それを聞いて園田は思わず叫んだ。

「何だって！もしかしてその黒木というのは、今の宇治東警察署の署長じゃないのか？」と言うと、福田は「はい、そうです」とはっきりと答えた。

なぜ福田がそのことを知っているのか、園田は不思議に思って「宇治東警察署の署長をしてるというのは誰から聞いたんだ？」と問うと、福田は「食堂のおばさんの今井さんからです」と答えた。いまいち状況がつかめない。

「詳しく話してみろ」

「実は、今井さんがその黒木という人と食堂の前で話をしていたのを見かけたんです。昔家に来た黒木の顔は今でもはっきり覚えているので、間違いありません」

「四歳ぐらいでよく顔を覚えていたな」と園田は福田の記憶力に感心する。

「はい。忘れようにも忘れられません。その人は額に大きなホクロがあり、いやらしい感じの人でしたのでよく覚えていました」と苦虫を噛み潰したような表情で答えた。そして、幼いころ、黒木が家に訪ねてきた時のことを話し出した。

父親がまだ生きていた頃、黒木は父親がいないのを見計らったように、自らパトカーを運転して駐在所に来ていた。

福田の母親が「ご苦労様です」と執務室へ案内すると、黒木は「旦那は」とあたりを見回した。母親が「はい、今管内の巡回に出掛けています」と答えると、「それではけん銃の保管庫を点検させてもらおうか」と言うなり、奥の間にずかずかと上がり込んだ。そして、けん銃の保管庫のある押し入れを勝手に開けて、「保管庫は常に鍵をすることになってるんじゃないのか」とぎょろりと目を剥く。その額のホクロが、いやらしさをさらに強調しているようだった。

母親が「申し訳ありません。慌てて巡回に出て行きましたので」と謝ると、黒木は「まったく、これだから困るんだよな、万年巡査は」と悪態をついた。夫の悪口を言われ、言い返したいところだが、上司に逆らえばろくなことにならないと思い、ぐっと噛み締めた。

「ところで子供はいつ生まれるんだい」と突然黒木が聞いてきた。

「はい後三ヶ月程しましたら……」と、目立ってきたお腹をさすると、黒木は突然、「奥さんみたいな美人が、何もあんな旦那と一緒にいるこたぁないだろう。どうだい俺と仲良くしようや。悪いようにはしないから」と急に抱きついてきて胸に手を入れてきた。黒木は、妊娠している女性を見ると、却って歪んだ欲情を刺激されるタイプのようだった。

母親は驚いて身を縮め「止めてください」と必死にその手を払い退けようとしたが、黒木はさらにしつこく唇を近づけ、二人は揉み合いになったのだった。

実はその時、四歳の福田は駐在所のすぐ横の花壇で土遊びをしており、そのやり取りを聞いていた。揉めている様子を不審に思い、移植ゴテを持ったまま慌てて畳の部屋に入った。二人の争う姿にビックリして一瞬立ちすくんだが、子供心に母親が危険な目にあっていることを感じ取り、「こらっ、止めろ!お母さんに何するんだ!」と叫び、汚れた移植ゴテで思い切り黒木を叩いた。

突然の子供の出現に慌てた黒木は「な、なんだ、この坊主。いいところで邪魔しやがって。クソッ」と舌打ちして、どたどたとパトカーに乗って帰って行った。その憎々しげな顔と額のホクロが、幼い福田の心に深く刻まれたのである。

3　食堂の今井さんの話

そしてその黒木が、ある日突然この警察学校に現れたので、福田は凍りついたのだった。

今やすっかり貫禄が付いたその男は、ニヤニヤしながら食堂の今井に手土産らしき紙袋を渡していた。しばらく話をした後、制服姿の黒木は食堂の前に待たせていた黒塗りの署長車に乗り込む。今井は無表情のまま、車が去っていくのを見送っていた。

その日、たまたま食堂の掃除当番だった福田はその現場に出くわし、運命のいたずらに呆然としていた。

「福田君は陰ひなたなく、良く頑張るね〜」と今井が声をかけたが、その誉め言葉も耳に入らず、顔は強張ったままだった。

「ちょっと、お聞きしていいですか」と福田が思いつめたように今井に話しかけた。

その真剣な表情に今井も思わず「どうしたの？ そんな真剣な顔して」と答えた。

「先程食堂の前でどこかの偉い人とお話しされておられましたが、どこの方ですか」

「ああ、あれかい。宇治東警察署の黒木っていう署長だよ」

福田はやはりそうだったのかと思い「黒木さんという方なんですね」と念を押す。

今井は「福田君、なんでそんなこと聞くんだい」といぶかしそうに言うので、「いやぁ、警視の階級章を付けておられて、運転手付きの車に乗られ、若い格好いい方だな〜と思いまして」ととぼけた。

「あの男、もう来年定年で若くはないよ。格好つけてるだけだよ」と今井は辛辣に言い放つ。

「今井さん、よく御存知なんですか」

「ああ、うちの亡くなった主人と同期の男だよ」

福田は意外な答えに「ええっ、ご主人、警察官だったんですか」と聞く。

「刑事一筋でね。捜査一課の主任の時、連続殺人事件の捜査本部で倒れて心筋梗塞で亡くなっちまったんだよ」

「そうだったんですか。ご主人、黒木署長と同期だったんですか」

「ああ、あの黒木は交通畑でね、女たらしで有名なんだよ。嫁さんも子供もいるのに他の女にも手を出してさ。結局嫁さんとは別れて、今では警察学校の教官をしてた時の教え子と一緒になってるよ」と吐き捨てるように言う。

「警察学校の教官もされてたんですか」

「そうだよ。ここの学校の教官は園田教官みたいに優秀な教官ばかりじゃないんだよ。第一線で間に合わない者とか、住民とすぐにトラブル起こす者とか、現場に置いておけない者も結構いるんだよ」と今井は内情を明かした。

福田が「そうなんですか」と相槌を打つと、今井は「黒木だって、現場に置いとくと手当たり次第に女に手を出すから、警察学校の教官になったんだけどさ。こともあろうに教え子に手を出して結婚までするとはまったく罪作りな男だよ。そんな男がさ、今では宇治東警察署の署長だなんて、警察組織もおかしいよ。そう思わないかい」と同意を求める。福田は曖昧に「はあ、そうですね」と答えた。

「黒木署長は、時々こちらに見えられるんですか」

「ああ。近くに来たからと言って、宇治の茶団子を土産に持って来るんだよ。そして宇治には美味しい店があるから食事でもしようと誘ってくるのさ。でもあの男の魂胆は分かってるから相手にしないけどね」と苦々しげに切り捨てた。

今井は気持ちを切り替えるように「ところで福田君、今いくつなんだい」と話題を変えた。

「二十四歳です」と答えると「二十四歳か、若いなあ。うちの息子も二十五歳で刑事をやってるよ」と、これまた意外なことを教えてくれる。

「刑事さんですか」

「ああ、昨年やっと刑事適任者試験に合格して、今、祇園署の強行犯係の刑事をしてるよ。主人も強行犯一筋だったんだけど、土日はないし、呼び出しは多いし、子供も父親とどっかに遊びに行ったとかの記憶もないいんじゃないのかな。いつも母子家庭みたいなもんだったよ。そんなことはよく分ってるのに、父親と同じ刑事になるなんて……。血は争えないね」そう言って今井はため息をついた。息子のことが心配なのだろう。

「お父さんの背中を見て刑事になられたんではないでしょうか」

「どうかなあ。そう言えば、寮母の杉山さんのご主人だって捜査二課だったんだけど、京都の大物フィクサーの取調べを担当している時亡くなってしまってね。その息子さんも知能犯係の刑事をしてるそうよ」

福田は、学校のスタッフたちの二人までもが警察関係の未亡人であることに驚いた。

「噂では、杉山さんのご主人は、被疑者をなかなか落とせなくて（自供させられなくて）、本庁から来たキャリアの捜査二課長に連日怒られてうつ状態になってたらしいんだ。その疲れが溜まっていたせいか、休日に山に行って崖から転落して亡くなったんだよ。私はそのキャリアのイジメが原因だと思うわ。今で言うパワハラなんだけどね。本庁からの圧力もあってうやむやになったそうだよ。全くひどいもんだ」と非難する。

今井はさらに「売店の西村佳代ちゃんのご主人も、組対の刑事をしてたんだけどさ。暴力団同士の対立抗争事件が発生した時、組事務所に聞き込みに行って、事務所を出たところで暴力団員と間違われて、けん銃で撃たれて亡くなってるよ」と話してくれた。

福田が「殉職ですか」と言うと「そうなんだよ。あの事件は気の毒だったなあ。子供さんがまだ小さかったので時々ここの売店に連れて来ていたよ。その子供さんも高校生になってさ。将来は警察官になりたいと言って、佳代ちゃん、頭を痛めているのよ」と言った。

「そうなんですか。この学校には警察官のご主人を亡くされてる方が多くおられるんですね」

「ああ、大黒柱を亡くすと生活できないからねぇ。気の毒と思ってか知らんけど、食堂や売店などで使ってくれてるんだよ。そんなところは警察という組織はありがたい所だよ」

今井はしみじみそう言って、食事の準備に戻っていた。

福田は入校当時、副担任の井本が同じように「警察はありがたいところだ」と言っていたのを思い出した。警察という組織の懐の深さを改めて感じるのだった。

4　福田の処遇

こうして福田は、子供時代の嫌な思い出と、それを思い出させた最近の出来事を、すっかり園田に話したのである。

「そうだったのか。それじゃあ、なぜ京都府警の警察官になったんだ？地元の山口県警でもよかったんじゃないのか」と園田が問いかけた。

「はい。高校を卒業して地元のＪＡに勤めていましたが、亡くなった父親がどんな所で仕事してたのか、この目で確かめて見たかったのです」

しかし園田はその答えでは納得しなかった。本音ではない気がしたのだ。

「それだけじゃないだろう。可愛い妹さんとお母さんを置いて京都まで来てるのだから、相当な覚悟を持って出てきたんじゃないのか」と眼光鋭く問い詰める。

長い沈黙が続いた後に、福田は体を震わせ、言葉を絞り出すように言った。

「父の仇を討つためです」

その言葉に園田は一瞬言葉を失った。福田の言葉から悲壮な覚悟を感じたのだ。

「いわゆる復讐ということか。しかしどうやって復讐するんだ。殺すのか？」

「殺すとか、死んでもらうとかは具体的には考えていませんでした。ただ、黒木をこのままにしておけない、と思っていました」福田のその言葉に嘘はないようであった。

園田はあえて厳しい口調で言う。

「福田、お前は知ってるな。この警察学校というところは、一人前の警察官を養成するのと同時に不適格者をふるいにかけるところだ。仇を討とうとしているのを見過ごすわけにはいかん」

福田は覚悟したように目を瞑って、「はい、よくわかっています」と言った。

「もし仇討ちなんてことをしてみろ。マスコミの餌食になるだけだ。そうなると、山口にいるお母さんや妹さんだって悲しむんじゃないのか。それに将来妹さんは結婚なんてできないぞ。一番悲しむのはお母さんと妹さんだということを考えたことはないのか」と諭す。

「それは……そうだと思います。そこまで考えが至らず、私が浅はかでした。教官、ご迷惑をおかけしました。今日中に退校願いを書いて教官のところに持って参ります」そう言って福田は頭を下げた。

「早とちりするな。お前はまだ仇を討つのを実行に移した訳でもない。仇を討つのを諦めるなら、今回のことは私の心に仕舞っておく。ただ、荷物をまとめて山口へ帰るというなら止めはしない。どうする」と問う。

「えっ、仇を討つのを諦めたら辞めなくていいんですか」

「お前次第だ。済んだことは忘れろと言っても無理かも知れないが、誰だっていろんな悩みを持って一生懸命生きている。あまり過去にこだわらず、前を向いて歩け、いいか福田」と肩を叩いた。

「はい。教官が許して下さるなら警察官を続けたいと思います」と力強く言う。

「そうか、宇治東警察署の黒木署長も来年は定年退職だ。お前も仕事と勉学に励んで、将来警視正にでもなって見返してやるのも、お父さんの仇を討ったことになるぞ」と園田は言った。

福田は園田の言葉を噛みしめ「はい、頑張り……」と言おうとするが、言葉にならない。

「お前には、初任科333期の小隊長として、今後も皆をリードして行ってほしい」と言うと、福田はたまらず「園田教官……」と大粒の涙をこぼしながら肩を震わせたのだった。

第六章　赤いランドセル

1　祇園花見小路にて

夕暮れ時の花見小路は石畳にぼんぼりが灯り、どこか懐かしい風情が漂っている。

園田は警察学校からの帰途、京阪の祇園四条駅で途中下車した。久しぶりの祇園の雰囲気を味わいながら、祇園警察署時代から馴染みのクラブ『美幸』に向かう。店の前ではマスターが開店の準備に忙しい。六〇歳はとうに越えているはずだが、相変わらず若々しい。園田の顔に気が付いて、声をかけてきた。

「ああ、園田さんじゃないですか」

「おお、マスター。元気にしてるかい」

マスターは破顔一笑、「はい、元気にしてます。その節は色々助けて頂いて、ほんとに感謝しています」とお礼を言う。

園田が「助けてもらっただなんて」と手を振ると、マスターは「どうぞ、たまには中でゆっくりしてください」と店の中に誘う。

「ありがとう。ただちょっと聞きたいことがあってね。あのたこ焼き屋のことで教えてもらいたいんだけど」と通りの奥のたこ焼き屋の屋台を指差す。客のホステスと談笑しながら、たこ焼きを焼く吉木が見える。

「あの半グレの吉木のことですか」

「ああ、吉木って言ってたかな」

マスターはちらちら吉木の方を見ながら、「暴排条例ができてから八坂組も動きがとれなくなり、今じゃ吉木の方が幅を利かせてぼろ儲けしてますよ」と言う。

「やはりそうか」

「吉木はクラブ『花見小路』のナンバーワンの和江とドライブに行ったりして、いい仲のようですよ」と言う。さすが、この界隈の情報通である。

「うちの佐知子が以前『花見小路』におりましたので、詳しいことを聞いときましょうか」

園田が「ぜひ頼むよ」と頭を下げると、マスターは「分かりました」と快く引き受けてくれる。

昔馴染みはありがたい、とつくづく感謝の園田だった。

2　石井刑事の相談

園田が祇園に行った数日後、教官室の園田の携帯電話に、祇園署の石井から電話が入った。

園田は「はい園田です」と話しながら廊下へ出る。

「もしもし祇園署の石井です」

「おお、石さんかい」

石井の声が心なしか元気がない。「今日は教官にアドバイスをお願いしたいと思い電話しました」

園田は努めて明るく「アドバイスって何だい」と尋ねる。

「実は、お嬢さんの事件で祇園署に帳場を置いてるんですが、渡辺班長から実行犯と思われる吉木の取調べを下命されたんです」

「おう、そうかい。それは名誉なことじゃないか」

「冗談言わないでくださいよ。もし落とせなかったら、教官に顔向けできないですし、園田軍団から外されるんじゃないかと、プレッシャーがかかってるんですから」と石井は真剣だ。

園田が「石さんは心配性で案外気が小さいんだね」と冷やかすと、石井は「はい、小心者ですよ」と少しむくれる。

「教官がいつも言われていたように、今の取調べは、大きな声出しても情に訴えてもダメだって。不審点や矛盾点を追及してボディブローを利かせて落とすんですよね」と昔の園田の教えを出してくる。

園田は、石井の真面目一筋の顔を思い浮かべて、「そんなこと言ったっけ」とからかった。

「よしてくださいよ、こちらは真剣なんですから。どこを突いて自供に追い込んだらいいのか、教官、どうか教えてください」と必死である。

園田は先日の吉木のエピソードを思い出しつつ、かつての部下にアドバイスした。

「わかった。吉木という男の人となりを徹底的に洗ってみろ。ヤツは桂坂で暴走族同士の抗争事件で瀕死の重傷を負ったにもかかわらず、タレも出さなかった、通常だと、暴力行為か、場合によっては殺人未遂で立件できるような事件だったが、当時の洛西署は凶準（凶器準備集合罪）だけで事件を送らざるを得なかった、吉木はそこらのチンピラと違って、警察に泣きついたり、すぐに弱音を吐くような男ではないということだ」

石井は「そんなことがあったんですか」と言いながらノートをとっている様子。

「それと、数年前のあの事件だよ」

「八坂組の者と思われる連中にヤツが袋叩きにされた事件ですね」

「そうだよ。うちはやった連中の目星はついていたんだが、タレどころか何も喋らず、従って調書も取れなかったんだ」

「そうですね。あの時、吉木がタレさえ出してくれたら、八坂の連中の五、六人はパクレたんですけどね。そんな、被害者になっても喋らんようなヤツをどう取調べればいいんでしょうか」電話から聞こえる声は、心底、困り切った様子だ。藁にも縋る思いとはこのことだろう。

園田は「石さん、吉木に女がいるのを知ってるかい」と新情報を出す。クラブ『美幸』のマスターから聞いた情報だった。

石井は驚いた様子で、「吉木に女がいるんですか。その女って、どこの誰だかわかりますか」と聞いてくる。

「確か、クラブ『花見小路』の和江とかいう女だったと思うよ」

石井は感心して「教官、いつの間にそんなことまで調べられたんですか」と言う。

園田はマスターの顔を思い浮かべたが、「な～に、協力者からの情報だけで、まだ何も裏は取れてないいんだよ。吉木は私生児でね。母親は吉木が三歳位の時に男を作ってどっかへ逃げて、その後は祖母に育てられたそうだよ」

これはつい昨晩、マスターが佐知子から聞いたと言って、園田に伝えてきた情報だった。まだ依頼して数日しか経っていないのに、素早く情報を収集してくれたのがありがたい。

「吉木は母親の愛情に飢えてるようだ。ヤツの生い立ちをしっかり調べ、それを頭に叩き込んだ上で、取調べに臨んだらいいんじゃないか」とアドバイスする。

石井は声に力強さが戻り、「はい、そうします。情報までいただいて助かりました」と答えた。

「こんな生い立ちの被疑者を取調べるのが一番難しいと思うけど、石さんだったら必ず落とせるよ」と園田は真面目な石井を励ました。

「はい、頑張ります。今日はお忙しいところ、ありがとうございました」と言って石井は電話を切った。園田は石井の粘り強い捜査に全幅の信頼を置いており、これからの展開を大いに期待したのだった。

3　渡辺班長の報告

石井から電話があってから数日後、今度は班長の渡辺から園田の携帯電話に電話が入った。

「遅くなりましたが、やっと事件が固まりましたので、明日早朝に一斉にガサをかけて八坂源治と吉木、それとネタ元の川端治夫の三人をパクる予定です」と渡辺が報告してくれる。

園田は少し驚いて「短期間で良く令状取れるまでやってくれたね」と感謝した。

渡辺は「はい。さすが教官の仕込みがいいもんで。軍団の皆も、少し会わないうちに成長してましてね。手も早いし動きもいい。それに気合も入ってますので、何とか着手まで漕ぎ着けました」と言う。

「いやぁ、事件指揮もたいしたもんだ」と改めて渡辺を称賛する。

「一応、パクッた時点でマスコミに発表すると思いますので、それだけは勘弁してください」と渡辺は申し訳なさそうに詫びを言った。

「ああ、それは仕方ないね」

「それでは捜査の進捗状況については、その都度報告させて頂きますので」と言い、園田は「ご苦労だが、頼むよ」と言って電話を切った。

翌朝の大捕り物はどんな結果になるだろうか。園田は、期待と不安が入り混じり、いてもたってもいられない気持だった。

4　一斉ガサ入れ

9月の早朝、渡辺班長以下一〇名が八坂組事務所の前に立っていた。昼には暑さが戻るが、朝晩はだいぶ過ごしやすくなった。ただ刑事たちには、季節の変わり目を感じる余裕もない。全員背広に出動帽を被り、二人の機動隊員はエンジンカッターを持っていつでもガサに入れるよう準備をしている。渡辺が満を持して事務所のドアを叩くが、一向に反応がない。

渡辺の「よ〜し、ドアをぶち破れ」の号令一下、機動隊員がエンジンカッターのエンジンをかける。ウオーンという唸り声とともにドアを打ち破ろうとすると、ドアが開いて組員数名が罵声をあげて飛び掛かって来た。捜査員たちが組員の腕を捻じ曲げたり、投げ飛ばしたりして、強引にガサに入る。いつもは静かな八坂神社の参道前が、男たちの怒号と悲鳴で騒然となった。


ほぼ同時刻、石井刑事以下一〇名は八坂源治の豪邸前にいた。コンクリート塀の上の忍び返しがやけに物々しいのが、閑静な住宅街の中では場違いな印象だ。ピンポンと石井が呼び鈴を押すと、スウェット姿の源治の嫁が寝ぼけまなこでドアを開けた。源治の嫁の花子である。裏庭では番犬のシェパードが吠えている。

石井が「殺人容疑でガサや」と花子にガサ状を見せる。そこへ、揃いのスウェット姿の源治が目をこすりながら起きてきて「こ、殺し容疑やと」と騒いだ。石井が「そうや。三年前の小学生の女の子の轢き逃げ事件で、源治、お前に殺人容疑で逮捕状が出ている」と逮捕状を示すと、源治はすっかり目が覚めて、いつものふてぶてしい態度に戻った。

「あほらしい。何で轢き逃げで殺人容疑や。アホたれ」

石井はそれを無視し、時計を見て「よし、五時四十五分、逮捕や」と言い、源治に手錠をかける。

源治は石井の顔に見覚えがあり、「お前ら、園田のポチか」と悪態をつく。石井はかっとなって「何、きさま」と源治の首根っこをつかんで家から連れ出し、面パトに無理やり押し込んだ。

源治が連行された後、残った八木刑事などは花子立ち会いのもとガサを実施する。

家宅捜索を始めてすぐ、寝室のダブルベッドの引き出しから、覚醒剤のような白い粉末とポンプ（注射器）を発見。粉を簡易鑑定して陽性反応を確認する。

八木が「お前ら、いい年こいてシャブ射って楽しむとは頭おかしいんと違うか」と言うと、花子は「いやらしい刑事だね」と悪態をついた。昔は可愛かったはずの顔も、源治との荒れた生活のためか、肌もくろずみ、顎のあたりも弛んできている。

「いやらしいのはどっちや。どうせ署で尿出してもらうからな」と睨むと､花子は「アホらしい」とそっぽを向く。

「よし、次は庭をガサするから立ち会え」と言い、花子は「やれるもんならやってみろ」とうそぶく。

八木は「今日は徹底的にやるからな」と庭に出るが、犬小屋に繋がれたシェパードが今にも飛びかからんばかりの勢いである。花子が「やれるもんなら」とうそぶいたのは、この犬がいるからであった。

そこで八木は、応援要請していた警察犬訓練士の藤井巡査を呼ぶ。紺色の作業服上下を着た藤井はこともなげに「よし、よし」と言って手のひらを二、三回上下させる。すると今まで吠えていたシェパードは、嘘のように伏せをして大人しくなったのである。藤井は鎖を外して、犬を玄関の方へ連れて行った。花子は頼みのシェパードがいとも簡単に警察の言いなりになるのが信じられず、一方捜査員たちも犬が魔法にかけられたような光景を前にしてポカンとしている。

三谷刑事がシェパードがいなくなった犬舎に入り、天井まで綿密に探したが何も発見できない。三谷が「何もなさそうです」と報告すると、花子は「そらみたことか」とせせら笑う。

八木は「よ〜し、スコップ持って来い」と自ら犬舎に入り、バールで底板をバリバリと打ち破り、若い竹内刑事とともにスコップで土を掘り始める。しばらく掘り進めると、工具箱らしきものが出てきたので、八木が花子にチラッと目をやると「しまった」という顔をしていた。

竹内がその箱を掘り出して「こいつ、ずっしりと重いです」と言いながら、工具箱を八木に手渡す。皆が固唾をのんで見守る中、八木が工具箱を開けるとタオルと油紙に二重に包まれたけん銃が出てきた。

八木がけん銃を花子の目の前に掲げて、「おお、ハジキやないか。花子、これは誰のや」と問い詰める。花子は「そんな知らんわ。誰か勝手に埋めたんやろ」と白を切るが、さすがに動揺は隠せない。

八木は「まだまだあるな」と言いながら、工具箱の中から次々とけん銃を取り出し、「自動式と回転式合わせて一〇丁か。写真で押さえて、科捜研に鑑定に回そう。花子はシャブの所持で現行犯逮捕や。署に着いたらションベン出させ」と指示する。野口刑事が「はい」と言って、花子に手錠をかけた。

花子は「ションベンなんて出すもんか」と憎まれ口をたたくが、「任意で出さんのやったら令状取って強制採尿や。カテーテル突っ込まれたら我慢できるか。痛いのはオヤジから聞いて知っとるやろ」と脅す。花子は「まったく無茶する刑事や」と言いながらも、観念してすでに抵抗する気力は失せていた。

八木は「よ〜し。ガサ終了や。花子を連れていけ」と捜査の終わりを告げ、三谷刑事と野口刑事が「はい」と言って、二人で花子を車に押し込んで発車する。予想以上の収穫のあったガサ入れであった。

水島刑事以下五人も、同時刻、アパートの吉木の部屋のドアをどんどんと叩いた。スウェットを着た吉木が顔を出し、「こらっ、朝早くから何の用や」と凄む。水島が「警察や」と言ってガサ状を示す。

吉木は「警察？　勝手に調べろ」とふて腐れたように言い放った。半グレとは言え、総長ともなればさすがに度胸が据わっている。

刑事たちは皆で手分けして調べる。水島は台所を調べていたが、一人住まいにしては大き過ぎる冷蔵庫に目をつけて、他の刑事と共に中の物を調べた。冷蔵庫の奥に隠すようにして、タオルで包まれた物があった。引っ張り出すとズシリと重い。中をあらためてみると楕円形の鉄の塊だった。

水島が「吉木、これは何や」と聞くと、吉木はニヤニヤして「刑事さん、それリンゴに見えまっか」と混ぜっ返す。水島が冷たく「パイナップル（手榴弾のこと）やな」と言うと、吉木は「は～」ととぼけてみせた。

「吉木、お前には三年前の小学生轢き逃げ事件で殺人容疑の逮捕状が出ている」と、逮捕状を示す。吉木は「轢き逃げで殺人？　業過（業務上過失致死傷罪）じゃねぇのか」と真顔になって反論する。

「源治の指示でお前がバイクで撥ね殺したのは調べがついてるんや！」と大声で告げ、腕時計を見て「今、六時十五分や」と手錠を掛ける。そして無抵抗の吉木を車に乗せ、祇園署に連行した。水島はパトカーの中で、落ち着き払った吉木の横顔を見ながら、この男を落とすのは結構至難の業だなと予感していた。

こちらも同時刻、稲村刑事以下三人が川端のアパートを訪れる。呼び鈴を鳴らすと川端が顔を出したので、稲村が「おはよう。祇園署のモンや。ガサ状が出てるので、今からガサする」とガサ状を示す。

川端は既に覚悟を決めていた様子で「分かりました。どうぞ」と言ってガサに立ち会った。ガサが終わった時点で、稲村が「三年前の女子児童殺人事件で逮捕状が出ている。わかってるな」と言い、川端は「はい。お手数をかけます」と、素直に両手を差し出した。石原刑事が慌てて手錠を取り出そうとしたが、稲村が「ワッパはいいよ」と止めさせる。石原はキョトンとしていたが、稲村は構わず川端の腕を取って車に乗せ、祇園署へ連行していった。

5　吉木の取調べ（初日）

取調べが始まった。取調室で石井が「吉木、お前の逮捕事実についての弁解を聞くが、どうだ」と聞くと、吉木は「刑事さん、俺には逮捕されたことが何のことかわからないんですよ」などととぼけている。

「それでは、弁護士はどうすんのや」
「弁護士なんて、要りませんよ」
「それでは、国選弁護人でいいってことやな」
「はい、国選で十分です」

石井はその旨をパソコンで打った後、読み聞かせて「吉木、間違いなかったらここに署名、指印して」と指示する。吉木は「ここですね」と確認して、署名し拇印を押す。

「それでは引き続き、事件についての取調べを行う。自分の言いたくないことは無理に話す必要はない。その意味はわかってるな」

吉木が「供述拒否権てやつですね」と平然と言う。

「そうや。事件については、お前がバイクで撥ねて殺したってことは調べがついてるんや」

「刑事さん、待ってください。俺は本当に何のことか全くわからないんです」

「やってないってことやな」

「刑事さん、何か人違いしてるんじゃないですか」

「お前がやってない言うんやったら、ポリグラフかけてもいいんやぞ」

しかし吉木は動じない。「是非とも、こちらからお願いします」

「それじゃ、ポリグラフ検査の同意書を書け」と言い、吉木も「いいですよ」と応じた。そして、同意書に「ポリグラフ検査に同意します」と書いて署名し拇印を押す。ただ署名している時、吉木の手が微かに震えているのを石井は見逃さなかった。

取調べの補助をしていた竹内刑事が吉木に手錠をかけ、ポリグラフ検査場へ連行していった。


意外なことに、ポリグラフの総合判定は白であった。捜査員の中には、もしかすると吉木は実行犯ではないのでは、と言い出す者も出てきた。しかし班長の渡辺は、これまで積み重ねた捜査結果や長い捜査経験から、吉木が実行犯であることに自信を持っていた。ポリの総合判定が白とはいえ、源治にけん銃で脅されて犯行に及んだのか、という質問項目に対し、微妙に反応していたことを渡辺は気付いていた。

渡辺は昔、園田にこう教わったことがあった。

「ナベちゃん、ややもするとポリグラフ検査は科捜研の技官に任せっきりだけど、彼らは心理学の専門家ではあっても捜査員ではない。だから、ポリグラフ検査の質問事項は必ず自分で考え、結果も自分の目で確認し、少しでも反応している所があったらそこを見逃さないことだ」

これが場数を踏んだ園田の口癖であった。渡辺は、吉木の微妙な反応に活路が見出せると思い、そのことを石井に告げた。

「石さん、吉木は反応しているぞ。自信を持ってやれ」

渡辺はそう言って、石井の背中を励ますように叩いたのである。

6　逮捕報道

朝の陽光がカーテン越しに居間に差し込んでいる。園田は、自宅のソファで新聞を広げているところだ。紙面には『三年前の女児死亡轢き逃げ事件で八坂組長、半グレ総長など三人を殺人容疑で祇園署が逮捕』の大見出しが躍っていた。

妻の良子が「あなた、これでやっと久美子も成仏できますね」と朝食の準備をしながら言った。娘を失った寂しさはなくならないが、それでも少しほっとした感じが窺える。

「俺のために犠牲になるなんて、久美子とお前に何と言ったらいいか。本当に申し訳ない」そう言って園田は新聞を置いて頭を下げた。

「何をおっしゃるんですか。仕事で逆恨みだなんて。あなたのせいではありませんよ。きっと久美子も天国で喜んでくれてるでしょう」

「お前には、辛い思いをさせてすまないと思っている」

良子は首を振って、「いいえ、そんなことはありません。それにしても渡辺さんたち、本当によくやってくれましたね」と捜査陣の苦労を思いやる。

「そうだなあ。事件が片付いたら、家で食事でもしてもらおうか」と提案した。園田軍団の面々はみな良子も顔馴染みだ。

良子はニコッと微笑んで「そうですね。その時は腕を振るいますから」と応じ、園田も「ありがとう。すまないね」と微笑み返す。二人きりの夫婦の間を、時がゆっくりと流れていった。


出勤後、いつものように授業の準備をしている園田に、赤藤教官が近寄ってきて声をかける。

「先生、新聞拝見しました。何と言っていいかわかりませんが……」と言って口ごもる。

園田は立ち上がって「あぁ、いやぁ。いいんですよ。ありがとうございます」とお礼を言う。

赤藤は「それにしても、ヤクザの親分が半グレを使ってやらせるなんて許せませんね」と怒りが収まらない様子。そんな赤藤の気持ちがありがたく、園田は「そうですね」と頷いた。

二人の会話の間にも、教官たちが次々と園田の所へ言葉をかけにやってくる。園田はその都度立ち上がって頭を下げる。現場に戻ればみな同じ警察官同士、子を失った園田の気持ちは痛いほどわかるのである。

教場で園田が登壇すると、福田が「気を付け」と号令し「敬礼」と言った後、園田の前へ進み出る。「教官、この度は、その……」園田は手を挙げてそれを制し、「いや、いいんだ。ありがとう。みな休んでくれ」と言った。福田も席に戻って園田を見つめる。

「今まで君たちに話さなくて悪かった。マスコミの発表の通り、実は三年前に小学一年の娘が学校から下校中にバイクに撥ねられて亡くなった。所轄の左京署に、本部の交通捜査課が特捜班を設置して捜査してくれたんだが、これまで未解決だったんだ」

生徒たちは神妙に園田の話を聞いている。福田や森崎などは園田への思いが人一倍強く、教官の心情を思いやって目を潤ませている。

「ところが組対が、この事故は暴力団組長が半グレを使ってやらせた事件であることを突き止めてくれて、今回逮捕に至った。どうも私の暴力団取締りがきつかったので、それを逆恨みしての犯行のようだ。今回は私の娘が犠牲になったが、このように我々の仕事は時には家族までも犠牲になるという事をよく覚えておくように」

生徒たちは「はい」と言って、園田の言葉を深く胸に刻んだのである。

隣の赤藤学級でも、今朝の新聞記事のことが大きな話題になっていた。

小隊長の井上が「ね〜みんな、今日の朝刊見た」と聞くと、年下の長尾が「見た見た。三年前に、園田教官のお嬢さんが下校中にバイクで轢き逃げされて亡くなった事故、犯人捕まったんだってね」と言った。

「え〜っ、まだ犯人、未検挙だったの」と花田は大きな目をさらに見開く。

「どうも、教官の暴力団取締りがきつくて、その腹いせにやったようよ」と井上が記事の受け売りをした。花田は「それって、事故というより殺人事件じゃないの」と鋭く指摘した。

「そうだね。逆恨みされて家族が殺されるなんて許せないね」と井上は怒りを顕わにし、長尾は「怖〜っ」と両手を頬にあてて眉をひそめた。

山下がそれを見咎めて「優子、怖がってたんじゃ市民の命は守れないよ」と突っ込む。

井上は、そんな二人のやり取りに構わず、「私、絶対に刑事になるわ」と宣言し、長尾はそれを聞いて「え〜っ、勇気あるねぇ」と感心した。さすが、井上は小隊長を任されているだけのことはある。

「それにしても、園田教官、一人娘のお嬢さんを殺されておきながら、少しもそんな素振り見せなかったねぇ」と井上が言うと、長尾は「私、惚れ直しちゃったわ」と呑気なことを言った。

そんな感じで、赤藤学級でもその日は一日、園田の話題で持ちきりであった。

園田がこの場に居合わせたら、照れながらも彼女たちの明るさに救われたかもしれない。若い女性たちのひたむきな思いは、年長者の胸の悲しみを溶かすだけの力がある。

7　短期生卒業前夜祭

白い萩の花が校庭の片隅に咲く頃、半年コースの330期、331期、332期の生徒たちは無事卒業となる。その卒業式を翌日に控えた夕刻、食堂に生徒たち、教官全員が集まって前夜祭が行われた。食堂の人たちが心を込めて作ってくれた御馳走がテーブルいっぱいに並べられていた。みな厳しい六ヶ月間の訓練を乗り切った満足感、達成感でいっぱいである。

一方、333期生たちは訓練期間が一〇ヶ月と少し長く、卒業はもう少し先となる。残される側の333期生たちはみな少し淋しいような複雑な気持ちであった。

副校長の安井が司会を務める。

「明日卒業ということで、今日は前夜祭です。皆さん、時間の許す限り、想い出話に花を咲かせていただきたい。それではまず最初に、校長先生、ご挨拶お願いします」

道野学校長が中央のマイクの前へ行くと、安井が「敬礼」と号令をかけ、みな一斉に敬礼をした。その動作もこの六ヶ月で随分様になっていた。

「皆さん、明日卒業ですが、六ヶ月間の厳しい訓練によく耐えてくれました。第一線に出ても、基本を忠実に守り、誇りと使命感を持って国家と国民に奉仕して頂きたい。そしてつらいことがあっても、この警察学校の訓練を思い出して、歯をくいしばって頑張っていただきたい。以上」

簡潔な挨拶だったが、みなこの六ヶ月間を思い出し、心に響いているようであった。

その後、各期ごとに肩を組みながら、大声で歌を歌った。

330期は『同期の桜』である。逮捕術の試合で泣いた上島も、腕時計が盗まれた辻下も、今はみな笑顔で声を合わせている。

331期は『この世を花にするために』である。川内康範作詞、猪俣公章作曲の機動隊応援歌だ。音楽クラブが練習していた『この道』と並び、警察の様々な集まりで歌われるポピュラーな一曲である。

332期は中島みゆきの『地上の星』である。女性陣の澄んだ歌声を、男性の生徒たちはうっとりと聞き惚れている。

ひとしきり食べて飲んだところで、後に残る333期がエールを送る番になる。壇上に上がった福田が、333期全員を後ろに従え、白手袋をして一礼する。

「330期、331期、332期の皆さん、ご卒業おめでとうございます、みなさんとは、入校して間なしの天ケ瀬ダムへの遠足や親善ソフトボール大会、リレー大会など楽しい思い出がいっぱいです。そして、厳しかった柔剣道や警備実施の訓練もともに乗り越えてきました。期は違っても同じ釜の飯を食べた仲間として、これからも仲良くしてください。我々もあと四ヶ月したら卒業となります。あと少し、皆さんと一緒に仕事できることを楽しみに頑張ります。新任配置になったその時にはご指導のほどよろしくお願いします。それでは、333期から皆さんにエールを送ります」

そう言って腕を振り「フレー、フレー、330期。フレー、フレー、331期。フレー、フレー、

332期。そうれ」と音頭をとると、後ろに控えていた333期全員で「フレッ、フレッ、330期。フレッ、フレッ、331期。フレッ、フレッ、332期」と拍手をする。

今夜は先輩も後輩もない無礼講だ。若者たちの声は夜遅くまで寮内に響き渡っていた。

8 祇園署の留置場

警察の中で「カマボコ刑事」という業界用語がある。これは、蒲鉾が板にくっついてるように、椅子に座って動かない刑事のことを揶揄した言葉である。格好だけつけて偉そうにしている者が、刑事課に看守を呼びつけ、自分の担当している被疑者の動静や差し入れ状況などを報告させるのである。

しかし石井は違った。出勤すると、いの一番に自ら留置事務室に足を運び、被疑者はよく寝ていたか、食事はどうだったかなど、こと細かく看守に聞くようにしていた。

「裏方である看守や鑑識とは日頃から人間関係を築いて仲良くしておけ」というのが園田の教えで、石井はこれを忠実に守っていたのである。

石井が「芝ちゃん、おはよう」と声をかける。

看守の芝村が「石井主任、おはようございます」と挨拶する。

「留置人が一気に増えて監視も大変だな」と気遣うと、芝村は「ええ、一人部屋にも二人入れたりして、もう満杯ですわ」と答える。

「そうか。それは気を抜けないなあ。ところで、吉木の昨夜の動静はどうだった」

「はい、官弁（留置所で支給される弁当のこと）には全く手を付けず、何も食べていません。夜中には何かに怯えているのかうなされていて、びっしょり寝汗をかいて寝返りばかり打っていました。ほとんど寝てないと思います」

「そうか。朝はどうだった」

「朝はパンと牛乳ですが、牛乳を少し飲んだだけで、パンは食べませんでしたね」

石井は、芝村の観察眼を信頼しているので「他に、気になることはなかったかい」と聞く。

芝村は「気になる程ではありませんが、人と目を合わせることはしないですね」と答えた。これも貴重な情報だ。

石井は「そうか、それだけで充分や。ありがとう」と言って、留置場を後にした。

9　源治の取調べ（初日）

取調べは、お茶を出したり供述内容をパソコンで打ったりする補助官はいるが、要は取調官と被疑者、一対一の対決である。三畳位の取調べ室は、誰がつけたか、四角いリングと呼ばれていた。

特に、容疑が殺人となると、法定刑は死刑または無期懲役となるので、まさに命がけである。

そしてこのような凶悪犯罪は、人が見ている前での犯行は少なく、ほとんどが密室犯罪である。

つまり証拠が乏しくて取調べも困難を極めることになる。

今回の事件でもこれと言った決め手がなく、状況証拠の積み重ねで逮捕状の発布を得ており、渡辺は被疑者を取調べて落とす（自供させること）以外に道はないと思っていた。

源治は、吉木が半殺しにされても弱音を吐かない男と見ており、自供はしないから大丈夫、と高を括っているようであった。逆に渡辺には、これまで指導してくれた園田に報いなければという思いから、今までに経験したことのない重圧があった。加えて、絶対に完落ちさせねば、という組対補佐としてのプライドもあり、ある意味、園田に相談した石井以上にそのプレッシャーは強いと言えるかもしれない。

渡辺はそんな焦る気持ちを隠しつつ、取調べを開始した。

「源治、今から取調べをするが、自分の言いたくないことは無理に話す必要がないという供述拒否権があることは知ってるな」

「何回も厄介になってるので、わかってます」

「そうか。ところで半グレの吉木を使って、幼い女の子をバイクで襲わせて殺させたことに間違いないか」渡辺は直球を投げた。

「ダンナ、そんな怖いことアッシにはできませんよ。馬鹿なこと言わんでください」そういって源治は余裕の表情で否定した。薄っすら笑みすら浮かべている。

「源治、否認したら情が悪くなることぐらいわかってるやろ」

「源治、源治ってダンナ、アッシにも八坂って苗字があるんで、八坂とか組長とか呼んでもらえませんかねぇ」

小ばかにしたような源治の言いように、渡辺は語気を強めた。

「源治、お前はそれでも祇園の親分か。情けないのぉ。このポン中が」と吐き捨てるように言う。

源治は色をなして「ポン中とは何や。お前も園田の一味か」と言い返す。

「園田軍団の一味で悪かったたな。俺はそのことに誇りを持ってるんや。貴様みたいなクズを相手にしていてもな」そう言って渡辺は園田軍団の一員であることを誇らしげに言う。

「クズとは何や」

「クズやないか。お前のバシタもポン中で、娘も違法ドラッグの売人やないか」

源治は娘のことまで言われてかっとなり「なに〜っ、この野郎っ」と立ち上がり、渡辺に掴みかかろうとするが、補助官が肩を押さえて制止する。

「源治、お前、八坂の組長言うけど、単なる薬屋（シャブ屋）やないか。若いもんも皆シャブの売人やろ。その上、ほとんどの組員が小指落として仕事できひん言うて、生活保護もらってるやないか」と源治の痛いところを突く。

「そんなこたあらへん」

「お前、調べたことあるんか、この税金泥棒が。昔は警察に対して二言目には税金泥棒税金泥棒言うとったけど、どうも最近言わんようになったんは、お前らが税金泥棒してるからやないのか」

渡辺はそう言って別の角度から源治を攻めたが、源治は「あほらし」と言って取り合わない。

「源治、お前、売上を税務署に確定申告してるんか」

「そんなこと知るか」

「納税は国民の義務や。ヤクザやからとかシャブ屋やからせんでええ、という法律も特権もないんやぞ」

源治は知らん顔をして横を向く。

「お前のバシタのクラブも、娘のネイルケア店も、所得があるのに申告しとらんやないか。それに吉木のところからのみかじめ料も、月に五百万以上を上納させてるやないか。都道府県に暴排条例ができるまで、祇園街から月に一千万集めとったのも裏取れてるからな。お前が申告せんから警察で五億六千万を申告さしてもらったわ」と数字を上げて攻め立てる。

源治は「ハッタリかますな」と強がるが、動揺は隠せない。

「ハッタリやない。この人はこれまでいくら所得があるのに申告してません、と言って国税局に申告できるんや」

「そんなこと勝手にできるか」

「それができるんやな。課税通報制度言うんや。嘘やと思ったら弁護士にでも誰にでも聞いてみい。自分だけ助かろうと思ってんのか。祇園街の親分の名が泣くぞ」

源治は悔し紛れに「警察は何で俺んとこだけ狙い打ちするんや！園田の指示か」と愚痴をこぼすが、渡辺は動じない。

「貴様んとこが一番たちが悪いからや。店から守り料と言っては多額の金を巻き上げたり、堅気の者を肩が触れただけで半殺しにしたり、お前んとこはポン中集団やないか」

「ポン中集団とは何や。何もしとらんのにパクリやがって。吉木にやらせた言うけど何か証拠でもあるんか。それとも吉木が自供でもしたんか。あまり無茶したら国賠請求訴訟起こすぞ。その時は泣くなよ」

「源治、言いたいこと言うやないか。警察を甘く見るなよ」

「甘く見るもなんも、やっとらんもんはやっとらんのや」

そこからは「やってない」の一点張りで、そのうち雑談にも乗ってこなくなった。取調べ中もこちらの挑発に乗らず、ダンマリを決め込む戦略のようであった。

四角いリングの戦いは長丁場になりそうだった。

10　川端の取調べ（初日）

同じころ、川端に対する取調べも始まった。川端への取調べは稲村が担当となった。川端は協力的で、取調べもスムーズに進んだ。

「それでは、八坂の組長が吉木を使って、事件を打ったということは、どこでどうして知った」

「私は、直接、見たり聞いたりはしてないのです。ただ、オヤジが吉木を使って園田さんの娘さんをバイクで撥ねて殺したんではないかと思ってました。と言いますのは当時、祇園署刑事課の組対係長だった園田さんの取締りがあまりにも厳しかったので、私や幹部組員に『うちは園田にやられっ放しやないか。園田のヤサにダンプで突っ込んだれ』と言っていたのです。それで若いもんが園田さんの家を確認に行ったところ、高台で階段もありこれでは無理だということになって、ダンプで突っ込むのを諦めたのです。その時オヤジは、うちの若いもんを使ったり車を使ったりしたらNシステムですぐに足がつくのでヤバイ、と言ってました。その直後にバイクでお嬢さんを撥ね殺した轢き逃げ事件が発生しましたので、私はオヤジが吉木を使って事件を打ったなと、思ったのです」

稲村が「どうして、吉木を使ったと思ったんや」と聞くと、「これまで、オヤジが吉木を呼びつけては、無理難題を言って焼きを入れてましたが、なかなか弱音を吐かず口の堅い男でしたので、オヤジは何かあったらコイツは使えるな、と言ってたのです。それで、事件が起こった時、やっぱり吉木を使ったなと思いました」と答えた。

「そうやったんか。ところで、お前はあの事件の後に堅気になったみたいやけど、なんで急に堅気になったんや」

「うちの組は、祇園街でみかじめ料を取って凌いでましたが、いつの頃からか、オヤジも若いもんもシャブに手を出すようになりました。そして、堅気を泣かせてあくどい商売をしてました。また、何かあると頭の私の責任にして、いつもオヤジから怒鳴られていました。それでいつかは足を洗いたいと思っていたところにこの事件がありましたので、こんな鬼みたいなオヤジにはもう付いて行けないと思い、堅気になりたいと言ったのです。オヤジは、お前が弱気になってどうするんや、若いもんが堅気になりたい言うた時に止めるのがお前の役目やないか、バカモン、と怒鳴り、私の腹を二～三回蹴り上げました。そして、よし、お前がその気やったらもうええ、一千万と小指持って来い、と言いましたので、親戚縁者からお金を掻き集めて、小指と一緒に持って行き、足を洗ったのです」と川端は淡々と話した。

稲村が同情するように「一千万と小指とはきつかったな」と言うと、川端は「はい。しかし今は女房と二人で、何とか居酒屋をやってますので、良かったと思っています」とすっきりとした表情で言った。それは覚悟を決めて、困難を乗り越えた男の顔だった。

「そうか。良く踏ん切りがついたな。お前は事件には直接関与してないし協力もしてもらってる。一応身柄とともに検察庁に事件送致するけど、うちの渡辺キャップの指示で勾留は求めない。ただ処分は検察庁が決めるので、もしうちの思い通りにならなかったら、その時は勘弁してくれ」そう言って稲村が川端に理解を求めると、川端は静かに頷いた。

その後、川端は事件関与に乏しくまた協力者であることも考慮して、あえて勾留は必要ないと認め、ヨンパチ（四十八時間以内）で身柄とともに京都地方検察庁に事件送致することになった。そして京都地検は状況を勘案し、勾留不必要と判断して川端を即日釈放したのである。

11　源治と吉木の取調べ（一〇日目）

逮捕から一〇日が経ったが、源治と吉木は取調べに対して相変わらず知らぬ存ぜぬの一点張りで、全く進展が見られなかった。取調官の渡辺と石井は表情には出さないが、少し焦りが出て来たことは否めなかった。

渡辺が一〇日目の取調べを始める。

「源治、ボチボチ正直に話したらどうや」

源治は「正直に話せ言うけど、ワシに嘘つけ言うんか」と相変わらず白を切る。

「若い衆使って園田さんとこにダンプで突っ込む計画やったけど、高台で階段があったので諦めて、口の堅い半グレの吉木を使って事件を打ったのは調べがついてるんや」と、川端からの情報も交えて追及する。

「誰がそんな出鱈目言うてるんや。そんなハッタリ、ワシに通用するとでも思ってるんか」

「ハッタリかませてる訳やない。祇園街の親分やったら親分らしくせえ、と言うとんのがわからんのか、バカモン」

源治は「人にバカモンとは何や」と言ったきり、ダンマリを決め込む。

一方、石井も吉木相手に苦戦していた。

「吉木、ええ加減に正直に喋ったらどうや」

「正直にって言われても心当たりありませんわ。八坂のオッサンが若い衆使ってやらせたんと違いまっか」と相変わらずのらりくらりと話をはぐらかす。

「源治がお前を脅して事件を打ったんちゃうんか」

「刑事さん、俺が八坂のオッサンに脅されて事件を打つような男と思ってるんですか」

「これまでも、たこ焼きのショバ代のことで屋台を壊されたり、組事務所に連れ込まれて源治に焼き入れられてるらしいやないか」石井はそう言って吉木の反応を窺った。

吉木は「八坂の連中はポン中ばかりで何するかわかりませんが、オッサン以下根性がない者ばかりでっせ」と八坂組を馬鹿にしたような物言いをした。

「源治に脅されてやったんと違うんか。正直に話したらどうや」と石井が追及する。

吉木は平然と「刑事さん、俺は、ポリグラフ検査まで受けてるんでっせ。結果は白やったんと違いますか」と言い放った。

痛いところを突かれたと思いつつ「白も黒もない」と石井が言うと、吉木は「例え黒でも、ポリグラフは証拠能力がないと聞いてますがねぇ」とうそぶく。

石井が業を煮やして「お前も人の子やったら正直に話せ、と言ってるんや」と声を荒げるが、吉木は「だから、正直にやってない言うてますやんか」と一歩も引かない。

決め手に欠けたまま時間だけが過ぎ、石井は気持ちばかりが焦るのであった。

12　短期生卒業後

秋の気配が近づいてきた頃。警察学校では、短期コースの生徒が卒業した後、校舎内も少し閑散として、日頃は厳しい担任教官たちも心なしか寂しそうだ。330期担任の鈴木教官、331期担任の大島教官、そして332期担任の赤藤教官、3人ともになんだか手持無沙汰の様子である。

一方、園田には333期生が残っていたが、こちらは課題が山積みであった。残り四ヶ月間で、実技では柔剣道、逮捕術、けん銃などの猛特訓をして昇級試験や審査を受けさせ、学科では憲法行政法や各実務の卒業試験がある。さらに最後の仕上げとして各署での実務研修も残っている。そんなことをあれこれ考えていた園田に赤藤が話しかけた。

「生徒は先生のとこだけになり、静かになりましたねぇ」

園田はしかめっ面で向き合っていたパソコンから目を離して、赤藤の方を向いた。

「そうですね。先生、生徒が卒業して寂しくないですか」

「最初はいなくなってやれやれと思っていましたが、今は寂しい気持ちの方が強いですね。あの子たちは第一線でやっていけるかも心配です」と赤藤は正直な気持ちをこぼした。

園田は「心配しなくても何とかやっていけますよ」と励ます。

「そうですかねぇ」と言って腕組みをする赤藤は、まるで子を送り出した母親のようであった。

生徒は成長して巣立っていくが、それを送り出す教官側もまた、様々な思いとともに、成長していくのである。

ふと窓の外に目を向けると、緑の木々が少しずつ紅葉してきているのが見えた。かつての部下である渡辺や石井たちも、今頃頑張って捜査や取調べをしてくれているだろう。今年の年末までにはすべて決着がついているだろうか。どのような結末が訪れようと、みんなが最善を尽くしてくれたのなら、その結果をしっかり受け止めよう。そんなことを思いながら、園田は再び慣れないパソコンの方を向き、苦手なキーボードと格闘を始めたのだった。

13 源治と吉木の取調べ（二〇日目）

源治は、口が堅く弱音も吐かない吉木が頑張ってくれたら、あと一日か二日で処分保留で釈放されるだろう、と踏んでいるようであった。一方渡辺は取調べに行き詰っていて、押し口（追及する手立て）もなくなり、疲れ切っていた。気力で何とか持ってる感じである。

渡辺が二〇日目の取調べを始める。

「源治、もうぼちぼち正直に話したらどうや」

「吉木が勝手にやったのを、俺がやらせたとお前ら事件をでっち上げてるだけやないか。俺はな～んにも知らんのや。全く関係ないんや。ええ加減にしろ」と意気軒高である。

「お前が吉木にやらしたことはハッキリしとるんや」

「どんなことがハッキリしとるのや。ハッタリかますな。お前、誘導尋問やないか」

「往生際の悪い奴やな」

「何が往生際や。あほらして物も言えんわ」と源治は勝ち誇ったように言う。渡辺の手詰まり感を見抜いている感がある。それを突き崩す手がかりもなく、渡辺は小さくため息をついた。

一方、吉木の方も勾留満期寸前の攻防である。連日、頑強に否認する吉木もそれを追及する取調官の石井もともに体力的に限界で、ただ気力だけで戦っている感じであった。ただ今朝の石井には、昨晩の園田から教えられた情報が、新たな活力を与えてくれていた。

昨夜晩く、石井の携帯に着信があった。連日の吉木の取調べで疲れ切っていた石井は、熟睡していて最初何の音か分からなかったが、園田からの電話だと気付くと慌てて電話に出た。

「おう、石さん、起こしちゃったかな」と優しい園田の声が電話口から流れてくる。

「いいえ、教官、何かありましたか」

「実はたった今、吉木のことでちょっと情報が入ったんや。何かあったら教えてくれと頼んでいた『美幸』のマスターから電話があってね。吉木には和江との間に子供がいるらしいんや」

「子供ですか」と驚く石井。園田の情報網に密かに舌を巻いた。

「認知はしていないが、三歳になる女の子だそうだ。何かの役に立つといいんだが。疲れて寝ていたのにすまなかったな」

「とんでもありません。なかなか吉木を落とせず申し訳ありません。でも明日、この情報を突きつけて吉木を追い込んでみます。教官、ありがとうございました」

すっかり目が覚めて明日の取調べの段取りを考え始める石井であった。

吉木は相変わらず「俺がやったっていう証拠はあるんか」と不貞腐れている。

「あるから逮捕状も出て、勾留も延長されてるんやないか。お前が源治の指示でやったのは調べがついてるんや」

「俺が八坂のオッサンの指示で動くとでも思ってるんか。やったやった言われてもやってないもんはやってないんや」

「お前、何年か前に源治の所の連中に袋叩きにされて半殺しの目にあってるやないか」

「それがどうした」

「警察があれだけ説得してもタレ出さんかったが、原因は何や」

「知るもんか。八坂の連中はシャブボケで狂ったヤツばかりや。オッサンを含めてな」

石井が「仕返しが怖かったんか」と聞くと、吉木は「あんなヨボヨボのポン中、怖いことあるか」と強がる。

「お前はそこらのチンピラと違って根性があるのはわかってる。しかしなあ、お前も人の子やろ。何であんな小さな子供を手にかけた……。何があったんや。お前には和江との間に三歳の女の子がいるやないか。そんな自分の可愛い子が殺されたらどうする」石井はここで園田から昨夜教えられた切り札を使って、吉木の急所を突く。

吉木は「警察は、そこまで調べ上げてんのか」と驚いた。認知もしておらず、まさか関係性を見抜かれるとは思っていなかったのだ。

石井は手応えを感じ「どうすると聞いてるんや」と吉木を追い込む。

「ぶっ殺して、復讐したるわ」

「お前に殺された子供さんはな、園田さんの一人娘やったんやぞ。その気持ち考えたことあるんか！」石井は感情をむき出しにして立ち上がり、吉木の胸倉を掴みかかった。補助官が慌てて止めに入る。二人は一瞬睨み合うが、石井はすぐに我に返って椅子に座り直した。

その後二人とも何も喋らなくなり、長い長い沈黙が続いた。逮捕して二〇日間、取調室の息詰まる一対一の攻防で、二人とも精根尽き果てていた。吉木は命がけで否認していたが、和江との間に生まれて認知してない娘のことを突かれ、動揺は隠せないようだった。時折天井を見上げたりはするものの、石井とは目を合わせなくなった。

それからしばらくして、吉木は喉ぼとけをコクコクさせた。何か話し出そうとしている雰囲気があったが、結局言葉は出さずに、口は閉じたままであった。しかしまた喉ぼとけが動き、また言葉を飲み込む。この繰り返しが何度も続いた。

一方石井の方も、久美ちゃんの仇を討たねば、という使命感と今まで手取り足取り指導してくれた教官に恩返しをしなければ、というプレッシャーから、今にも椅子からずり落ちそうなほど疲労困憊していた。

晩秋の殺風景な取調室には重苦しい沈黙が流れていた。石井がもうダメかと諦めかけたその時、吉木がおもむろに頭を下げた。

「刑事さん、長い間すいませんでした。八坂に脅されて俺が園田さんの娘さんをバイクで撥ねて殺したことに間違いありません」

自分の娘と園田刑事の娘を重ね合わせ、子を持つ親として、深い改悛の情が湧いたのである。石井も「おお、吉木、良く喋ってくれた」と思わず立ち上がった。長い攻防の末、吉木が落ちた瞬間だった。


それから吉木は、これまでの沈黙が嘘のように素直に話し出した。

「俺は私生児なんです。母親は俺が三歳位の時、男を作ってどっかへ逃げましたので、おばぁ（祖母）に育てられたのです。中学を卒業してからは鳶職になりました。鳶は日当が二万ありましたので、早く金を稼いでこれまで育ててくれたおばぁを楽にしてやりたかったのです。しかし鳶は高所での作業でストレスもたまりますので、中学校時代の不良仲間を集めて暴走族グループの桂川一家を立ち上げ、総長になりました。仕事が終わってから仲間とバイクで暴走を繰り返していたんですが、南区からやってきた洛南一家と乱闘になり、洛西署に全員、凶器準備集合罪で検挙されました。それで二年で解散しました」

「ああ、あの暴走族同士の乱闘事件か。お前が瀕死の重傷を負った事件やな」

「はい。何しろ俺らは二〇人、相手は五〇人。多勢に無勢でアッという間に鉄パイプで襲われて頭や手足を骨折しましたが、救急車で病院に運ばれてなんとか助かりました」

「よく助かったな」

「医者も若いから助かったんやろうと言ってました。三ヶ月ほど入院しましたが、足の骨折で踏ん張りが利かなくなり、鳶は無理だと言われました。でも何とか金儲けしておばぁを楽にしてやりたいと思い、色々考えて思いついたのが京都一番の歓楽街でたこ焼きの屋台を出して凌ぐことでした」

石井が「そこは八坂組の縄張りとは知らなかったのか」と聞くと、吉木は「仲間から聞いて知ってましたので、目立たぬように祇園の端の三条京阪付近で細々とやっていました。でもそのうちに八坂の連中に見つかり、ここはうちのシマやから出ていけと言われ、屋台も壊された上にぼこぼこに殴られたのです。その時、ここで商売したかったら毎月ショバ代（場所代）五〇万持って来いと言われて、屋台を修理してたこ焼き屋を続けることにしたのです」

石井が「五〇万も払ってか」と確認する。

「はい。五〇万は痛かったですが、酔客がホステスを連れてよく買いに来てくれるんです。中には、兄ちゃんお釣り取っといてなんて、チップをもらえる時もありますので、八坂に上納しても、百万位の売り上げがあったんです」と説明する。

石井は女のことが気になって「和江とはどうして知り合った」と尋ねる。

「和江はクラブ『花見小路』のホステスをしてまして、時々、兄さん、寒いのによく働くねぇなどと言って、お客さんを連れてきてくれたのです」

「和江のどこに惹かれたんや」

「和江は着物の着こなしもいいですし、母親にどこか面影があったように思います。それで段々と惹かれていきました。俺より一〇歳年上なんです」

「ほう、姉さん女房か」と言いながら、園田が教えてくれた吉木の母親が出奔したエピソードを思い出していた。吉木の中には母性を求める気持ちが強かったのかもしれない。

「それにしても、どうやって口説いた」

「口説くなんて。相手は高級クラブのナンバーワンで金持ちしか相手にしませんので、そんなこと考えてもみませんでした。ところがある時、クラブ『花見小路』の支配人から携帯に電話があり、店で女の子がお客に絡まれて困ってるので何とかお願いします、と言ってきました。この頃からトラブル処理を直接依頼されることが多くなり、若い衆を四人雇って巡回させて対応していたのです。それですぐに祇園街を巡回中の一組二人を走らせました。クラブには和江もいるので俺も店に駆け付けたのです。店では和江が酔客二人に絡まれており、うちの若い者が『お客さん、女の子が嫌がってるやないですか、止めてください』と言っても話を聞かず、逆に『何こら、お前ら八坂のもんか、八坂がなんぼのモンや』と言って殴りかかってきます。それで、店内ではまずい、店の外に連れ出せと言って、二人の腕をねじ上げて店の外に連れ出してやったのです。その翌日だったと思います。和江が、昨日はありがとう、皆で食べて、と言ってケーキを差し入れてくれたのです」

「おぉ、ケーキをか」

「はい。それからも、おでん作ったんで皆で食べて温まってね、などと言って出勤前に色々差し入れしてくれました。それである時、この間のお土産ありがとうございました、美味しかったです、とお礼を言いましたら、和江は『な〜に、気晴らしに一人でぷらっと天橋立までドライブに行った時に美味しそうだったので買ったのよ』と言いまして。俺が『一人でドライブですか』と尋ねましたら、『あぁ、いつも一人だよ』と。

『一人では勿体ないですね』と言いますと、和江は『それじゃ兄さん、一緒に行ってくれるかい』と言いますので社交辞令かと思ったんですが、『俺で良かったらいつでもお供します』と言ったところ、『兄さん本当かい、うれしいね』と喜んでくれました。

それがきっかけで何回かドライブに誘われ、そのうちに良い仲になり、子供ができたのです。まだ籍は入れてませんが、いずれ籍を入れて、子供も認知しようと思っていたところです」

そう訥々と話す吉木の表情は、憑き物が落ちたように穏やかであった。

「そうだったのか。ところで例のパイナップル（手榴弾）は何で持っていたんだ」

「何かあったら、オッサンのヤサに放り込んでやろうと思って用意してたんです」と答える。石井は「そうか」と納得する。

「その頃各都道府県に暴排条例ができて、指定暴力団員だと、みかじめ料を受け取った方も渡した方も処罰されるようになりました。警察の暴力団取り締まりが厳しくなってきたんです。しかし祇園の飲食店の方では、相変わらず客とのトラブルがあります。それで暴力団の代わりに、兄さん、お客が暴れているのでなんとかして、と俺のところに駆け込んでくるようになりました。その都度、うちの若いもんを走らせていたのですが、口コミで今では百軒の店と契約してます」

「百軒もか。百軒で上りはなんぼあるんや」

「はい、月に五万集金してますので、五百万ぐらいです」

「ええ凌ぎやな」

「ありがたかったですね。でもこのことが八坂のオッサンの耳に入り、組事務所に連れていかれて、机の上にあった灰皿で頭をどつかれました。そして上りの半分を持って来いと脅されて、二百五十万上納しています。残りを若いもんに分配したら、俺の手元にはほとんど残りません」

「月に二百五十万上納か。無茶言いよるな」と石井が言うと、吉木は「俺らは八坂の代わりに店から金を集金し、何かあったらトラブルを処理しています。奴らの手先として使われているようなもんです」と言った。こちらの世界も甘くないようだ。

「源治から園田さんの事件はどのように指示されたんや」

「俺が八坂のオッサンのところに二百五十万持って行った時のことです。オッサンが血相を変えて、おんどりゃ、ワシを舐めやがって、わしの目は節穴ちゃうぞ、お前は二百軒から守り料もらってるやないか、毎月五百万持って来い、と言って、手渡した二百五十万を叩きつけられました。それから、お前どうしても俺のシマで凌ぎたかったら園田の娘やってこい、さもなければ祇園から出て行け、と言って、けん銃を頭に突き付けて撃鉄を起こしたのです。俺もこの時ばかりは殺されると思い、分かりました、と答えたんです」

「実際に二百軒から集めてるんか」

「はい、段々と増えて、今では月に一千万円の上りがあります」

「そうか、それはボロイな。それでその時、傍に誰かいたんか」と肝心なことを聞く。

吉木は「俺が上納金を持って行くときは、組長室にはいつも誰も入れませんので、二人だけでした」と答えた。

石井が頷きながら「源治は具体的に指示したのか」と聞いた。話が核心に近づいてきた感触があり、一言も聞き漏らすまいと集中する。

「車では足がつくんで、バイクでやれ、園田の家はここや、と言って一枚の地図を渡されました。その地図を見ながら園田さんの家を探し出し、何回か見張っていますと、赤いランドセルを背負った三つ編みをした娘さんが、お母さんに見送られて朝七時半ごろに家を出て午後三時過ぎに家に帰ってくることが分かりました。それで下校途中一人になった所を襲おうと思い、計画したのです」

「やってこい、と言われて、お前はどう理解したんや」

「はい。バイクでちょっとかすって怪我でもさせたらいいかな、ぐらいに思っていました」

「ヤクザの世界では、『やれ』言われたら、『殺せ』という意味ちゃうんか」と追及すると、吉木は「刑事さん、俺は半グレであってヤクザじゃないんです。可愛い子供を殺そうなんてことは思いませんでした」と答える。

しかし石井は許さない。「打ち所が悪ければ亡くなるんではないかというぐらいは、認識してたんちゃうか」

吉木はがっくりと首を垂れ、「はい、それぐらいは思っていました」と正直に言う。今さらながら自分の犯した罪の大きさに慄く吉木であった。


吉木は、その光景が今も忘れられない。

午後三時ごろ、赤いランドセルを背に、友達三人と話ながら久美子が帰ってくる。吉木は後方からフルフェイスのヘルメット姿でバイクに乗って尾行していく。久美子が友達にバイバイと手を振って別れたところを見計らい、吉木がエンジンをバリバリと空ぶかしして脅かした。

突然の大音量にビックリして、久美子は大きく車道に飛び出して転倒してしまった。吉木は思わぬ事態に動転し、倒れた久美子にバイクごとぶつかる。加速のついた金属の塊は無情にも久美子を撥ね飛ばした。久美子はうつ伏せに倒れたまま動かず、アスファルトには血がじわりじわりと広がっていった。バイクは横転し、吉木も投げ出されたが、すぐにバイクを起こし、慌てて逃げようとした。その時、ちらりとみた久美子の姿が頭に焼き付いている。服もランドセルも血に染まり、三つ編みの頭はピクリとも動かなかった。

吉木はその光景を振り払うように一目散に逃走した。大きな音に気付いた久美子の友達二人がビックリして引き返してきて、「久美ちゃん、久美ちゃん」と叫んでいた声は吉木の耳にも届いていたが、それから後のことはよく覚えていない。急いで人目につかないところまで行こう、それだけを考えて、バイクを飛ばしたのであった。

石井が、放心状態の吉木に「その後どうした」と聞いて、我に返らせる。

「あぁ……はい、逃げてからすぐに八坂のオッサンに『やりました』と電話しました。ひょっとしたら死んだかも知れませんと言いますと、オッサンは『お～、吉木ようやった。このことは俺とお前しか知らんことやからな。誰にも喋るな』と言うので、『分かりました』と答えました」

話す吉木の額には脂汗が浮かんでいる。後悔の念に苛まれているようであった。

「それで?その後はどうした」

「オッサンがバイクはどうした、と聞きますので、アパートの近くの空き地に隠してます、と言いますと、大きな声で、アホか、すぐに処分しろ、と怒鳴られました。それですぐに西山まで乗って行き、そこから崖下に落としました」と吉木は答えた。

石井は、やっと決定的な物的証拠を掴めそうだと、机の下で拳をぎゅっと握った。

「バイクを捨てた場所は案内できるか」

「はい、地図を書いて案内します」そう吉木は淡々と答えた。もうすべてを正直に吐き出そうと覚悟をしているようであった。

「子供が亡くなったことはどうして知った」

「その日の夜、テレビで知りました。バイクで撥ねられた子供が亡くなって、警察が死亡轢き逃げ事件で捜査中だと放送していました。刑事さん、俺は、あわよくば業務上過失致死とか傷害致死で助かろう、なんて思っていません。バイクという凶器を使って、幼い子供の命を奪ったのには間違いありません。あの事件以来、赤いランドセルが目に焼き付いて、夜中にうなされることもあります。園田さんには何と言ってお詫びしていいのかわかりません」

その表情に嘘はなく、後悔の念が顔中にべっとりと張り付いたような表情をしていた。

石井は深く頷きながら「そうか、よく正直に話してくれた」と言った。これまでの張り詰めた緊張が一気に解け、疲労感が襲ってきたが、それよりも達成感が勝った。長い戦いを終えて相手を完オチさせたことで、園田とその妻良子、そして久美子にやっと顔向けができるな、という思いであった。

その頃、渡辺と源治の取調室でも長い沈黙が続いていた。特に渡辺は、二日後の勾留満期まで体力が持つだろうか、という不安と、このままでは園田先輩に合わせる顔がない、という焦燥感から、今まで経験したことのないプレッシャーを感じていた。

その時、ドアをコンコンとノックして石井が入室してきた。渡辺が椅子から立ち上がると、石井は渡辺に耳打ちをした。石井の報告を聞いて、渡辺は一瞬にして目の前が開けたように思えた。

石井が退出した後、渡辺は椅子に座りなおして源治を真正面に見据えた。

「源治、吉木が全部吐いたぞ」と静かに伝える。

源治は「ダンナ、芝居したりしてハッタリかませないでくださいよ」と言い返した。吉木が落ちるとは露ほどにも思っていないようだった。

「ハッタリやカマかけてるんやない。吉木は、お前にけん銃を頭に突き付けられて園田さんの娘をやってこいと脅されてやった、と自供した。お嬢さんを轢いたバイクも、お前の指示で西山の崖からほかしたこともな。それに犬小屋から押収したハジキを入れていた工具箱とハジキを包んでいた油紙から、お前の指紋が検出されている。お前のバシタはシャブの使用と所持で起訴、店は許可取り消し。娘は違法ドラッグで起訴、ネイルの許可も取り消しや。見苦しいぞ、源治。お前はそれでも組長か。貴様だけ助かろうと思ってんのか。もう逃げられへんぞ。祇園街の親分の名前が泣くぞ」

渡辺はここで一気に攻勢をかけた。これで落ちなければもう後がない。石井がよく吉木を自供に追い込んでくれたと感心するとともに、今度は自分が源治を落として久美ちゃんの仇を討つ番だと奮い立った。身体は椅子から立ち上がれないほどに疲れ切っていたが、園田先輩が警察学校で動けない間は自分が軍団を預かっているんだ、という使命感が渡辺を突き動かしていた。

源治はうなだれて、何も言わない。それでも今までと異なり、上を見たり壁を見たり、そわそわして何か落ちつかない感じであった。一方の渡辺は、腕を組んだまま一言も喋らない。時間だけが二人の上を通過して行った。

しばらくして源治の額に玉のような汗が噴き出した。顔中に脂汗が浮き出ている。

そして一言、「ダンナ、すいません。水一杯もらえませんか」と言ったのである。

渡辺は、これまで横柄な態度をとり続けていた源治が、急にしおらしく、すいません、と下手に出て来たのに驚いた。ただこんな時、お茶や水を飲ましたら水と一緒に自供も呑み込むので絶対に飲ますな、というのが取調べの鉄則である。先輩刑事や上司からもくどいほどそう聞かされてきた。しかし渡辺はこの時、補助官の八木に水を持って来させて源治に与えたのである。取調べ中ずっと一緒だった八木もこの渡辺の行為には戸惑った。

渡辺としても、セオリー通りにするなら水を飲ませるべきではないということは百も承知していた。しかし、ここで源治と水を飲ませろ、飲ませないで押し問答するより、源治の注文通りにしてやった方がいい、と咄嗟に判断したのである。というのも、吉木が自供したことを石井が渡辺に耳打ちしてからは、虚勢を張っているものの脂汗をかいたり視線をさまよわせたりと、源治の態度が明らかに様変わりしていたからである。

八木が持ってきた水を一気に飲み干して一息ついた後、突然、源治は合掌して頭を下げた。

「ダンナ、今までお手数をお掛けしました」と言ったのである。

渡辺は「おう、そうか」と冷静さを装ったが、心中は穏やかではなかった。達成感と安堵感と疲労感が混ざったような、なんとも言えない精神状態であった。そして、あと一息だ、最後まで油断するな、と気を引き締めていた。

そんな渡辺の気持ちを知ってか知らずか、源治はぽつぽつと自供を始めた。

「吉木にハジキを突き付けて脅し、娘さんを襲うように言いました。脅したハジキは犬小屋に隠していた回転式のけん銃です」源治は覚悟を決めたようであった。

渡辺は「そうか、よく話してくれた」と声をかけた。

源治は、一人娘の京子までも逮捕されて起訴されたこと、嫁の花子も覚醒剤取締法違反で起訴されたこと、そしてあの口の堅い吉木までもが自供に追い込まれたことから、もう逃げられる見込みはないと観念したのだった。

その後の雑談で源治は、渡辺の捜査手法や取調べ方は園田さんにそっくりだ、と感に堪えたように言った。そして渡辺は、自供が始まってからは、源治とは言わず「親分」と親しみを込めて呼んだが、源治もこのことに対しては気を良くしているようだった。二〇日間の攻防で、二人の間に不思議な信頼関係のようなものが芽生えたのかもしれない。

14　バイクの捜索

吉木がバイクを捨てたと供述した、西山の現場には警察車両数台が集結していた。鬱蒼とした雑木林の間から晩秋の太陽がわずかに見え隠れする。出動服を着た捜査員が、吉木を立ち会わせてロープで崖を降りていく。吉木が捨てたと言う場所を中心に、谷底をくまなく捜索するが、バイクは発見できなかった。吉木も不思議そうに首を傾げている。嘘をついているわけではなさそうだ。その日一日、捜索に参加した全員で範囲を広げつつ探したが、それでも見つからず、その日は撤収となった。

バイクの捜索の翌日、特捜班の一室に、渡辺、石井以下捜査員数名が集まっていた。

まず渡辺が口を開いた。

「石さんのおかげで何とか源治を落とすことができたよ。ほんとありがとう。もし吉木が落ちなかったら源治も落ちなかっただろう」そう言って頭を下げる。

石井は恐縮しつつ「キャップ、ありがとうだなんて言わないでくださいよ。あのひねくれた源治を落としてくれて、こちらこそお礼を言います」と頭を下げ返した。

「それにしても、あの吉木を良く落としてくれたよ。大したもんだ。あとはバイクの証拠品さえ見つかれば文句ないんだがね」と渡辺が言うと、稲村が「キャップ、もう一回、西山に探しに行かせてください」と申し出た。

「稲ちゃん、昨夜当直で徹夜だったんだろう。今日はいいから早く帰って休め」と気遣う。

「昨夜、刑事当直の警邏の時に、今井刑事と西山に行ってみたのですが、少し気になるところがありまして。今日は吉木が走ったと言うコースを同じようにバイクで走ってみようと思います」

渡辺は稲村と今井の顔を見たが、二人ともやる気に満ち溢れているような表情であった。

「そうかい。二人とも直明けで疲れてるから、くれぐれも気を付けてな」と心配そうに言う。

稲村と今井は「はい！」と元気よく答えた。稲村は二十八歳、今井に至っては二十五歳の刑事なりたてである。少しぐらい眠らなくても堪えない若さがみなぎっていた。


稲村と今井が、フルフェイスのヘルメットを被り、落ち葉の舞う西山ドライブウェイを疾走していく。今井は警察学校の食堂で働いている今井和子の息子である。稲村の方が三歳年上で先輩でもあるので、今井は慕っており、行動を共にすることが多かった。

前日に吉木が指し示した現場付近でバイクを止めて、二人はヘルメットを脱いだ。

「今井、昨日はここら辺を捜索したけど、俺は吉木が勘違いしてるんちゃうかな、と思うんや」

と稲村が切り出した。

「と言いますと」

「被疑者は証拠品などをほかす時は、なるべく見つからんように少しでも遠くに捨てるやろ。心理的にどうしてもそうなるよな」

今井も「そうですね」と頷く。

「ということはや、もう少し先の方まで行って捨ててるんちゃうかな？この辺は似たような景色が続くし、吉木が勘違いしていることも考えられる。もうちょい先まで行ってみよう」

稲村はそう言って、もう一度ヘルメットを被り直して先へと進んだ。しばらく走った急カーブの所で、バイクをとめて降りてみる。

「今井、ここらはどうや」と崖下を見下ろす。

「そうですね。さきほどの場所と景色も似てますね。谷も深いですし、ここら辺、くさいですね。ロープで下に降りましょうか」今井はそう言って、二人で持参したロープを立木に括り付ける。

「俺が先に降りるから、下に着いてよ～しと言ったら、降りてきてくれ」

今井は「はいわかりました」と言いながら、ロープを縛り付けた立木のそばで待機する。

「途中、不法投棄された洗濯機や冷蔵庫などが木の枝に引っ掛かっているのが落ちてくることがあるんで、くれぐれも気を付けてくれよ」と注意を促した。

今井は「はい、十分気を付けて降ります」と頷く。

稲村が崖下に降りた後、今井も同じように恐る恐るロープを使って下に降りた。

それから数十分、二人で手分けしてあたりを探す。秋とはいえ、動くと汗が噴き出る。手ごたえがないまま捜索を続けていたが、そろそろ別の場所に移動するかと思い始めていたその時、今井が、大型ごみや落ち葉などに混じっていた錆びだらけのバイクを発見した。

今井は興奮して「稲村主任！バイクのようなものを発見しました！」と、大声で稲村を呼んだ。

稲村は「おお！そうか！」と言いながら、藪をかき分けて今井の所に駆け付ける。

「ナンバーは取り外してあってわかりませんが、ヘッドライトが割れていて、車種も吉木が言うものと同じです」そう報告する今井の顔は紅潮している。稲村も気持ちの昂ぶりを抑えられない。

「そうやな、お前、よく見つけたな。すぐにキャップに連絡するわ」と言ってすぐさま携帯を取り出して渡辺へ電話をかけた。

「もしもし、稲村です。西山の峠寄りの崖下で証拠品と思われるバイクを発見しました」

「ほんまか！ようやった！お手柄や！今からクレーン車を手配して行くから、現場保存しといてくれ」と、渡辺の驚いた様子が電話口から伝わってくる。

「はい、わかりました。現場は山頂寄りのカーブの所に、僕らのバイクを二台停めてますので、分かると思います」

「了解。すぐ向かうわ」

渡辺のその声が聞こえた後、慌ただしく電話が切れた。稲村は、渡辺のあんなに弾んだ声は初めて聞いた気がした。おそらく今頃特捜班は大騒動だろうな、と思いつつ、到着まで束の間の休息を取るため、腰を下ろした。

渡辺は自分でも声が弾んでいるのがわかった。周りも何事かと思い、手を止めて渡辺の電話に注目している。渡辺が電話を切った後、隣にいた石井はすぐに「バイク、見つかったんですか」と尋ねた。

「稲ちゃんたちが西山の崖下で錆びついたバイクを見つけたそうや」と答えると、石井や周りの捜査員たちは「それは凄い！」と歓声を上げ、手を叩いて喜んだ。自白があるとはいえ、現物の証拠品があるのとないのでは、公判の進み具合も全く違うのである。

渡辺が「石さん、吉木を留置場から出して引き当たりして（被疑者を現場に連行して確認させること）バイクを確認させよう」と言うと、石井が「わかりました」と力強く頷いた。先日までの取調べで疲れ切っていた石井とは別人のようであった。

バイクの遺留現場は、警察車両やクレーン車などに混じり、報道関係者でごった返していた。そんな中、警察のクレーン車が錆びだらけのバイクを谷底から吊り上げ、トラックに乗せる。立ち会っていた吉木は、何も言わずただひたすらバイクを見つめていた。あの日あの時、ここにバイクを捨てた時のことが昨日のことのように思い出される。あの日のことを忘れたことはなく、あれ以来ずっと良心の呵責に苛まれてきた。子供を轢いた時、ハンドルを通して伝わってきた鈍い感触が両手に蘇ってくるようで、吉木は拳をぎゅっと握りしめた。

渡辺は、崖の上から現場を指揮していたが、ひと段落したところで携帯で園田に一報を入れた。

「もしもし、教官。渡辺です」

「おう、ナベちゃんか。なんか進展あったか」

「実は、今しがた西山の谷底から、犯行に使われたと思われる証拠品のバイクを発見して、クレーンで引き上げて押収しました」

園田はそれを聞いて「そうか、良く見つけてくれたね」と感謝した。三年も前の事件の証拠品を探す大変さは、現場が長い園田にはよくわかっていた。

「はい、詳細は今度お会いした時にご報告させてもらいます」

園田は捜査員たちの苦労を思いやり、「ありがとう。皆によろしく伝えてくれよ」と礼を言った。

渡辺は「わかりました」と言って電話を切った。やっと園田にいい報告ができたことを心から嬉しく思った。そして休む間もなく、警察車両や報道陣の待つ現場に戻る。班長として片づけなければいけない仕事が、まだ山のように残っていた。

15　実務研修

事件の進展は気になるものの、園田の今の仕事は警察学校の教官であり、粛々と役割を果たす。

園田は教場で生徒たちに実務研修の心構えを話していた。

「明日から一〇日間の実務研修だ。実務研修はそれぞれ警察署に赴いて、実際に交番で先輩と同一勤務をする。初めての経験でわからんこともあるやろうけど、今日のうちにしっかり準備をしておくように」

　生徒たちは「はい」と答えるが、皆緊張している様子である。

「いつも言っているが、挨拶だけはしっかりするようにな。警察署には一般の方も訪れるので、警察学校みたいに大きな声は出さなくていいが、キビキビした態度で自信をもってやるように。それから、わからないことがあれば、その都度先輩に聞くように。わかったな」

　生徒たちは園田をまっすぐ見て、「はい」と大きな声で返事をした。この数ヶ月で随分頼もしくなったな、と園田は感慨深げにその様子を見て頷いた。


　その日の夜、河原町署に研修に行くことになった三人が自習室に集まり、明日からのことをミーティングしていた。森崎と前澤と西口である。

　西口が「河原町署には、俺と森崎と前澤の三人が行くんやな?」と言うと、前澤は「そうや。河原町署は忙しい署やから、大変やと聞いてる。いややな」と言った。

「署長や副署長への申告は、森崎がしてくれるんか?」と西口が聞くと、森崎は「ああ。教官から言われてるから、俺がするわ」と事もなげに答える。いつも分隊長としてリーダーシップを発揮しているので、こういったことには慣れている。

　逆に、人前で話すのが苦手な西口と前澤は「頼むわ」と言い、「森崎が一緒やと心強いわ」「そうやな」と頷きあった。森崎は、まだあどけなさの残る年下の二人の様子を苦笑しながら見ていた。明日からの研修がどんなものになるのか、期待と不安を感じているのは、年上の森崎も同様であった。

次の日の朝、河原町署には、制服に身を包んだ森崎と前澤と西口の三人の姿があった。副署長席の前に立ち、帽子を右手に持ちながら申告をする。

まず森崎が「申告いたします。初任科第333期巡査　森崎誠」と言う。次に前澤と西口が「同じく、前澤信彦」、「同じく、西口幸介」と続く。

森崎が最後に「以上三名の者は一〇日間の実務研修を命ぜられました。ここに謹んで申告いたします」と申告する。若々しい元気のいい声が署内に響きわたった。

副署長は三人の顔をぐるりと見まわして「園田学級やな」と聞く。三人は「はい」と答える。他の学級に比べ、よく鍛えられている感があり、各自の目つきにも鋭いものがある。

「河原町署は市内で一番忙しい署で、取扱いも多い。頼んだぞ」と檄を飛ばした。

三人は「はいっ、頑張ります！」と大声で答える。

副署長は「よし」と言いながら、頼もし気に生徒たちを見た。

前澤は三条河原町交番の勤務となった。先輩巡査に指導を受けながら、一般人からの遺失物取扱書を書いていく。記入には様々なルールがあり、一口に落とし物と言ってもなかなかすぐには書けない。まだまだ慣れないが、懸命に覚えようとする姿は、先輩巡査から見ても好感が持てた。先輩巡査も、自分も昔はこうだったな、と懐かしい気持ちになりつつ、前澤に指導していった。

こちらは綾小路寺町交番にいる西口である。交番前でバイクに乗った大学生風の男を止めて、先輩巡査とともに無線を使って賍（ぞう）品照会などの各種照会をしている。

西口が「綾小路寺町から河原町」と呼びだすと、本署が「河原町です。どうぞ」と答えた。

「現在、バイクに乗った男性を職務質問中ですが、賍品照会一件願いたい。どうぞ」

「送れ。どうぞ」

西口がバイクの車種、ナンバープレートを読み上げる。「ナンバー、中京区　もみじの「も」、36―●●　ヤマハメイトです。どうぞ」

本署から「了解。しばらく待て。どうぞ」との返答を受け、待機する。

五分ほどして、本署から「河原町から綾小路寺町」と連絡が入った。

待っていた西口はすぐに「綾小路寺町です。どうぞ」と答える。

「先程照会のバイク、昨日深夜に祇園署管内で盗難被害に遭っているバイクと判明。どうぞ」

「了解しました。ありがとうございました」と答えて無線を切ったが、興奮は隠せない。まさかこんなに早く犯罪にぶち当たるとは思ってもいなかったのだ。

慌てて、「先輩、このバイク、昨日祇園署管内で盗まれているそうです」と告げた。

先輩巡査は「そうか、ブツか。一応本署まで任意同行を求めて、そこで詳しく事情を聴こう」と落ち着いた様子で処理を始めた。西口にはその背中が大きく見えた。

河原町署取調室に男を連行した後、先輩巡査が取調べを行うこととなった。西口は横についている。容疑者は友達からもらったなどと、いい加減な供述を繰り返していた。

先輩巡査が「君は、仕事は何してるんや」と聞くと「東山大学三回生です」と答える。さらに「学部は」と聞くと「法学部です」と言う。

先輩巡査が「法律をかじってるようやけど、正直に話した方が君のためだぞ」と諭すが、容疑者は「正直に話しています」と動じない。

「それじゃあ、友達はどこの誰か言ってみろ」と問い詰めても、「友達に迷惑かかりますので、言えません」となかなかしぶとい。

そんなやり取りをしばらくしていているところへ、ドアをコンコンとノックして刑事課盗犯係の篠田刑事が入って来た。篠田は、いきなり平手で机をバ～ンと叩いて「こら～っ」と一喝する。容疑者は勿論驚いたが、生来気の弱い西口も先輩巡査の隣で椅子から跳び上がった。

篠田は容疑者の方に身を乗り出して「嘘をつくな。近くの防犯カメラに、辺りをキョロキョロ伺いながら、バイクを盗んで乗って行くお前の姿が映ってたぞ。これでもまだ白切るんか」と詰め寄った。

容疑者は篠田の勢いに押され、「嘘ついてすいませんでした。バイトからの帰り、鍵付きのまま止めてあったバイクがあったので、盗んで今まで乗ってました」とあっさり自白した。先ほどまでのふてぶてしさはすっかり影を潜めていた。西口は、本職の刑事の迫力と巧みな心理戦に感心するばかりであった。

篠田は「それじゃ、自供書を書いて、正直にこのお巡りさんに話すんや」と言って、先輩巡査に引き継ぐ。容疑者は「分かりました」と言って、盗んだ時の状況を素直に話し出した。やはりまだ二〇歳そこそこで、そんなに擦れてはいないのが救いであった。

その後、先輩巡査が被疑者供述調書を作成し、西口は先輩巡査の指導で緊急逮捕手続書を作成した。西口にとっては初めての逮捕劇で、緊張と興奮に包まれた体験となった。

16　実務研修を終えて

一〇日間の実務研修を終え、教場には研修先から戻ってきた生徒たちが集まっていた。実務研修を終え、少し面構えが変わった生徒たちを前に、園田が話し出した。

「一〇日間の実務研修で、皆、いい体験ができたと思う。体験談については、後で一人ひとり発表してもらうが、その前に、西口が職務質問でオートバイ盗の男を検挙した功労で河原町署長から表彰状が届いているので伝達する」

生徒たちは異口同音に「へ〜っ。西口か、すごいな〜」と驚いていた。

園田が「西口、前へ」と促し、西口が「はい」と言って、前へ進む。

「表彰状。初任科第３３３期　西口幸介殿。君は職務質問により、オートバイ盗を検挙した功労が大であるので、賞金を添えて表彰する」

西口は深々と頭を下げて、園田から表彰状と賞金を受け取った。

生徒たちは西口の周りに集まって、「西口、良かったなあ。賞金はなんぼあるんや。開けて見せて」と口々に言う。

西口が園田に「教官、開けてもいいですか？」と聞くと、園田は「皆に見せてやれ」と頷いた。

封筒をはさみで切って開けると、そこには、セロハンテープで貼りつけられた百円玉が三枚入っていた。寺井が「あはは。なんや、泥棒捕まえてもたったの三百円か」と笑う。

園田はそれを聞いて「金銭の問題じゃない。警察官の職務として行った行為に対するものだから、感謝の気持ちを持たなければいけない」とたしなめた。

寺井は頭を掻いて「すいません」と言い、西口に向かって「ごめんな」と詫びた。西口は笑って「ええよええよ」と頷いた後、三百円と表彰状を感慨深げに見ている。少額ではあるが、自分の行動が認められた気がして、素直に嬉しかった。これからの長い警察官人生で、こうした表彰を何度受けられるんだろう、とふと思う西口であった。

その日の休憩時間、福田は寮母の杉山さんに制服の取れたボタンを付けてもらっていた。杉山は雑談をしながら器用にボタンを付けていく。

「福田君、実務研修はどうだったの」

「はい、色々と勉強になりました」

「第一線の厳しさが少しはわかったかい」

「はい、祇園署でしたが、ほとんど徹夜勤務でした」

「それはお疲れ様やったね。中には階級が一つ上だけでも偉そうにするのがいるやろう。皆の前で長々と説教したりして。パワハラってもんじゃないよ。うちの主人も捜査二課の時、本庁からきたキャリアの捜査二課長にイジメられて亡くなっちまってね。課長ったって三〇歳前で何も経験のない人だよ。そんな人に毎日毎日イジメられてたら、誰だっておかしくなるよね」

福田が顔を顰めて「酷いですね」と心から同情した。自分の父も同じように亡くしているので、他人事とは思えなかった。

杉山はその時のことを思い出し「ああ。今でも思い出したら夜も眠れないよ。あとで同僚の人から聞いたんだけど、取調べ官として失格だとガンガン怒鳴られていたんだって。何もそんな偉そうに言わなくてもいいのにね。毎日深夜に疲れ果てて帰って来てたよ」

「深夜ですか」

「そうだよ。主人が久し振りの休みに山でも登って来るわ、と言うものだから、アンタ疲れてるんだから止めとき、と止めたんだけどさ。気晴らしに行くと言って、リュックを背負って出かけたのが、主人を見た最後になってしまってね……。崖から落ちて亡くなっちまったんだよ。何故あの時もっと止めなかったのか、悔まれて仕方ないよ」

福田は何か言おうと思ったが、かける言葉が見つからなかった。

「同僚の人が、労務災害補償を申請したらどうですか、と教えてくれたけど、突然のことで何をどうして良いか分からなくてね、結局何もしなかったんだけど。その時に、公益通報者保護法というものがあるので内部告発してあげましょうか、と言ってくれてね。気持ちは嬉しかったんだけど、その人にも迷惑がかかるし、亡くなった主人が還って来るわけでもないし、泣き寝入りしたのよ」

福田は、聞きなれない言葉だったので「公益通報者保護法ですか」と聞き返した。

「内部告発制度のことだよ。一応、内部告発した者は不利益な処分は受けないと言われてるけどさ。それは建前だけで、実際は遠くの日本海の方に飛ばされたりしてるみたいだね」と、杉山が教えてくれた。

そして杉山は「そうそう、イジメで有名なのは宇治東警察署の黒木って署長だよ。女癖は悪いわ、部下はイジメるわで最低の男だよ。昨年もキャリアの交通課長が保津峡の大橋から飛び降り自殺して亡くなったって話だよ」と言った。福田は、思わぬ男の名前が急に出てきたので驚いた。それも今度はキャリアの部下を自殺させたらしい。

福田が「キャリアの方がですか」と聞くと、杉山は「ああ。交通課長と言っても、大学出たての二十三歳だよ。交通違反切符の検挙件数が少ないだの、この能無しがだの、挙句はキャリアが聞いて泣くぞなどと朝礼の時に皆の前でいつも叱られていたんだって。できないのを指導するのが署長の役目と思わないかい。キャリアをイジメたりキャリアからイジメられたり。仲間内で揉めていたら、悪に対して敢然と立ち向かえないと思うんだけどね」と言った。

福田は心の底から「そう思います」と頷いた。

杉山は「福田君も所轄に出て、もしいじめに遭ったら、一人で悩まず園田教官に相談するんだよ」と優しくアドバイスする。福田は「はい」と答えた。

ちょうど話のキリがいいところでボタンがつけ終わり、福田はお礼を言って立ち上がった。ボタンと共に心も繕ってもらった感じのする福田であった。

第七章　それぞれの旅立ち

1　園田学級卒業試験初日

卒業試験は卒業一ヶ月程前に行われるもので、全科目記述式である。生徒たちは日頃、予習復習をしっかりして授業に臨んできた。いよいよその成果を見せる時だ。ただ一番緊張する時でもある。

憲法行政法担当の大島が、答案用紙を配って説明する。
「これから、憲法行政法の試験を実施する。問題は黒板に書くので、始めの合図で始めて、止めの合図で止める。皆知ってると思うが、不正が発覚すれば即退校だ。いいな」
生徒たちは一斉に「はい」と答える。いつもは眠気を誘う大島の声だが、今日はさすがによく耳に入ってくる。大島は黒板に問題を板書する。
第一問　基本的人権の尊重について　（五〇点）
第二問　地方公務員の服務上の義務について　（五〇点）
大島が「今、八時四十五分だから九時四十五分までだ。始め！」と言い、生徒たちは一斉に鉛筆を走らせる。ピンとした緊張感が教場中を支配する。頭を抱える者、スラスラと回答していく者、目を閉じて勉強の成果を思い出そうとしている者、様々であった。
二時限目は園田の担当で、警察法・警務の試験である。大島と同じように答案用紙を配り、黒板に問題を板書する。
第一問　警察の責務について述べよ　（五〇点）
第二問　警察の職務倫理の基本について述べよ　（五〇点）
続いて午後からの三時限目の刑訴法も園田の担当だ。黒板の問題は次の二つだ。
第一問　正当防衛について述べよ　（五〇点）
第二問　緊急逮捕について述べよ　（五〇点）

答案用紙を回収する園田も、生徒の出来が気にかかる。集めながら回答用紙を見ると、長短はあるが、皆一応何か書いて埋まっているので、一安心といったところであった。

一日目の試験が全て終わって、生徒たちがミーティング・ルームの丸テーブルを囲んで今日の試験について感想を話し合っていた。

井田が「職務倫理の基本、やっぱり出たな」と言うと、内山が「あぁ、福田に覚え方を教えてもらっててよかったわ」と福田に感謝した。同じ特訓組の宮本も「ああ、『ホジンキジンセイ』、俺も書けたわ」と嬉しそうに言う。

寺井が「法学が終わって、ホッとしたな。明日の実務は何とか書けそうやしな」と持ち前の楽観主義を出すと、内山は「あんまり、油断せんほうがいいで。特に警備の田中教官なんか難しい問題出すんと違うか」と警戒する。

「そうやな、ちょっと変わった教官やしな」と寺井は思案顔だ。

井田は「警備はヤマ掛けにくいなあ」といささか諦め気味である。

そうやってワイワイと今日の試験を振り返り、明日以降の試験について意見を交わした。

2　園田学級卒業試験二日目

二日目一時限目の犯罪捜査も園田の担当である。

第一問　適正捜査の必要性について述べよ（五〇点）

第二問　現場保存の実施上の留意点について簡記せよ（二十五点）

第三問　備忘録について記せ（二十五点）

試験中、園田は教壇から降り、皆が書けているかどうかを見て回る。特に寺井が気になるが、なんとか書いているようでホッとする。一番書きやすい第3問の「備忘録」ばかり一生懸命書いているような気もするが、答案用紙の空間を埋めてくれてるだけでもありがたい。さすがに白紙で提出されると、点の付けようもないからだ。

二時限目は地域試験で、鈴木が担当だ。

第一問　地域警察の任務について述べよ（五〇点）

第二問　地域警察官の心構えについて述べよ（五〇点）

職務質問の実務で、不審者の梅田教官を汗だくで追いかけた高本も、今は静かに机に向かっている。自転車の車体番号の位置を思い出しているのかもしれない。

三時限目は赤藤が担当する交通試験だ。

第一問　交通取締りに当たる警察官の基本的な心構えについて述べよ（五〇点）

第二問　車両検問の法的根拠について述べよ（五〇点）

白バイ隊員志望の村田は、授業内容が全て頭に入っているようで、スラスラ答案用紙を埋めていく。父親が園田のおかげで堅気になり警察官への道が開けた身としては、ここで落第点を取るわけにはいかない。ほとんど徹夜勉強の二日間である。
続いて四時限目は、谷川が担当の生活安全試験である。
第一問　少年の処遇の基本について述べよ　(五〇点)
第二問　ぐ犯少年について　(二十五点)
第三問　特異家出人について　(二十五点)
第二問を見て、井田は思わず「ぐ犯てなんや」と呟いた。福田から学科の特訓を受けた一人だが、福田からも聞いた覚えがない。とりあえず書けそうな第三問「特異家出人」から取り掛かることにする。制限時間以内に「ぐ犯」も思い出せるといいのだが……。
五時限目は曲者の田中教官の警備試験である。
第一問　警備犯罪捜査の基本的な心構えについて述べよ　(五〇点)
第二問　警備部隊員五則について箇記せよ　(二十五点)
第三問　警衛の種別について箇記せよ　(二十五点)
どこからか溜息が漏れるのが聞こえる。特に「第三問」は、これ習ってないぞと言いたくなる設問で、田中を「変わっている」とマークしていた寺井も頭を抱えた。

3　園田学級卒業試験最終日

三日目の最終日は、筆記試験と実技の昇段審査を兼ねている。

一時限目は柔道、二時限目は剣道、三時限目は逮捕術で、午後の四時限目は射撃であった。

やはり鬼門は射撃であり、「ガク引き」を直すよう福田に特訓してもらった河本、井田、内山の三名も必死に的を狙っている。射撃場内はパーンパーンと激しい音とともに煙が充満する。

森山教官の「止め～っ」という合図で全員射撃を止め、教官の「弾をあらため」の声で撃ち残しはないかを確認し、全員大きな声で「よし」と言う。そして教官の「銃をおさめ」の合図で銃をホルダーに収めた。

「軽く軽く」と念じながら引き金を引いていた三人の弾は、隣の的まで行かずになんとか自分の的の中に納まっているようだった。

こうして全ての卒業試験が終わった。果たして合格したのだろうか、という不安もあったが、それよりもやっと試験から解放されたという安堵感の方が強く、みな一様にほっとしたような面持ちであった。

夕刻、生徒たちが丸テーブルを囲んでコーヒーを飲んでいた。コーヒーの香りとともに和やかな雰囲気が室内に漂っている。

井田が「やっと全科目試験が終わったな」としみじみ と言う。

内山が「そうやな、法学よりか実務の試験の方が難しかったな」と応じ、寺井も「警備の問題で警衛の種別なんて、習ってないもの出すって、やっぱり田中教官は変わってるな」と苦しめられた警衛の問題に愚痴をこぼした。

しかし福田は「田中教官、言ってたやないか。京都御所があるから、天皇陛下など皇族方が見えられるので警衛が多いって。その時に、身辺警護とか宿舎警護とか沿道警護とかあるって言うてはったで」と返した。井田が「そうや、俺、それ書いたわ」と応じると、寺井は「そんなん、俺書けへんかったわ」と口を尖らす。

内山が「お前、居眠りしてたんと違うか」とちゃかして、井田が「大島教官やったらグラウンド一〇周走らされてるわ」と混ぜっ返す。

福田も「田中教官で良かったな」と寺井の肩を叩くと、寺井も「福田、お前も結構言うやないか」と突っ込み返す。

そんな何気ないやり取りが楽しく、全員「あはは!」と大声で笑った。試験の終わった解放感で、笑い声の絶えない生徒たちであった。

4　園田家での打ち上げ

園田は卒業試験の採点も終わり、自分の担当する科目の追試を受ける者が誰もいないことが分ってやれやれと思っていた。なんとか無事に大役を果たせたな、と思いつつ、一つ大きく伸びをした時に、組対の渡辺から園田の携帯電話に着信があった。

「もしもし、ナベちゃんかい。ご苦労かけてるね」

「教官、とんでもありません。実はやっと事件が片付きましたので、今度の日曜日にでも、報告にご自宅の方に寄せて頂いてもよろしいでしょうか」

園田は「え〜っ、もう片付いたのかい」とそのスピード解決に驚く。

「はい。石井、稲村など五人で寄せて頂きたいと思うのですが……」

「生徒の卒業試験も終わって、ひと段落したところだ。ぜひ来てくれ。待ってるよ」と答えた。

久しぶりの園田軍団再会が今から楽しみであった。


冬の日曜日の午後、渡辺、石井、水島、八木、稲村の五人が、園田の自宅を訪れた。

叡山電鉄一乗寺駅からケヤキ並木を抜け、歩いて一〇分足らずの高台の住宅街だ。五人が駅から歩いて園田宅に向かうと、園田が玄関前で待ち受けていた。家は主人の性格を反映したような質素な日本家屋だ。

「忙しいのに、良く来てくれたね」と園田が微笑みながら挨拶する。

渡辺が「いえいえ。大勢で押しかけてすいません。やっと起訴になり、昨日拘置所に移監して身柄も離れましたので……」とお辞儀をした。

「そうか。皆上がって、上がって」そう言って園田は家の中に招き入れる。

皆は「お邪魔します」と、一礼して家の中に上がった。

出迎えた良子がニコニコしながら「皆さん、お疲れ様でした。どうぞ、どうぞ」と奥の座敷に案内する。全員旧知の仲だ。

渡辺が「まず、久美ちゃんにお線香をあげさせてください」と言うと、園田は「ありがとう、久美子も喜ぶよ」と言って仏壇の前に皆を案内した。

「久美子、皆さん来てくれたよ」と園田が言い、一人ひとり、小さな仏壇の前でお線香をあげて数珠を手にお参りをする。園田と良子も後ろに座って手を合わせた。みんな言葉は発しなかったが、様々な思いが胸の中に去来していた。


お参りが終わると、渡辺が代表して「長い間お待たせいたしました。やっと逮捕することができました」と園田夫婦に向かって報告し、刑事たちも深々と頭を下げた。

園田は「いや、迅速に処理してもらって感謝してるよ」と言って皆を労った。そして立ち上がって「さぁさぁこちらに。気持ちだけの食事を用意してるんで」と隣の座敷に案内する。そこには既に料理が準備されており、京都名物の鯖寿司、湯豆腐、牛カツの他に園田と良子の郷里・熊本名物の馬刺しや辛子蓮根がテーブル狭しと並べられていた。

良子が「なにも大層なものはありませんが、どうぞ遠慮なく召し上がってください」と園田とともに皆にビールを注ぐ。

「皆、本当にありがとう。今日はゆっくりしてってな」と園田が言い、みんなでコップを掲げて「頂きます」と乾杯した。

石井が早速料理に手を付けて「この馬刺し、うまいです」と言いながら馬刺しを頬張る。

良子がホッとして「ああ、良かった。田舎の料理なので、お口に合うかと思って」と言う。

稲村も「いや〜、口の中でとろけるようです」と言いながら、口いっぱいに頬張った。

「稲村さん、主任になられてからお世辞も上手になって」と良子が冷やかすと、稲村は赤くなって照れる。そんな稲村を見て、他のみんなは「あっはっは」と顔を見合わせて笑った。園田は、稲村が新人時代、皆に可愛がられていたのを思い出す。

八木は「この辛子蓮根、辛子がよく利いていますね」と涙目で言った。良子が「ああ、ごめんなさい。少し辛子を入れ過ぎたかしら」と謝ると、八木が慌てて手を振って、「いやいや、鼻につ〜んと抜けるのが何とも言えません。これ、奥さんが作られたんですか」と尋ねた。

「ええ。時々熊本の主人の実家から送って来るのを真似て、蓮根の穴に辛子を入れてパン粉で揚げたんですけど。次は辛子控え目にしますね」

渡辺は笑いながら、「少し脳を刺激した方が昇任試験に受かるんじゃないか」と冗談を言うと、全員、「わはは。そうやそうや」と手を叩いて笑った。

八木も笑顔で「はい、次の昇任試験、頑張ります」と言いながら、またひとつ辛子蓮根をシャキシャキと食べた。

そんな風に和やかに食事が進み、ひと段落したところで園田が口を開いた。

「それにしても、皆少し見ない間に成長して、今回は本当に良くやってくれた。感謝してるよ」と改めてお礼を言う。良子も「そうですね。三年も経つので諦めていましたが、皆さんよく犯人を突き止めてくださいました」と頭を下げた。

渡辺は思わず「滅相もない。時間がかかってしまってすいません」と恐縮する。

「教官に情報をいただいたおかげで……」と渡辺が言おうとしたが、園田は手を横に振って遮り、「いやいや、みんなが頑張ってくれたおかげや。さ〜さ〜、ビールも酒も、焼酎もあるのでどんどん飲んでよ」と言った。自分の提供した情報などきっかけに過ぎない。みんなの粘り強い捜査と取調べの結果である、ということを園田はよくわかっていた。

良子はビールが空になるのを見計らって、「石井さんと稲村さんは芋焼酎のお湯割りだったかしら」と聞いた。

石井と稲村は「はい。覚えていてもらってありがとうございます」と答える。

良子は「それじゃ用意しますので、しばらく待っていてくださいね」と言って、台所に立った。

良子の後姿を見送りながら、園田が具体的な取調べの詳細を尋ねた。

「それにしても、ナベちゃん、よく源治を落としてくれたな」

「源治が落ちたのは、石さんが吉木を落としてくれたからですよ。皆の援護射撃があってのことです」あまり自分の手柄をひけらかさないのが渡辺の人柄である。

園田は頷いて「そうか。捜査はなんと言ってもチームワークだね」と言うと、渡辺は「捜査はスピードとタイミングとチームワークだ、と教官はいつも言われていましたよね」と言う。

園田は照れくさそうに「そうだったっけ」ととぼけたが、横から石井も「捜査は生き物だとか勢いだとか、ずいぶんと名言を教えてもらいました」と言った。

「しかし、よくバイクを発見できたね」と、園田は前から気になっていたことを聞いた。

渡辺が「あれは、稲村と今井が見つけてくれたんです。今井は強行犯係から応援に来てくれている刑事です」と答えた。

「おお、さすが、稲ちゃんだ。もう一人の今井というのは？」

「確か、今井のお母さんは警察学校の食堂で働いてるとか」

「ええ〜っ、あの今井さんの息子さんか」園田は不思議な縁に驚いた。

渡辺は「稲村と今井は当直が一緒でして、その日も徹夜でした。午後から直明けして少しでも休むように言ったんですがね。二人は気になるところがあるんでバイクで行かせてください、と言うものですから」とその時の状況を説明する。

「稲ちゃん、直明で疲れていたろうにご苦労だったなあ。こんな形で重要な証拠品を発見・押収してくれるなんて痺れるね。鳥肌が立つよ。本当にありがとう」と感謝して頭を下げると、稲村も慌てて頭を下げた。

「それにしても実行犯の吉木を良く落としてくれたね」

するど渡辺は石井の方を見て「あれは、石さんの粘り勝ちです」と言った。

「今の取調べは、気力と体力がいるからな。石さん、大したもんだ」

「教官から、吉木の可愛そうな生い立ちや、愛情に飢えてるからそこら辺を徹底的に洗ってみろ、と言われました。二〇日間も否認されて押し口もなくなりかけましたが、教官に教えて頂いた吉木の子供のことを最後の切り札として突きつけたところ、動揺しましてね。それが最後の一押しになりました。ほんとに教官のおかげです」

実際、あの時はタイムリミットが迫っているにも関わらず、ほとんど進展がなく八方塞がりであった。園田からのアドバイスをもらえていなかったら、事態は違った方向に動いていただろう。そう思うと、石井は感謝してもしきれなかった。

「それと、吉木のアパートの冷蔵庫の中から、水島がパイナップルを見つけてくれたんです」と渡辺が報告する。

「へ～、最近、パイナップルなんて珍しいんじゃないのか」

「そうですね。府警では二〇年ぶりとのことです」と渡辺も頷く。

「それにしても、冷蔵庫の中からよく見つけたね」と園田が感心すると、水島は「教官、ガサの時にはいつも言ってたじゃないですか。『紐が下がってたら引っ張れ、冷蔵庫があったら開けてみろ』って」と言った。

「そんなことも言った気がするな」ととぼけると、皆も「ワッハッハ」と大笑いだ。

「紐は下がってなかったので引っ張りませんでしたけど、一人住まいにしては大きな冷蔵庫があったので開けてみたんです。中はヤツがやってるたこ焼きの材料がギッシリ詰まってましたので、探すのを止めようかと思いましたが、皆が手伝ってくれたので野菜などを全部外に出してみたんです。すると奥の方に果物のパイナップルがありましたのでそれも出したところ、そのさらに奥に何かタオルに包んだ物がありましてね。引っ張り出して手にしてみるとズシリと重く、鉄の塊のようでした。開けて見て、吉木に『これ何や』と尋ねたのです。すると吉木は『刑事さん、リンゴに見えまっか』と言うのです。ひょっとしたら手投げ弾じゃないのかと思いまして、吉木にこれ本物かと尋ねたのです。ヤツ、何と言ったと思います。『玩具に見えまっか』と言いよるんですわ。写真撮影して科捜研で鑑定してもらったところ、ベトナム戦争当時のものとわかりました」

「そんなものまで持ってたとはね。よく見つけたね」と園田は感心して聞いていた。

石井は「吉木は、源治から何回も半殺しの目に遭った上に、毎月多額の上納金を取られてますので、今度何かあったらヤサに放り込むつもりやったそうです」と報告した。

渡辺は「それから、源治のヤサの犬小屋からハジキ一〇丁とマメ（実包）百発押収しました」と言った。園田も源治の自宅は何度か急襲しているので、シェパードのこともよく覚えていた。

「おぉ、あのシェパードの犬舎からか」

「これは八木が犬舎を掘り起こして押収してくれました」

「八木ちゃん、お手柄だったね。それにしてもあの獰猛なシェパードによく噛まれなかったね」

「実は、僕の同期生に犬好きの藤井というのが直轄警察犬訓練所にいるんです。それで、獰猛なシェパードを大人しくさせるにはどうしたらいいか、相談に行ったんです」と八木が言う。

「警察犬訓練士か。良い所に目を付けたな」

「はい。すると藤井は、ガサに一緒に行ってあげるで、と言って来てくれたんです」

園田が「有り難きは同じ釜の飯を食った同期だね」と言うと、八木も「本当にそう思いますね。庭に出ると、あの大型のシェパードが今にも噛みつかんばかりに牙をむいて吠えますので、これはダメかと諦めかけていたんですが、藤井が犬に近づいて、『よし、よし』と言って手のひらを二〜三回上下させたんです。すると犬は急に吠えなくなり、そのまま犬舎から連れ出されていきました。あの時は、犬が魔法にかけられたようで、立ち会っていた花子も我々捜査員もあっけに取られました」とその時の光景を思い出す。

園田が深く頷くと、八木は「そこで、犬舎の下をスコップで掘り起こしたところ、工具箱が出てきまして。それを開けてみたら、タオルに包まれて一丁、一丁、油紙に包まれたハジキとマメが出てきたんです」と報告した。

「場外満塁ホームランだね」

「いやぁ、あの時の喜びと銃の重さは今も忘れません、もしかしたら二〇丁はあるんじゃないかと思いました」と八木が言うと、すかさず渡辺が「それは欲張り過ぎや」と突っ込んだ。一同「ワッハッハ」と大笑いであった。

渡辺が「源治はハジキとマメについては知らぬ存ぜぬと否認してましたが、ハジキとマメを錆びないように包んでいた油紙から源治の指紋が検出されたことを告げると、最後には、抗争事件に備えて準備していたと自供しました」と報告する。

「そのハジキとマメは合うものかい」

「はい。全部適合実包で加重所持（けん銃と適合実包の両方を所持していること）と、殺人と銃刀法、火取法、シャブの使用と所持などで起訴になりましたので、懲役三〇年は固いと思います」

「源治のヤツ、今七〇だから生きてはシャバには出られんかも知れんな」と園田が呟く。

「源治がパクられてからは組員は皆逃げてしまい、面会に来るものも誰もいませんでした。昨日、拘置所に移監される前にどうしても私に話したいことがあると言うものですから、調べ室に出して話を聞きました。少し雑談をして、拘置所では身体に気を付けるようにと話をしていましたら、源治は突然八坂組を解散しますと言い出しましてね。びっくりしましたよ。それで祇園署長宛に解散届を書かせて提出したんです」

「ということは、八坂組壊滅か」

渡辺は頷いて「その時源治が、園田さんには何と言ってお詫びしたら良いかわかりません、と涙ながらに言ってました。ヤツなりに、この数日間でいろいろと思うところがあったのかもしれませんね……」と言った。

園田は「源治が涙か……。これでこの事件も一区切りやな。皆良くやってくれた、ありがとう」

と感謝し、改めて全員に頭を下げた。その目尻には、うっすら涙がにじんでいた。

5　卒業試験結果

試験から数日後の教場には、いつもと違う緊張感が漂っていた。

「今から卒業試験結果について発表する」そう言って園田が一人ひとり名前を呼び、答案用紙を返していく。皆張り詰めた表情で採点された答案用紙を受け取る。

園田がにこやかに「全員、追試を受ける者もいなくて、合格だ」と言うと、生徒たちは歓声を上げて「やったぁ！」と、お互い顔を見合わせて手を叩いた。

「次は術科についてだ。まず、けん銃については全員初級に合格だ。柔道と剣道については、無段者の者は全員初段に昇段。けん銃と逮捕術は全員初級に合格だ」

それを聞いた生徒たちは「おぉ、これで皆一緒に卒業できるなあ」と喜び合った。

「これも、有段者が特訓してくれたおかげだ。みんな感謝の気持ちを忘れないようにな」と園田が言うと、西口や寺井などの特訓組は「はい！」と、森崎や高本、福田の方を見て頭を下げた。特訓に付き合った生徒たちも、無事に全員合格できたので、ほっとして笑顔がこぼれた。

園田は「これで全員揃って卒業できる。水を差すようだが、何でももう少しというところで思わぬ事故や不祥事が起きるものだ。卒業まで気を緩めることなく行動するように。いいな」と注意する。生徒たちは「はい」と言って、今一度気を引き締めるのだった。

6　スタッフのおばさんたち

西口が珍しく寮当番室に顔を出した。

「寮母さん、卒業旅行で北陸の方へ行って来ましたので、茶道クラブからのお土産です」と言って小ぶりの品物を渡す。

西口によると、生徒たちは毎月積立をしていて、先日一泊二日で東尋坊へ卒業旅行に行って来たとのこと。夜の宴会では、全員浴衣姿で園田と井本に入れ代わり立ち代わり酌をしたそうだ。日頃は厳しい表情を崩さない井本が、ほろ酔い加減で陽気になっていたのが意外だったようだ。

杉山はもらったお土産を見ながら「いいのかい、こんなん頂いて」と恐縮する。

「どうぞ、抹茶茶碗です」

杉山は「え～！」と言いながら包みを開けると、中から色鮮やかな茶碗が出てきた。

「これ九谷焼じゃないの！」と驚く。

「寮母さん良くわかりましたね」

「北陸と言えば九谷焼は有名だからね」と、手に取って色鮮やかな五彩（赤青緑紫紺の五色）模様を眺めた。「色具合も良いし、西口君センス良いね」と褒めると、西口は「いやぁ、実はこれ、園田教官が選んでくれたんです」と種明かしをした。

「そうだったんだね。本当に嬉しいよ。一生の宝物にするわ」と両手で茶碗を抱え込む。旅行先でわざわざプレゼントを買ってきてくれたみんなの気持ちが嬉しかった。茶道クラブに誘ってくれた上にお茶碗までプレゼントしてくれるなんてと、と感激の杉山であった。

売店では、高本が書籍を持ってレジの前にいた。

売店の西村が「もうすぐ卒業だね。柔道、良く頑張ったね」と柔道大会での活躍ぶりを褒める。

「ありがとうございます。あの時は優勝できてよかったです。なんとか卒業もできそうですし、ほっとしています」と高本もお礼を言う。そして持っていた本を手渡した。

「『捜査報告書の作成要領』と『供述調書の取り方』の二冊だね。二冊で四三〇〇円になるね」とレジを打ち、高本が代金をちょうど支払った。

本の題名を見て「高本君は将来刑事になるのかい」と西村が聞くと、高本は「はい、組対の刑事になりたいと思っています」と答えた。

「園田教官みたいな刑事になりたいんだね」

「よく分かりますね」

「そりゃぁ分かるよ。人間味のある教官だから、生徒はみんな憧れるんじゃないの。生徒以外にも人気があるしね」スタッフや教職員の間でも園田人気は相当なものだ。

「でもさ、京都では暴力団同士がチョイチョイ抗争事件を起こすから、気を付けるんだよ」と、亡き夫が組対刑事で苦労していた頃を思い出して、アドバイスをする。

高本は「はい、ありがとうございます」と答えた。一歩間違えれば死に至る過酷な職場にこの純粋な若者が旅立つ。そう思うと西村は、無事を祈らずにはいられなかった。


食堂で遅めに夕食を取っている福田に、エプロン姿の今井が声をかけた。

「福田君、明日卒業だね。配置先はどこだったの」

「河原町署です」と口いっぱいにご飯をほおばったまま、福田が答えた。

「あそこは忙しいから、身体にだけは気を付けるんだよ」

「はい、ありがとうございます」

食堂のご飯を食べるのもこれで最後かと思うと寂しくもあり、また一〇ヶ月間毎日おいしいご飯を作ってくれたことをありがたく思った。

「ところで、園田教官のお嬢さんの事件、捕まってよかったね。それにしてもヤクザは酷いことをするね。教官の取り締まりがきついからって、あんな幼い子供を襲って殺すなんて、あんなの絶対に許せないね」と今井は怒りを露わにした。

「そうですね、それにしても組対は三年前の事件の犯人をよく割り出しましたね」

「あれは園田教官が突き止めたんだよ」

福田は「ええ～っ、そうなんですか」と驚く。

「教官の執念だね。随分つらい思いをされたから……。解決して本当に良かったよ。そういえば売店の西村佳代ちゃんのご主人をけん銃で撃って逃げていた犯人だって、昔教官が捕まえたんだから。園田教官は凄い人だよ」と園田の過去の一端を明かした。

「そんな事があったんですか。園田教官は本物の執念の刑事なんですね！　それにしても今井さん、いろんな事を知ってるんですね」と今井の情報通に感心する。

「あらいやだ。前にうちの息子が祇園署の刑事やってるって言ってたやない」

「ああ、そういえばそうでしたね」

「うちの息子、強行犯係なんだけどさ。組対の特捜班に応援に行ってたのよ。その特捜班は、渡辺キャップ以下ほとんどのメンバーが園田教官が仕込んだ捜査員で、園田軍団と言われててね。皆、フットワークも軽くて頭の回転もいい集団で、他からも一目置かれているそうよ」

「へー！そうなんですか」

福田は園田教官にそんな過去があったとは知らず、改めて園田の凄さを思い知った。

「うちの子なんか証拠品のバイクを発見しただけで、本部長賞までもらったんだよ」

福田は驚いて「本部長賞をですか。凄いですね。本部長賞は在職中に一度か二度くらいしかもらえないと聞いていますが……」と言う。

「そうだよ。うちの子、先輩についてっただけなんだけどね。まだ新米刑事で、お茶汲みぐらいしかできないいんだから。多分、園田教官が推薦してくれたんじゃないかと思うけどね」

「それでも凄いですね」福田からすれば憧れの賞である。

「警察ってところはさ、人の手柄でも自分の手柄にして表彰をもらったりする人がいるじゃない。でもさ、園田軍団は新米だろうがベテランだろうが分け隔てがないし、陰日向なくコツコツ働くような目立たない刑事を引き上げてくれるそうよ」

「そうなんですね。僕もいつかそこに入れたらいいなあ」

「福田君、将来刑事希望なんだろう。身体にだけは気を付けて頑張るんだよ」

「はい、頑張ります」

その前向きな姿を見て、今井は微笑んだ。これから旅立つ福田に、少し前に送り出した我が子の姿が重なって、母親のような気持ちになった。

7 園田学級卒業式

講堂に紅白の幕が張られ、演台前には府警本部長が立っていた。その右横には道野学校長の他、公安委員長、知事などの来賓方が居並ぶ。左横には教官方、後方には父兄の方々が整列していた。

安井副校長が司会を務める。

「ただ今から卒業式を挙行いたします。まず、辞令交付を行います。京都府巡査、福田一郎」

福田が「はい」と言って起立する。「河原町警察署勤務を命ずる」

以下、安井が次々と配属先を読み上げていく。森崎が祇園警察署、坂下が洛北警察署、村田が洛南警察署勤務だ。また、高本が醍醐警察署、西口が嵐山警察署、寺井が宇治東警察署、そして前澤が左京警察署勤務となる。こうして三十三名全員に辞令が交付されていく。

安井が「警察本部長訓示。生徒敬礼」と言うと、生徒全員が警察本部長に敬礼し、警察本部長が、「諸君、卒業おめでとう。最近の犯罪情勢は、殺人などの凶悪事件、高齢者を狙った悪質な特殊詐欺事件、そして交通死亡事故の増加などがあり、警察を取り巻く環境は非常に厳しいものがある。諸君は警察学校で学んだことを実践し、誇りと使命感を持って、国家と国民に奉仕してもらいたい。以上」と訓示を行った。

その後、次々と来賓挨拶があり、その都度、生徒は起立・敬礼・休めを繰り返す。そして粛々と式は進み、過酷だった一〇ヶ月を締め括る卒業式も無事終了した。


配属先へと赴任していく我が子を見送るために、父兄、教官らは玄関先へ移動して行く。

そんな中、福田の母親が園田を見つけて挨拶に来た。

「園田先生、福田一郎の母親でございます」

五〇歳前後の落ち着いた雰囲気の女性である。

「あ～、福田君のお母さんですか。この度はおめでとうございます」とお祝いの言葉を述べる。

「一郎が大変お世話になりました。あの子は私が女の手一つで育ててきましたので、甘やかしたところがあり、務まるのかと心配していました」

「とんでもありません。小隊長としてクラスを取りまとめてくれて、私もいろんな場面で助けてもらいました」

福田の母親は息子から園田の温情を聞いていたようで「色々お取り計らい頂いたとのことで、本当にありがとうございました」と深々と頭を下げた。

園田は「いえいえ、大したことはしていませんよ。福田君はこれからいい警察官になると思います」と返した。夫に続き息子も警察官になるということで、いろんな葛藤があっただろうな、と母親の心中を慮った。


二人の話が終るのを見計らって、森崎の父親が「森崎誠の父親です」と挨拶をしに来た。息子と似たスラリとした体形だが、東北訛りに人の良さが窺える。

「岩手からお見えになったんですか?」と尋ねると「はい。息子の晴れ姿を見ようと、父とやって来ました」と森崎の祖父を紹介する。園田が「そうでしたか。それは遠路お疲れ様でした」と二人に頭を下げた。

「孫があんなに立派に成長した姿を見て、びっくりしました」と森崎の祖父が言う。

「彼は身体能力も高く、随所でリーダーシップを発揮してクラスを盛り上げてくれました」

「いやいや、先生のご指導のおかげと感謝しております。岩手から来たかいがありました」

そう言って二人で頭を下げた。祖父、父、森崎ともに凜とした雰囲気があり、園田には、この親にしてこの子ありだな、と思った。

そして西口の母親も挨拶に来た。西口によく似て小柄で大人しそうな女性だ。

「西口幸介の母です。あんなにひ弱なだった息子が、少しは逞しく見えるようになりました。本当にお世話になりました」と挨拶をする。

園田が「いやいや。先日の実務研修では窃盗犯を検挙して署長表彰を受けていましたし、将来が楽しみですよ」と言うと、西口の母親は驚きつつ、「そうなんですか。それも先生のご指導のおかげかと思います。ありがとうございました」とお礼を言った。息子は照れ臭いのか、何の報告もしていなかったようだ。母親にとっては嬉しいサプライズとなっただろう。

次に村田の母親が挨拶に来る。

「村田強二の母でございます」

「この度はおめでとうございます。将来白バイ隊員になりたいと言って、よく頑張りましたよ」

「先生には強二だけでなく主人も大変お世話になりまして……」

園田が「元気にされてますか」と田村のことを気遣うと、

「はい、毎日元気に仕事へ行っています。ダンプの運転手が性に合ってるみたいで、本人は先生から教えて頂いた『人間、泥んこになって働く姿が一番美しい』という言葉を胸に、頑張って真面目に働いています」

「それはよかったですね。お役に立てたなら光栄です」

園田は田村が心を入れ替えて頑張っているのを聞いて嬉しく思った。

ここで村田の母親から嬉しい報告があった。

「もう大丈夫だと思いまして、先日復縁したところです」

それを聞いて、園田も「それは良かった」と思わず笑顔になった。

「それもこれも先生のおかげです。本当にありがとうございました」と言って、村田の母親は深々と頭を下げた。

園田はいやいやと手を振って「そんなに言って頂いて、私の方も嬉しいです。ぜひこれからも家族仲良くやっていってください」と家族の再出発を祝うのだった。


玄関前では、校長、副校長、教官や寮母、売店、食堂の教職員などが整列し、父兄らも見守っている。『この道』の音楽が流れる中、生徒たちが皆晴れ晴れした顔で校長や教官らに敬礼していた。

森崎が「森崎巡査、祇園警察署勤務を命ぜられました」と園田に直立不動で報告する。

園田は、祇園警察署が自分のもと居た職場でもあることから、「祇園署は忙しいけど、ぜひ頑張ってくれ。それと皆をよく引っ張って行ってくれたな。感謝しているぞ」と励ますと同時に感謝の言葉を送る。

「教官には、いろんなことでご迷惑かけて申し訳ありませんでした」

「そんなこと気にするな。立派な刑事になる日を楽しみにしているぞ」と握手をして肩を抱いた。

森崎は「はい、頑張ります。園田学級は最高でした」と言いながら、我慢できずに涙を流す。

園田も森崎の涙に心を動かされて「ありがとう」と目頭が熱くなるのだった。

高本が巨体を揺すらせながらやってくる。「高本巡査、醍醐警察署勤務を命ぜられました」

「高本、柔道では皆をよく指導してくれたな。助かったよ」

「教官には、胴上げの時失礼なことをして……。僕はもうあれで退学かなと思いました」

園田は笑いながら「お前、体がデカい割に気にしぃやな。あれはあれでいい思い出になった」

と言う。高本は目を赤くして「園田学級は最強のクラスでした」と大声で言い、園田も「ありがとう。身体に気を付けてやるんだぞ」と激励した。

次は西口が報告する。

「西口巡査、嵐山警察署勤務を命ぜられました」

「西口、剣道も初段取れてよかったな」

「あれは、森崎が放課後特訓してくれたおかげです」と西口は頭をかいた。

園田は「そうか。それでも西口自身が頑張った成果や。胸を張れ。嵐山署は管内も広く忙しいと思うが、身体に気を付けてやるんだぞ」と少し逞しくなった身体を頼もしそうに見つめる。

「はい。頑張ります」と言って西口はこれまでで一番の敬礼をした。

最後に福田が「福田巡査、河原町警察署勤務を命ぜられました」と報告する。

「おう。小隊長として、よく皆をまとめてくれたな。助かったよ」と園田が労をねぎらった。

福田は「とんでもありません。教官には色々とご迷惑を……。でも楽しかったです」と泣き笑いのような顔になった。

「そうか。困った時は連絡して来いよ。身体にだけは気をつけてやるんだぞ」と言って福田の肩を抱いた。福田は堪え切れず、大粒の涙を流した。園田もその姿を見て思わず涙ぐんだ。一〇ヶ月間の苦労を洗い流す涙だった。

そしてそれぞれが、迎えの車に乗り込み配置先に散って行った。

四月まで寂しくなる校庭の片隅に、ひっそり咲き始めた紅梅が微かな甘い香りを放っていた。

8　異動内示

卒業式も終わり、生徒を送り出して少し寂しそうな園田を見て、赤藤が声をかけた。

「先生、生徒が卒業して寂しくなりましたね」

「そうですね。332期が卒業した時の赤藤先生の気持ちが今になって分かりました」

赤藤は園田を元気づけようと「先生、久し振りに稲荷山までジョギング、どうですか」と誘う。

園田は赤藤の気持ちをありがたく感じ「いいですね」と笑いながら椅子から立ち上がった。

稲荷山のジョギングコースも、すっかりこの二年間で慣れた。ジャージで軽快にジョギングする園田と赤藤の姿があった。

赤藤が並走しながら園田に声をかける。

「生徒がいる時は、すれ違う度に皆から挨拶されて少し鬱陶しい気もしましたが、いないと寂しいような張り合いがないような、変な気持ちになりますね」

「そうですね。やはり若い子たちがいると活気もありますしね」

「私、卒業した生徒たちがちゃんと仕事やってるか、パワハラやセクハラを受けてないかとか心配で、時々交番を遠くから見てるんですよ。心配性ですかね」

「そうなんですか。そのうちに不審者と間違われて一一〇番通報されたりして」と園田にしては珍しく冗談を言った。

赤藤は足を止めて「先生それはひどい」と睨む真似をする。

園田は少し焦って「冗談です、冗談」と弁解する。それを見た赤藤が吹き出し、園田もつられて笑い出した。二人は笑いながら、再び冬枯れの山道を走り出した。

一月三十一日に333期が卒業してからは、園田は各署を回って配置先の幹部から一人ひとりの仕事振りなどを聞き、それを個人ファイルに書き込んだりしていた。

他の教官は来期の新入生を迎える準備をしたり、本部や所轄へ事務連絡に出掛けており、教官室内も閑散としている。ただ間近に異動内示が控えており、対象者にはどこか落ち着かない日々を過ごしていた。

そして、二月二十五日に京都府警の春の定期異動の内示があった。

赤藤が園田に話しかけた。

「先生、この度は捜査一課へのご栄転おめでとうございます」とお祝いを言う。

「ありがとうございます」と園田は頭を下げた。

「警部昇任試験に合格されてたんで、どこかへご栄転されるとは思ってましたが、いきなり捜査一課とは凄いですね」

園田は頭を掻きながら「いや〜、私も所轄の刑事課長かなと思っていたんですが意外でした」と答える。

「本部の上層部は先生の日頃の仕事ぶりを認めてくれたんですよ」

「組対一筋でやってきて、組織にも随分迷惑かけてきましたので、どうですかね……。それに捜査一課は経験したこともないので自信もありません……」と珍しく不安を漏らす。

すると赤藤が「何を言ってるんですか。先生は場数を踏んでおられますし、どんな事件でもやれますよ。部下もきっと喜んでついてきますよ」と元気づけてくれた。

「それだといいんですけどね。初心者のつもりで、足手まといにならないように頑張ってみます」

「花の捜査一課と言えば、刑事の表看板じゃないですか。でも深夜の呼び出しも多く、殺人事件なんか発生すると二～三日は徹夜だったり、しばらくは署の道場に泊まり込んだりしてるそうですよ」

「先生、良くご存じですね」

「ええ、人から聞いた話ですけどね。お身体にだけは気を付けてくださいね」

そう言って心配してくれる赤藤の気持ちが嬉しかった。

「ありがとうございます」

「私は次も女性警察官の担任をやるように言われてますので、第一線に少しでも良い人材を送り込んで行けるように頑張ります」

園田は「それは頼もしいですね！先生も、健康には気を付けてください」と気遣う。

「ありがとうございます。またどこかでご一緒したいですね」と赤藤が言うと「ぜひその時はよろしくお願いします」と園田は微笑んだ。

9　異動当日

園田が机の中身を段ボール箱に詰め込んで転出の準備をしていた。いろんな出来事を思い返すと、中身の濃い二年間だったな、と感慨深い。

そこへ井本がスーツ姿のスマートな若い青年を連れて来た。

「園田警部、ご苦労様です。捜査一課の松山です。お迎えに参りました」と挨拶した。若いながらしっかりした物腰の刑事である。

「お荷物、車に積み込ませて頂きます」そう言って早速動き出す。きびきびした行動に園田は好感を持った。

「ありがとう。荷物はこの段ボール一つにまとめたので」

「わかりました」と松山が園田の段ボールを抱えたところへ、赤藤教官が教官室に入って来た。

松山がビックリして「お、おばさん」と素っ頓狂な声を出す。

園田が思わず「おばさん？」と首を傾げる。赤藤は厳しい顔になって「洋平、あれだけ警察学校には近づくなと言ったのに」と叱った。

松山は慌てて「今日はうちの班の園田警部をお迎えに来ました」と弁明する。

「ええ～っ、お前、園田先生の班なのか」と赤藤は驚いた。

「赤藤先生、おばさんというと」と園田が恐る恐る尋ねると、赤藤は恥ずかしそうに「すいません、実はコイツ、私の姉の子なんです」と説明する。

「それでは、甥っ子さんということですか」

「そうなりますね。私がこんな気の強い性格ですから、赤藤の甥っ子かと言われてコイツもイジメられたりしないかと心配していまして。周りには内緒にしてたんですよ」

「気が強いだなんてそんな。先生は面倒見もよく、気配りもされて優しいじゃないですか」

「そう言って頂いたら嬉しいです。ただ井本先生は捜査一課の特殊班におられた関係で知っておられたようです」

井本は軽く頷いて「叔母さんに似て、松山は頭の回転も良く気の利く良い刑事ですよ、厳しく指導してやってください。先生、私の方からもよろしくお願いいたします」と言い、頭を下げた。

思いがけず井本から甥を褒められて、赤藤は照れ笑いした。

井本が「先生、どっかの署長になられるまで制服は着られることはないと思いますが、一応警部の階級章付けときましたので」と、衣装袋に入れて持ってきた制服を園田に渡す。

「何から何までありがとうございます。先生には副担任として色々ご苦労頂き大変助かりました。今までありがとうございました」と改めてお礼を言った。

頃合いを見計らい、松山が「警部、午後からは捜査一課で転入の挨拶がありますので」と腕時計を指さした。「そうだね」と園田も立ち上がる。

園田は赤藤の方を向き「先生には苦手なパソコンでの資料作り、いつも助けて頂いて感謝してます。ジョギングにも付き合っていただいて。ありがとうございました」と頭を下げた。

「私こそ、先生が傍にいて下さるだけで出勤するのが毎日楽しくて。明日から寂しくなりますわ」

赤藤はそう言って俯いた。少し目元が光っているように見えたが、園田は気付かぬ振りをした。

「それでは皆さん、大変お世話になりました」

教官室にいる全員に深々と頭を下げ、二年間通った教官室を後にした。

学校の玄関前に停めた車に松山が荷物や制服を積み込んで、サッと後部ドアを開けた。園田が「ありがとう」と気遣いに感謝しつつ、後部座席に乗り込む。松山はドアを閉めてから運転席に戻り、エンジンをかけた。「それでは、府警本部に向かいます」

その時、校舎の窓から赤藤が顔を出して叫んだ。

「洋平、園田先生を頼んだぞ！先生、お元気で！」

松山は窓を開けて「はい、分かりました！」と大声で返し、園田も窓を開けて手を振った。

赤藤は、遠ざかっていく車を、見えなくなるまでずっと見送っていた。

道中、面パトの中で園田が運転席の松山に声をかけた。

「松山君、良い叔母さんを持って幸せだね」

松山は正面を向いたまま「はい、少し気が強いのが難点ですけどね」と答えた。

「そうでもないよ。生徒には確かに厳しいところもあるが、教え方も上手く面倒見もいいので、皆からの人望も厚い。良い教官だよ」

「そうですか。僕なんか子供の頃、母親に叱られるより、いつも叔母さんに叱られてましたから。それにしても先程はビックリしました。叔母さんの涙なんて生まれて初めて見ましたよ」

園田は、赤藤の涙に初めて気づいたように「えっ？」と驚いた振りをする。

「ひょっとしたら、警部に惚れてるんじゃないですか」などと言って、松山はバックミラー越しに園田をチラッと見る。

園田は「そんなこたぁないよ」と言って首を横に振った。寮内での盗難事件、学生の交際問題など、ともに対処した時の赤藤のひたむきな表情を懐かしく思い出す園田だった。

第八章　捜査一課着任

1　捜査一課初日

捜査一課は刑事の表看板というだけあって、一課長以下百戦錬磨の猛者も多い。園田のことを組対出の新参者に何ができる、というような目で見る者もいた。

園田は一瞬たじろいだが、これまで一緒に仕事した顔見知りも何人かいて、少しホッとした。なかでも、久美浜北署時代に刑事課長であった、管理官の平山警視の姿を見つけた時は心底嬉しかった。園田が警察学校に配置換えになった初日、励ましてくれたありがたい上司である。

捜査一課一同が見守る中、園田が転入の挨拶をする。

「この度の異動で警部に昇任して、警察学校から捜査一課長補佐として転勤して参りました園田です。組対が長く捜査一課は初めてですので、一日も早く仕事を覚えて戦力になるように頑張ります。ご指導の程、よろしくお願いいたします」そう言って頭を下げた。

すると平山が駆け寄ってきて、待ってましたとばかりに「おう龍ちゃん、お久し振り」と言って、大きな手で握手を求めてくる。園田はその気遣いが嬉しかった。握手に応えながら「管理官、またお世話になります」と言って深々と頭を下げた。

平山は「組対とはまた雰囲気が違うけど、頼むで」と言って、ポーンと肩を叩いて立ち去った。一課長もまたニコニコしながら、頷いて見ていた。

他の捜査員たちはその場の雰囲気から、園田警部が管理官や一課長に相当信頼されているんだな、と察し、園田という警部の秘めた実力を一瞬にして見抜いたのだった。

2 園田班始動

園田班はキャップの園田以下七名で構成されることになった。園田が捜査一課が初めてであることから、職人気質の班長を揃えてくれていた。園田は、これも平山が人員配置してくれたのではないかと思い密かに感謝した。一班の秋本が園田班全員を紹介する。

「私が一班の班長の秋本です。こちらが松山です。こちらは二班の谷と竹内です。こちらは三班の横山と市岡です。以上六名で警部を入れて七名になります。車は覆面車両が各班にありますので三車両で運用します。土日祝日や深夜など時間外に重要事件が発生すれば、捜査一課だけで三名の者が刑事当直に就いていますので、そこから出動要請があります。なお呼び出しがあった場合には、松山が警部の家の近くに住んでいますから、お迎えに参りますのでよろしくお願いします」

園田は頷き、皆を見回して改めて挨拶する。

「捜査一課は初めてで、慣れるまで迷惑を掛けると思うが、よろしくお願いします。捜査一課の仕事は、何と言っても迅速な立ち上がりとあらゆることを想定して捜査を進めることが大事だと考えています。皆で知恵を出し合ってやって行きたいと思います。これまで刑事は休日返上で仕事をすることが美徳と思ってる人もいましたが、我々の仕事は一旦事件が発生すれば家族をも犠牲にした厳しい捜査を続けることになりますので、可能な限り休める時は休んで、家族サービスなどもしてください。メリハリをつけてやって行きたいので、よろしくお願いします」

六名の部下たちは皆、新しい上司の人となりを掴もうと真剣な顔で話を聞いていた。


春本番の三月末、午前二時五〇分ごろの深夜。園田の家のリビングの電話のベルが鳴った。

園田は飛び起きて「はい、もしもし園田です」と電話に出る。この時間に電話が鳴るということは、何らかの事件が起こったということを意味する。すでにして眠気は去っていた。

「刑事当直の石松です。夜中に申し訳ありません。先程、祇園署管内の円山公園で腹に包丁が刺さった男性の遺体を新聞配達の人が発見しました。自殺か他殺かわからないとのことで、出動要請がありました」

「わかった。うちの班全員出動するように。僕も現場に臨場するから」と指示する。

「わかりました。それでは松山を警部のお宅に迎えに行かせますので」「それじゃ、頼むよ」

そう言って電話を切り、すぐにスーツに着替え始める。

良子もすぐ状況を察して起き上がり、用意を手伝う。しばらくは泊まり込みになりそうな雰囲気で、着替えやタオルなどを手際よくまとめていった。

しばらくすると、松山が面パトを運転して到着。園田が後部座席に乗り込んだ。

良子も玄関まで出てきて「ご苦労様です。よろしくお願いいたします」と深々と頭を下げて見送った。良子は、暗闇の中遠ざかっていく車を見ながら、次に夫が帰ってこれるのはいつ頃になるだろう、激務で体調を崩さなければいいのだけれど、と心配するのだった。


面パトでの移動中、園田は車載電話で機動捜査隊の当番警部車両に電話を掛けた。

「もしもし、捜査一課の園田です。犯行時刻とガイ者の身元など教えてもらえますか」「犯行時刻は、既に死体硬直が始まってますので、昨夜の十一時ごろではないかと思います。なお身元については、うつ伏せ状態ですが、背広を着て身なりもしっかりしていますのですぐに分かると思います。身元確認は検視官の到着を待ってやりたいと思います」

「分かりました。私も一〇分ほどで現着する予定ですが、現場付近の聞き込みと、周辺のコンビニなどの防犯ビデオカメラの確認、それと付近の駐車車両のナンバーチェックをお願いします」

当番警部は「了解しました」と言って慌ただしく電話を切った。

事件は初動が命である。迅速に行動しないと、と気を引き締める園田だった。

3　円山公園の現場

現場付近は既に到着していたパトカー、面パト数台が停まっており、制服の警察官が縄張りして現場保存していた。円山公園は桜の名所として有名で、春には観光客が多数訪れるが、この時ばかりは捜査員でごった返していた。

園田が現着して車から降りると一人の警察官が駆け寄って来た。

「園田教官、ご苦労様です。森崎です」と言って敬礼し、ロープを上に持ち上げてくれる。森崎はこの一月末から祇園警察署配属となっていた。思わぬところで頑張っている教え子の顔を見て、園田も嬉しくなった。

「おお森崎、ご苦労だな」と挨拶するが、ゆっくり世間話をする余裕はない。

足カバーをし、白手袋をしながらロープをくぐる。現場は人通りの少ない脇道で、近くには民家が二〜三軒あるだけ。遺体はうつ伏せであったが、検視官が到着したので遺体を仰向けに起こした。腹部には包丁が刺さったままで、ガイ者は両手で包丁の柄を握っていた。握り方に少し違和感があるが自殺に見えないこともない。遺体は既に死後硬直が始まっていて顔面は歪んでいるが、検視官と園田はその顔を見て驚いた。

「ひょっとしたら宇治東警察署の黒木署長では……」と言うと、検視官も「そのようですね……」と言いながら、背広の内ポケットから長財布を取り出して園田に手渡す。園田が中身を確認すると、やはり黒木の自動車運転免許証が出てきた。園田が「やはり間違いありません」と免許証を検視官に見せる。

検視官は「こんな場所でこんな方法で自殺するのは不自然ですな。他殺の疑いが強いですので解剖に回します」と告げた。

「分かりました。それでは私の方から一課長に報告して、祇園署に捜査本部を設置するように進言します」そう言って園田は早速一課長に電話をかけ始めた。捜査一課配属後最初の事件が元上司の黒木署長殺害事件とは、と因縁を感じるのだった。

4 捜査本部祇園署講堂（一日目）

講堂の表には「円山公園における宇治東警察署長殺人事件捜査本部」の看板が掛かっている。

正面のホワイトボードには、発覚時刻、発生場所、被害者の住所、職業、氏名、年齢、死亡推定時刻、死因、捜査状況などが書かれており、捜査方針を書いた紙が貼られていた。その横には、被害者の写真も貼り付けられている。

捜査方針

一　現場付近の徹底した聞き込み捜査
二　現場周辺の防犯ビデオカメラの確認
三　現場付近の車のドライブレコーダーの確認
四　凶器の入手先の捜査
五　痴情、怨恨関係の捜査
六　定時通行者（車両）の検問
七　現場鑑識活動の徹底

園田が「ただ今から、捜査本部の開所式を行います」と開所を宣言し、「捜査員、起立、捜査一課長挨拶、一課長お願いいたします」と言った。

「宇治東警察署の黒木署長が昨夜何者かに刺殺された。三月三十一日付で退職と言えども、現職の警察署長が殺害されるという前代未聞の凶悪事件が発生した。これは我々警察に対する挑戦と思われる。警察のメンツにかけても一丸となって犯人を割り出し、一刻も早く検挙に努めてもらいたい。以上」

次に園田が「それでは私の方から、これまでの捜査状況について指示する」と指示棒でホワイトボードを指し示しながら説明する。

「付近の住民が昨夜十一時十五分ごろ、悲鳴のような声のあと、パタパタと走り去る足音を聞いていることや解剖結果などから、発生時間はほぼその頃と思われる。マルガイの内ポケットには財布があり、在中品は現金三万五千円と自動車運転免許証、名刺などで携帯電話もポケットに残っていた。物取りではないと思われるが、何らかのトラブルに巻き込まれたとか、怨恨関係、女性関係などいろんな事を想定して捜査を進めて欲しい」

そう言って周りを見回すと、みな真剣な顔でメモを取っている。反応を見つつ、言葉を続けた。

「特に本件はマスコミの関心も高く、社会的反響の大きい事件であるので、捜査情報が洩れることのないよう、保秘には十分気を付けて早期検挙に努めること。以上」

園田の指示が終わると、ほとんどが二人一組で慌ただしく捜査に出掛けて行った。

頃合いを見計らって「警部、着任早々ご苦労様です」と祇園署の石井が今井と挨拶に来た。

園田が「おう、石さん久し振りだな」と声をかける。

「警部は、組対に帰られるとばかり思ってましたので、捜査一課と聞いた時はビックリしました」

園田も「いやぁ、本人がもっと驚いてるよ」と笑って返した。

石井が後ろを振りむいて「僕のコンビ、紹介しときます」と言うと、今井が元気よく「ご苦労様です。祇園署、強行犯係の今井です。よろしくお願いいたします」と挨拶した。

「警部、コイツがこの前話していた警察学校の食堂の今井さんの息子です」と教えてくれる。

園田は、先日渡辺班長から聞いた話を思い出し「おう、そうか。君が今井君か。娘の事件では、谷底から重要な証拠品を発見してくれたそうだな。ありがとう」と立ち上がって頭を下げた。

今井は恐縮して「と、とんでもありません」と首を振る。入って二年目、まだ初々しい。


二人が捜査に出てしばらくして、小柄な女性警察官が少し頬を紅潮させながらツカツカと園田の前にやって来た。

「園田教官、ご苦労様です。警察学校ではお世話になりました。祇園署地域課・花田巡査、捜査本部応援を命じられました。庶務班ですのでよろしくお願いいたします」と敬礼する。警察学校を卒業してから数ヶ月しかたっていないが、随分大人びたように見える。

「おお、花田。元気にしてたか」

「はい、元気にしてます。まだお茶汲みと弁当の注文、片付けぐらいしかできませんけど、頑張ります」とはきはきと答える。

園田は「それだけできれば十分だ。よろしく頼むよ」と言いつつ、優しい目を向けた。捜査本部に残っていた捜査員たちは、仲のいい父娘の会話を見ているようで、二人を微笑ましく見守っていた。


園田は、捜査本部が設置されている講堂から出て、携帯を取り出す。電話の先は河原町署に配属になった福田であった。

「もしもし、園田だけど。突然の電話ですまないね」

「はい、福田です。教官、ご苦労様です」

園田は単調直入に本題に入った。「昨夜、黒木署長が何者かに殺された」

福田は驚いて「え〜っ、本当ですか」と言って絶句した。突然のことに思考が追い付かないようであった。

「本当だ。ところでお前、昨夜午後十一時十五分ごろはどこで何をしてた」

「昨日は午後五時から今朝の午前九時まで、河原町署の留置場の補勤（補助勤務）でしたので外には出ていません」

「アリバイはちゃんとあるということだな」

福田は「きょ、教官……。僕を疑ってるんですか」と声を震わせて訴えた。

「疑ってたら電話なんかしないよ。ただ心配していただけだ」と言った。

福田は「教官、早とちりして申し訳ございませんでした」と取り乱したことを詫びた。ただ、これまで憎んでいた黒木が死んだという事実はあまりに突然で、すぐには受け入れられなかった。

四歳の時見た白い骨壺と父親の無念が思い返され、なんとも複雑な気持ちであった。

5　捜査本部祇園署講堂（二日目）

講堂では、捜査員が昨日の捜査結果を園田に報告していた。

石井が「警部、宇治東署の刑事から聞いた話なんですけど、先月、窃盗で女性を誤認逮捕してマスコミに叩かれたそうです。その時刑事課長は、もう少し裏付けしてから逮捕状を請求させてください、と言ったそうですが、黒木署長は『お前が腰を引いてどうする、逮捕させてくださいと言うのがお前の役目やないか、立場がアベコベや』とひどく怒ったそうです」と報告する。

「そうか」

「それにも関わらず、誤認逮捕が分ってからは『刑事課長がしっかり裏付け捜査もせずに、慌ててパクったからや』などと言って、全て刑事課長のせいにしたそうです。そして『もうすぐ退職や言うのにこんな能無しの刑事課長がいたんでは死ぬにも死に切れんわ』とも言ってたそうです」

園田は「そんなことを……。それは酷いな」と呆れる。

次に松山が報告する。

「円山公園北側の知恩院前で、客待ち中のタクシーの運転手に聞き込みしましたところ、犯行時間帯ごろに上下黒い服を着た者が円山公園から出てきて、平安神宮方面に小走りで駆けて行ったとの聞き込みを得ました」

「それは怪しいな。年齢や性別はわからないのか」と聞くと、松山は「はい、黒いフードを被っていたので顔まではわからなかったそうです。ただ念のため、ドライブレコーダーのデータを借りてきましたので、これから再生してみます」

園田が「時間的に、マル被の可能性もあるな」と言うと、松山も「そうですね」と頷きながら、ドライブレコーダーのＳＤカードの再生を開始する。

しばらく隣で見ていた園田が手を上げて、「松ちゃんストップ。運転手さんが言う黒ずくめの人物ってのはこれか」と停止させた。そこには粗い画質でぼんやりと黒い人物が映っていた。

「そうですね。でもこれでは、男か女かも分かりませんね」と松山は困ったように答えた。

「無理かもしれんが、一応、科捜研に鮮明画像処理を依頼してみよう」

「はい、分かりました」

そう言って、松山はすぐにドライブレコーダーのＳＤカードを持って科捜研に向かった。

園田は、鑑識係長の吉岡に「吉さん、画像処理ができ上がったら、手配書を作成して各署に手配してくれないか」と声をかける。

吉岡は「はい、分かりました」と頷いた。続けて、吉岡が鑑識捜査の状況を報告する。

「包丁からは二種類の指紋が検出されました。一つはマル害のものですが、もう一つは恐らくマル被のものと思われますので、遺留指紋として本庁に照会しています。ただ、今のところ、前歴者の指紋には符号しないそうです」

「そうか」

「それと、包丁に付着してた毛髪ですが……」と吉岡が言うと、園田は待っていたとばかりに

「おお、ＤＮＡはどうだった」と聞く。

吉岡は「それが、毛根がなくて、ＤＮＡはだめでした」と残念がる。

園田も少しがっかりしたが「そうか。それではミトコンドリアだけでもやってもらおうか」と指示を出した。

「はい、分かりました。ただ科捜研の技官の話では、染めてはないが細いので女性の髪の毛ではないかと言うことでした」

園田は「女性か！」と低く呻いた。

「遺留指紋についても鑑識課の指紋鑑定官が気になることを言ってました。指紋の隆線が細かいので、もしかしたら女か子供の指紋かも知れないとのことでした」

園田はそれを聞いて「そうか。マル害は女性関係も多かったので、痴情、怨恨に重点を置いて捜査を進めて行く必要があるな」と言うと、吉岡が「そうですね」と頷いた。

6　捜査本部祇園署講堂（三日目）

この日も、捜査員から続々と情報が集まってきていた。石井が報告する。

「ガイ者の携帯電話に午後一〇時十五分、公衆電話から最終着信履歴があります。ＮＴＴで調べてもらった結果、京都駅前の公衆電話ボックスから掛けてきたことがわかりました」

「京都駅前か……。念のため、その電話ボックスを鑑識活動してもらおうか」

「はい、わかりました」

その時、部屋の隅で電話を受けていた松山が、慌ててこちらに走ってきた。

「警部、嵐山署からたった今連絡があったんですけど、保津峡の大橋で飛び降り自殺があったようでして。その人物の服装が、うちから手配した上下黒で、服装が似てると言うんです」

「上下黒か」

「はい。それが妙なんです。女性の遺体なんだそうです」

園田は勢い込んで「それでいいんだ。松ちゃん、現場臨場だ。すぐ車出してくれ」と指示し、松山は「はい」と部屋を飛び出して面パトに向かう。他の者たちも慌ただしく動き出した。

松山が運転、助手席に鑑識の吉岡、そして後部座席に園田が乗車し、車の屋根に赤色灯をつけてサイレンを鳴らし、一路、保津峡に緊急走行した。

7　保津峡大橋下の川原

大橋の上に着くと、白黒パトや面パトなど数台が停車していた。園田は車を降りて、松山、吉岡とともに橋の下へと急ぐ。

遺体は川岸に引き上げられており、死体カバーが掛けられていた。園田は両手を合わせた後、カバーをめくり、黒ずくめの女性の遺体を確認した。色の白い細面の女性で、顔に目立った外傷はないようだった。

嵐山署の刑事課長が現場でこれまでにわかっていることを報告してくれた。

「ご苦労様です。発見時の状況から報告します。本日午前一〇時ごろ、保津川下りの船頭からの通報で臨場しました。遺体は腰から下が水に浸かった状態で、上体は川岸にありました。血痕のあるここら付近でした」と遺体のあった場所を示す。

園田が頷いて「身元が分かるような物は何かありましたか」と尋ねると「それが所持品はこの鍵だけなんです」とナイロン袋に入った鍵を園田に渡した。

「何の鍵でしょうか……。見た感じ、コインロッカーの鍵みたいですね」と園田がつぶやく。

「そのように見えますね」と嵐山署の刑事課長も頷く。

園田が「保津峡駅まではJRでしょうか」と確認すると、刑事課長は「付近を捜しましたが車もバイクなども見当たりませんので、恐らくJRだと思います。現在監視カメラを確認中です」と答えた。

「この鍵お借りしていいですか。うちの方で何とか探してみますので」

「はい。よろしくお願いいたします」

園田はすぐ松山に指示を出す。

「松ちゃん、うちの捜査員を京都駅に集めてくれ」

松山は「分かりました」と言って急いで面パトに戻り、捜査本部に連絡した。

園田も面パトに乗り込もうとすると、若い警察官が慌てて走ってきて挨拶をする。

「教官、ご苦労様です」

「おう、誰かと思ったら西口やないか。元気にやってるか」そう言って意外な場所での出会いを喜んだ。そういえば、嵐山署勤務だったことを思い出す。

「はい、遺体の引き上げを手伝いました」

すでに現場で活躍しているのが窺えて、元教官としても一安心である。

「頑張れよ」と西口の肩を叩いて面パトに乗った。車は一路京都駅へと向かう。

保津渓谷の桜がちょうど見ごろだったが、桜の花を優雅に見る余裕などなかった。

8　ＪＲ京都駅前〜捜査本部

京都駅に着いた園田がコインロッカーの鍵を示しながら、捜査員たちに指示を出す。捜査員たちはさっと駅構内に散って、手分けしてコインロッカーを探し始めた。

しばらくして、松山から携帯電話に連絡が入った。

「警部、松山です。コインロッカーがわかりました」

「おお、わかったか。どこだ」

「新幹線乗り場の改札口付近です」

「新幹線？」

「そうです。今、管理会社の方にお願いして開けてもらっています」

「そうか、それじゃあロッカーが開いたら中の物全部、帳場に引き上げて来てくれ」と指示する。

松山は「はい、分かりました」と答えて電話を切った。

コインロッカーからどんなものが出てくるのか。それによって捜査方針は大きく変わってくる。決め手になるものが出てくれよ、と祈るばかりであった。

コインロッカーにはキャリーバッグが入っていた。捜査本部では、吉岡と松山が引き上げてきたキャリーバッグを調べている。開けてみると、中身はほとんどが女性用の衣類で、丁寧にたたまれていた。

「身元は、健康保険証から東京都目黒区在住の伊藤千香子、二十四歳のようです。四日前から会社を無断欠勤して、家族から捜索願いが出されています」と吉岡が報告する。

松山が、キャリーバッグの中から携帯電話を見つけて操作していたが「ロックが掛かって開きません。暗証番号もわかりません」と残念がる。

すると同席していた班長の秋本が「生年月日でいっぺんやってみたらどうや」と提案する。

松山は、「そうですね」と言って試そうとしたが、園田がちょっと待て、と制した。

「この所持品はあくまでも殺人事件の容疑者の物だ。基本通り、差押え許可状と検証許可状を請求して発布を得た上で、電話会社でパスワードを調べよう」と指示する。

松山は「はい、分かりました。早速、令状請求準備にかかります」と園田の指示に従った。基本に忠実な園田の捜査方法は、松山には大いに参考になるものだった。

松山は令状をすぐに発布してもらい、携帯電話会社に赴き、令状を示したうえでパスワードを調べてもらった。急いで捜査本部に戻った松山は、「警部、パスワードが判明しましたので、これから開いてみます」と報告する。それを聞いて捜査本部のメンバーも集まってきた。

園田は「お〜、そうしてくれ」と松山の手元を見つめる。

松山が緊張した面持ちでパスワードを入力すると、無事ロックが解除され、周りから歓声が上がった。そして中身を確認していた松山が小さく叫んだ。

「あっ、遺書が出てきました！」

園田が「遺書だと！」と身を乗り出すと、松山は「これ、見てください」と言って、解除した携帯の画面を見せた。

遺書

私は昨年保津峡の大橋から飛び降りて自ら命を絶った元宇治東警察署・交通課長・佐々木和義の婚約者です。彼とは学生時代から交際しており、京都府警での二年間の勤務が終わって東京に戻った際には結婚する予定でした。しかし、黒木署長から連日署員の前で罵倒されるなど過激なパワハラを受け、それに耐え切れず自ら命を絶ったのです。パワハラは着任早々から始まり段々とエスカレートしたようで、私は二年間の辛抱だからと励ましていましたが、今となっては辞職を勧めた方が良かったのではと後悔しています。キャリアと言っても何の経験もなく仕事などできるはずもありません。それを指導するのが署長の役目ではないでしょうか。私の大事な人を奪った黒木を絶対に許すことができません。先程、彼の手帳に書いてあった黒木の携帯に公衆電話から電話して誘い出しました。包丁は京都駅前の百円ショップで買って準備しています。黒木の命は百円の包丁で十分です。復讐した後は、彼の所へ行って天国で二人仲良く暮らしたいと思います。さようなら。

伊藤　千香子

コインロッカーの鍵を持ったまま身を投げたということは、いずれこのスマホを警察が見つけ、真相にたどり着くことを望んでいたのだろう。携帯電話の小さな文字を見つめながら、園田は伊藤千香子という女性の強い覚悟を思いやった。

秋本は「警部、宇治東署の副署長から詳しく事情を聴いて来ます」と言って動き出した。すでに日は暮れていたが、園田もできれば今日中に事情が知りたかった。「済まんが、そうしてくれるか」と言って秋本を送り出した。

9　宇治東署の応接室〜捜査本部

宇治東警察署に着いた秋本は、すぐに応接室に案内された。署内は、署長が殺人事件の被害者になったということで、対応に追われてバタバタしているようであった。

応対に出た副署長は穏やかそうな顔立ちで、話が通じそうな人物であった。お互いに挨拶を交わした後、秋本が説明する。

「お忙しい中、お時間をいただきありがとうございます。実は、保津峡の大橋から女性の飛び降り自殺がありましたが、どうも、その女性は昨年亡くなられた交通課長の佐々木さんの婚約者のようでした。佐々木課長が黒木署長からパワハラを受けていた、という内容の遺書が出てきましてね。黒木署長の殺人事件と関連性があるのでは、と考えています」

「婚約者の方ですか……、可哀想に。確かにひどいもんでしたね。黒木署長から連日、交通違反検挙件数が少ないと、署員の前できつく叱られていました。交通安全運動の時も、誰か有名人を一日署長で呼べだとか無理難題を言われて、朝礼の時も皆の前で責められていました」

秋本が「朝礼の時に、署員の前でですか」と眉をひそめる。

「はい。亡くなった人をあまり悪くは言いたくないのですが、黒木署長に睨まれたら最後、一般市民の前だろうが署員の前だろうが、所かまわず長時間立たせたままガンガン怒るんですからね。それはひどいパワハラでした」

「そうなんですか……」

「私は見るに見かねて署長に、一般市民の前でだけは叱るのをやめてくださいと頼んだんですが、お前は黙っとけ、お前の指導力が足りないから実績が上がらんのがわからんのか、と、それはひどい剣幕で怒鳴られました」

秋本が「副署長までもですか」と驚くと、副署長は「はい。私は若い交通課長をなんとか庇わなければと思いましたが、どうすることもできませんでした。亡くなった日は土日の休みで、東京の実家に帰ってきます、と言って旅行願届を出してきました。私は、たまにはゆっくりしてくるといいよ、と言って許可したのですが、そのまま保津峡の大橋から飛び降り自殺してしまったんです」と無念さをにじませつつ話してくれた。副署長の中には、この悲しい事件を止めることができなかったという後悔が今も消えずに残っているようであった。

副署長は「署長のパワハラは日常茶飯事でしたので、私も感覚が麻痺していて、彼がそこまで落ち込んでいることに気付きませんでした。今考えればもっと早く気付いておれば、違う対処ができていたかもしれません。彼が亡くなり、東京からは、両親と婚約者の方が一緒に遺体を引き取りに見えられていました」

「そうですか」

「遺体は宇治の斎場で荼毘に付されましたが、その時立ち会った刑事課長の話では、打ちひしがれた両親と婚約者の方の悲しみ方は尋常ではなく、可哀そうで見ていられなかったそうです」

「将来のある若いキャリアの方ですからねぇ……」と秋本も遺族の悲しみを思いやった。

「東都大学出のキャリアだったので、いずれはどこかの本部長か、場合によっては警視総監か警察庁長官にもなれたかも知れませんしね……。ところで、保津峡の大橋から飛び降り自殺した場所は、もしかしてうちの交通課長と同じ場所ですか」と、副署長が尋ねた。

秋本は「嵐山署の刑事課長の話ではどうも同じ場所のようです」と答える。

「後追い自殺ですか……。その自殺は黒木署長を殺害した後にということでしょうか」

「今の時点では、はっきり申し上げられませんが、どうもそのようです」

「そうなると、復讐ですか」

「そういうことになりますね」秋本はそう言いながらなんともやるせない気持ちになり、大きなため息を吐き出した。


被疑者死亡事件でも、事件を固めて検察庁に送致しなければならない。捜査員は残された詰めの捜査に出払っており、捜査本部は閑散としていた。

残っていた松山が「警部、被疑者死亡で赤字送致（被疑者死亡の場合は黒字ではなく赤字で送致する）ですが、早期解決となりましたね」と園田に話しかけた。

園田は首を振って「いや、被疑者が生きていれば取調べて供述の裏を取って行けばよいが、被疑者死亡の場合は、万が一の事を考え、生前の生活実態や犯行に至った原因・動機などをしっかり捜査した上で事件送致しなければならない。それでかえって手間がかかるんだ。これから皆で事件固めをしなければならないし、まだまだ大変だよ」と言った。

松山はハッとして「安易な考えで申し訳ございませんでした」と頭を下げる。

「いや、いいんだ。ほとんどの捜査員が赤字送致は楽だと思ってるようだけど、僕の考えは違うってことだよ」とフォローすると、松山は「いやぁ、警部の仰る通りです」と深く頷いた。さすが、気の強いおばさんが尊敬する園田警部だと、改めて感心する松山であった。

エピローグ
保津大橋のたもとで

黒木署長殺害事件も書類送致が終わり、佐々木課長と婚約者がともに身を投げた橋のたもとに、園田と松山の姿があった。

園田が川原を見下ろしながら呟く。

「凶悪な犯罪ほどマスコミ報道されることによって、被疑者の家族も苦しむことになる。被疑者以外の関係者は、皆被害者みたいなもんだな」

松山は頷き「そうですね。今回の事件は婚約者の復讐を実行した後、被疑者も自ら命を絶っています。ある意味では被疑者の彼女も、被害者だったということですね」と言った。

「そうだな。簡単にパワハラとかイジメとか言うけれど、どれだけ多くの人が傷つき、自らの命を絶ったことか。何ともやり切れない、虚しい事件だったなあ」そういって、園田は口を閉じた。

園田の脳裏には、父親が自殺した福田の寂しげな顔が浮かんでいた。福田が手を下す前に黒木は殺されてしまったが、福田はどういう心境であろうか。黒木がこれまでしてきたことを考えれば今回の事件は自業自得に違いないが、黒木にも家族はいるはずで、園田はなんとも複雑な気持ちであった。

そもそも園田が警察学校に配置替えとなったのは黒木がきっかけであったが、結果として素晴らしい生徒たちにも出会え、また生徒の父親から得た情報が娘の事件の解決にもつながった。

いくつもの因果がどう絡み合い、どういう結果にたどり着くのか、それは誰にもわからない。ただ園田は、天国の久美子が背中を押して、事件を解決に導いてくれたような気もするのである。

春と言えど、川のそばはまだ冷える。冷気で我に返った園田は、持参した花を橋のたもとにそっと手向け、静かに手を合わせた。

遠くから急流を下る保津川下りの船が近づいてくるのが見えた。新緑の保津峡に鳥たちの鳴き声が明るくこだましていた。

完

※この物語はフィクションです。
登場する人物・団体・名称などは実在のものとは一切関係ありません。

著者プロフィール

中園修二（なかぞの・しゅうじ）
1947年、熊本県上天草市生まれ。
1970年、京都府警察官を拝命。捜査一課長、警察署長を歴任。定年退職後、大手ゼネコン参与を経て東映（株）京都撮影所相談役兼製作アドバイザーとして、ドラマ10の「フェイク 京都美術事件絵巻」をはじめ、「科捜研の女」「遺留捜査」等、京都を舞台にした刑事ドラマの警察監修を数多く手掛ける。
著書『刑事の涙―京舞妓殺人事件捜査本部―』

刑《けい》事《じ》教《きょう》官《かん》の執《しゅう》念《ねん》 ―警《けい》察《さつ》学《がっ》校《こう》物語《ものがたり》―

発行日	2023年12月1日　初版第1刷発行
著者	中園 修二
装幀	西岡 杏子（株式会社晴々屋）
発行者	中園 陽二
発行所	株式会社 晴々屋 〒520-0806　大津市打出浜2-1 BizBaseコラボ21 TEL 077-599-4661
発売	図書出版 浪速社 〒637-0006 奈良県五條市岡口1丁目9番58号 TEL 090-5643-8940　FAX 0747-23-0621
印刷･制作	Planning日報 株式会社

ISBN978-4-88854-561-7